Veröffentlicht von
DREAMSPINNER PRESS

5032 Capital Circle SW, Suite 2, PMB# 279, Tallahassee, FL 32305-7886 USA
www.dreamspinnerpress.com

Die Nacht überdauern
Urheberrecht der deutschen Ausgabe © 2017 Dreamspinner Press.
Originaltitel: Outlast the Night
Urheberrecht © 2013 Ariel Tachna.
Original Erstausgabe. Mai 2013
Übersetzt von Jenniffer Michaelis.

Umschlagillustration
© 2013 Anne Cain.
annecain.art@gmail.com
Die Illustrationen auf dem Einband bzw. Titelseite werden nur für darstellerische Zwecke genutzt. Jede abgebildete Person ist ein Model.

Deutsche ISBN. 978-1-64080-284-1
Deutsche eBook Ausgabe. 978-1-64080-285-8
Deutsche Erstausgabe. November 2017
v 1.0

Gedruckt in den Vereinigten Staaten von Amerika.

ARIEL TACHNA
DIE NACHT
ÜBERDAUERN

Für Izzy, die meine Jungs davor bewahrt, zu amerikanisch zu klingen und für Nessa, Jaime und Nicki, die mir meine Obsessionen, wie so oft, nachsehen.

1

CAINE NEIHEISEL schaute von seinen Steuerformularen auf, die ihn langsam in den Wahnsinn trieben, als er es an der Tür klopfen hörte. Macklin konnte es nicht sein, sein Geliebter und Vorarbeiter von Lang Downs würde nicht erst klopfen.

„Komm rein."

„Entschuldige die Störung, Boss", sagte Neil Emery und steckte seinen Kopf durch die Tür. „Hast du eine Minute für mich?"

„Selbstverständlich", antwortete Caine und legte die Formulare beiseite. „Was kann ich für dich tun?"

„Du musst mir einen Gefallen tun. Mein Bruder Sam hat angerufen. Seine Frau hat ihn rausgeschmissen und er kann nirgends anders hin. Er hat seinen Job vor anderthalb Jahren verloren und ich weiß, dass es viel verlangt ist, aber könnte er für ein, zwei Monate hierherkommen? Nur, bis er wieder auf den Beinen ist?"

„Soweit ich das noch weiß, haben du und Molly noch ein Zimmer in eurem Haus frei. Du brauchst also meine Erlaubnis nicht, wenn du jemanden dort einquartieren willst."

„Um ihn zu holen, muss ich bis runter nach Yass fahren", gab Neil zu bedenken. „Ich kann ihm zwar ein Busticket nach Yass schicken, aber einen Tag müsste ich mir trotzdem mindestens freinehmen."

„Sag uns einfach Bescheid, wann du weg sein wirst, dann können wir jemanden suchen, der deine Aufgaben übernimmt."

„Ich werde Max bei Chris lassen. Er hat genug über Hunde gelernt, dass er mit Max zusammen helfen kann, die Schafe talwärts zu treiben. Ich weiß, dass es ein schlechter Zeitpunkt ist, um zu gehen, aber ich kann es mir nicht leisten, langfristig ein Hotel für ihn zu bezahlen –"

„Neil", unterbrach Caine ihn, „ich bin nicht verärgert. Er ist dein Bruder. Natürlich wirst du ihm helfen. Ich weiß nicht, wie viel Erfolg er hier bei der Jobsuche haben wird, aber selbst wenn er sich nur davon erholt, dass ihn seine Frau verlassen hat, ehe er herausfindet, wie er sein Leben in der Stadt wieder aufnehmen kann, so ist er hier willkommen. Wir können es uns leisten, eine Person mehr durchzufüttern."

„Er könnte vielleicht im Büro helfen, solange er hier ist", schlug Neil vor. „Er hat früher als Büroleiter für einen kleinen Eisenwarenladen gearbeitet bis die Besitzer in den Ruhestand gegangen sind und den Laden geschlossen haben. Zumindest würde er so das Gefühl haben, etwas beisteuern zu können, anstatt Almosen anzunehmen."

„Darum kümmern wir uns, wenn er hier ist", sagte Caine, obgleich ihm die Vorstellung, dass er jemanden haben könnte, der ihm dabei half herauszufinden, wie das australische Steuerrecht und die Bestimmungen zu den Mitarbeitersozialleistungen funktionierten, sehr gefiel. Caines Wirtschaftsabschluss sorgte zwar dafür, dass er die Fachbegriffe an sich verstand, die Unterschiede zwischen den einzelnen Gesetzen ließen ihn jedoch des Öfteren stolpern.

DREI TAGE später holte Neil seinen Bruder Sam am Busbahnhof in Yass ab. Als er das von Stress und Sorge gezeichnete Gesicht seines Bruders sah, runzelte er die Stirn. „Du siehst scheiße aus."

„Ich freue mich auch, dich zu sehen, Arschloch", gab Sam zurück und drückte Neil fester, als es notwendig war.

„Na komm", sagte Neil und griff sich Sams Koffer. „Lass uns von hier verschwinden. Wir haben noch eine lange Fahrt vor uns. Oder willst du vorher etwas essen?"

„Wie lang?"

„Ungefähr fünf Stunden", antwortete Neil, „und der Großteil der Strecke führt durch die Hochebene, wo wir nirgends etwas zu essen bekommen werden, wenn du hungrig wirst. Ich kann dir aber etwas besorgen, hier oder in einer Stunde oder so in Boorowa, wenn du glaubst, dass du nicht mehr bis zu Hause warten kannst."

„Mittagessen wäre super", gestand Sam. „Ich … habe in letzter Zeit nicht viel gegessen."

Neil war aufgefallen, wie abgemagert Sam aussah und diese Bemerkung bestätigte seine Beobachtung. „Kami, unser Farmkoch, wird das im Handumdrehen ändern, aber jetzt können wir erst mal ins Yass Hotel gehen. Es ist nichts besonderes, aber sie werden dich satt bekommen."

„Was ist mit diesem da?", fragte Sam und zeigte auf ein kleines Restaurant gegenüber vom Busbahnhof.

„Dort essen wir nicht", bemerkte Neil kalt. „Einer unserer Jackaroos wurde dort im letzten Frühling fast totgeschlagen und keiner hat auch nur einen Finger krumm gemacht, um ihm zu helfen. Sein Bruder musste bis zum Hotel rennen, um Hilfe zu holen."

„In einer Stadt dieser Größe?"

„Dass er eine Schwuchtel ist, kam ihm nicht gerade zugute", erklärte Neil.

2

Sam antwortete nicht. Neil knirschte mit den Zähnen, als er Sams angespannten Gesichtsausdruck sah. Er wollte nicht mit seinem Bruder streiten, insbesondere nicht, wenn er abgebrannt und heimatlos war, aber Sam würde seine Meinung für sich behalten müssen. Neil würde Beleidigungen seines Bruders gegenüber Caine und Macklin genauso wenig tolerieren wie von jedem anderen Jackaroo in Lang Downs.

„Erzähl mir von der Farm", sagte Sam, als sie das Yass Hotel erreicht und Essen bestellt hatten. „Ich meine, ich weiß, dass es irgendwie abgelegen ist und dass du dort Schafe züchtest, aber das ist auch schon alles."

„Viel mehr gibt es da auch nicht zu wissen", sagte Neil. „Ich habe dir von Molly erzählt, als wir uns verlobt haben. Alles andere ist genau so, wie man es von einer Schaffarm erwarten würde. Okay, alles außer Caine. Er ist ein Yankee. Ihm gehört die Farm."

„Wie ist denn das passiert?"

„Sein Großonkel hat die Farm gegründet. Als er starb, ging alles an Caines Mutter in den Staaten. Aber sie ist nicht mehr jung und wäre deshalb nie hierhergezogen, um die Farm zu leiten, also kam Caine. Letztes Jahr an Weihnachten hat sie ihm die Farm ganz überschrieben. Weißt du, ich könnte wetten, dass er für all den Papierkram, die Steuern und den anderen Mist eine helfende Hand gebrauchen könnte. Er kennt sich in wirtschaftlichen Dingen aus, aber er ist immer noch ein Ami. Und du könntest so in Übung bleiben."

„Falls er mich helfen lässt", seufzte Sam.

„Warum sollte er nicht?", wollte Neil wissen. „Du hast deinen Job verloren weil die Besitzer in den Ruhestand gegangen sind, nicht weil du gefeuert wurdest oder so. Es ist nicht deine Schuld, dass du keinen neuen Job finden konntest."

Sam zuckte mit den Schultern. „Das klingt, als sei er ein guter Kerl. Ist er verheiratet?"

Neil verschluckte sich an seinem Bier. Er hatte gehofft, diesen Teil des Gesprächs erst später führen zu müssen, aber da ihm gerade keine passende Lüge einfiel, konnte er auch gleich die Wahrheit sagen. „Meines Wissens dürfen zwei Typen hier nicht heiraten. Macklins Name steht mit auf der Besitzurkunde und er ist vor einem Jahr aus dem Vorarbeiterhaus aus- und in das Haupthaus eingezogen. Ich finde, das ist nah genug dran.

„Du arbeitest für ein schwules Pärchen?"

„Sam, du bist mein Bruder und ich liebe dich, aber wenn das für dich ein Problem sein sollte, dann solltest du mir das jetzt sagen, damit ich dir noch ein Hotelzimmer in Yass besorgen kann."

„Nein, kein Problem", versicherte Sam ihm schnell. „Ich bin nur überrascht. Wir sind nicht gerade in einem toleranten Haus groß geworden."

Neil zuckte mit den Schultern. „Caine hat mein Leben gerettet und ist selbst fast dabei gestorben. Und das, obwohl ich vorher herausgefunden hatte, dass er schwul ist und ihm alle möglichen hässlichen Worte an den Kopf geworfen hatte, die mir so einfielen. Er hat sich meine Loyalität verdient."

Die Ankunft ihres Essens ersparte Sam eine Antwort und er aß mit solch einem Genuss, dass Neil nicht versuchte, ihm eine weitere Reaktion zu entlocken. Er war nicht in der Stimmung, sich den ganzen homophoben Mist anzuhören, mit dem er aufgewachsen war. Er war nun ein anderer Mann, ein besserer, das hoffte er zumindest. Wenn Sam Caine und Macklin nur eine Chance geben würde, dann würde er sehen, dass sie seinen Respekt verdienten.

Nach dem Essen fuhren sie nordwärts Richtung Boorowa. „Brauchst du irgendetwas?", fragte Neil. „Vorräte irgendwelcher Art? Wenn wir Boorowa verlassen, gibt es nichts mehr, wo wir anhalten können."

„Nein, ich brauche nichts", antwortete Sam. „Alison hat mich meine Sachen behalten lassen."

„Einen Koffer?", gab Neil zurück.

„Ich habe ein paar Dinge bei Freunden gelassen", erklärte Sam. „Ich dachte mir, dass ich meine Anzüge auf der Farm nicht brauchen würde."

„Nein, brauchst du nicht", stimmte Neil ihm zu. „Aber erzähl mal, was ist mit dir und Alison passiert? Als ich euch das letzte Mal gesehen habe, habt ihr glücklich gewirkt."

„Sie wollte jemanden mit einem Job, und ich wollte … Es spielt keine Rolle, was ich wollte. Sie wollte raus und ich werde mich ihr nicht in den Weg stellen."

„Gibt es einen anderen?", wollte Neil wissen.

„Ich habe sie nicht gefragt", antwortete Sam.

„Was ist mit dir?"

„Niemand, der wichtig wäre."

„Du bist von Bett zu Bett gehüpft und es hat dir rein gar nichts bedeutet? Das ist armselig, Sam."

„So war das nicht", beharrte Sam. „Ich …"

„Du was, Sam?"

„Ich habe sie geheiratet, weil es das war, was Mom und Dad von mir erwartet haben. Ich denke nicht, dass ich eine Wahl hatte und letztendlich mochte ich Alison ja auch. Wir kamen gut miteinander aus, aber das war es auch schon. Ich habe sie niemals richtig geliebt. Ich weiß nicht mal, ob sie mich jemals geliebt hat, aber jetzt tut sie es definitiv nicht mehr und ich kann gut damit leben. Dad ist tot. Er kann nicht mehr von mir enttäuscht sein, also spielt es keine Rolle."

„Wovon sprichst du? Warum solltest du Alison heiraten, wenn du sie gar nicht liebst? Du hättest eine Andere gefunden."

„Du hast es doch schon gesagt", gab Sam zurück. „Zwei Kerle dürfen hier nicht heiraten."

„Du bist schwul? Warum hast du nichts gesagt?" Die Worte waren aus ihm herausgeplatzt, bevor er darüber nachdenken konnte. Sam war verheiratet gewesen! Neil hätte sich nie träumen lassen, dass sein Bruder schwul sein könnte.

Sam sah ihn so ungläubig an, dass Neil rot wurde. „Entschuldige, das war dumm von mir. Natürlich hast du nichts gesagt, als Dad noch am Leben war, aber du hättest deswegen ja nicht heiraten müssen. Ich habe auch nicht geheiratet, nicht bis ich die richtige Frau gefunden hatte."

„Ja, aber du bist auch nicht schwul. Du hattest die Richtige vielleicht noch nicht getroffen, aber du wusstest, dass du sie irgendwann finden würdest. Ich konnte mich nicht an diesem Gedanken festhalten und du warst auch fort. Du musstest ihm nicht die ganze Zeit dabei zuhören, wie er immer wieder über den Erhalt des Familiennamens, darüber, ein Mann zu sein, zu heiraten und Kinder zu bekommen sprach, nachdem du gegangen warst. Gott sei Dank hatten Alison und ich beschlossen, mit dem Kinderkriegen noch zu warten."

„Wusste sie über alles Bescheid?"

„Nicht als wir geheiratet haben. Nachdem ich meinen Job verloren hatte und keinen neuen finden konnte, wurde unser Verhältnis … eher angespannt. Das Geld war knapp. Ich fühlte mich wie ein Versager, da ich vom Einkommen meiner Frau lebte. Wir stritten uns nur noch. Vor neun Monaten einigten wir uns dann auf eine Trennung auf Probe, wobei sie mir bei der Miete unter die Arme griff. Aber ich denke, das machte es eigentlich nur schlimmer, denn sie hat mich letztlich komplett finanziert. Ich wollte mich gut fühlen. Ich wollte einfach nur ein paar Stunden mit einer Person verbringen, die mich nicht dazu brachte, mich wertlos zu fühlen."

„Also hast du was getan? Dich mit irgendwelchen x-beliebigen Männern getroffen?"

„Ja, so ungefähr", gestand Sam. „Ich war dumm. Ich wusste es, als ich es tat, aber es fühlte sich auch gut an. Es interessierte sie nicht, dass ich keinen Job hatte. Es interessierte sie nicht, dass ich meine Homosexualität verbarg. Es interessierte sie nur, dass ich sie alles machen ließ, was sie mit mir tun wollten. Alison drängte weiter darauf, dass ich einen neuen Job fand. Sie drohte mir ständig damit, meine Miete nicht mehr zu bezahlen, falls ich den Arsch nicht endlich hochkriegen würde. Sie besorgte mit sogar einen Job bei ihrem Cousin, aber es war nur zu offensichtlich, dass er mich nur einstellte, weil er Mitleid mit mir hatte. Ich gab den Job wieder auf und sagte ihr, dass ich eine andere Bleibe finden würde. Auf keinen Fall würde ich wieder dort arbeiten."

„Ich wünschte, ich hätte das gewusst", sagte Neil. „Ich hätte versuchen können, es einfacher für dich zu machen."

„Es gibt nichts, was du hättest tun können", antwortete Sam. „Ich musste erst auf die Schnauze fallen, damit ich begreifen konnte, wie schlecht es wirklich um mich stand."

„Und was jetzt?"

„Nichts", meinte Sam. „Ich werde mich nicht mit Alison um irgendetwas streiten, wenn wir in drei Monaten endlich die Scheidungspapiere einreichen können. Sie bekommt das Haus, das Auto, einfach alles. Außerdem möchte ich für den Fall, dass ich jemals die Chance auf einen Job bekommen sollte, bei dem meine Homosexualität eine Rolle spielt, keinen schwarzen Fleck auf meiner weißen Weste haben."

„Auf der Farm gibt es nicht viele Möglichkeiten für anonymen Sex, schwul oder nicht", warnte Neil. „Es gibt dort einige Jackaroos neben Caine und Macklin, die schwul sind, aber Chris und Jesse sind fest zusammen und die anderen werden die Farm verlassen, wenn die Saison in ein paar Wochen vorüber ist."

„Dann werde ich halt ohne auskommen", bemerkte Sam achselzuckend. „Das wäre nicht das erste Mal." Er stockte kurz und fügte dann hinzu: „Ich hatte genug anonymes Gefummel dieses Jahr. Ich würde lieber ohne auskommen und warten, bis ich die Möglichkeit habe, jemanden kennenzulernen. Ich weiß, dass das eher nicht auf der Farm passieren wird, und mal ehrlich, eine Beziehung anzufangen, noch bevor ich geschieden bin, das wäre dämlich, aber ich komme wirklich lieber ohne aus, als mich noch einmal wie ein Niemand zu fühlen."

„Hast du nicht gesagt, dass es dir gefallen hätte?"

„Der Sex, ja. Danach, nein", erklärte Sam. „Ich glaube nicht, dass du Details hören möchtest."

„Nicht wirklich", sagte Neil und verzog das Gesicht. „Ich lasse zwar nichts auf Caine und Macklin kommen, aber ich muss auch nicht wissen, was die zwei in ihrem Schlafzimmer so veranstalten. Dasselbe gilt für dich."

Sams Lächeln war das ehrlichste, das Neil gesehen hatte, seit er seinen Bruder am Busbahnhof in Yass abgeholt hatte.

„Danke dir."

„DU MUSST diesen Winter nach Melbourne gehen", sagte Devlin Taylor und drehte sich zu seinem jüngeren Bruder, Jeremy, um. „Du musst eine gute Frau finden, dich niederlassen und eine Familie gründen."

Jeremy schaffte es nur mit Mühe und Not seinem am anderen Ende des Frühstückstisches im Haupthaus sitzenden Bruder nicht mit einem Augenrollen zu antworten. Devlin lehnte es ab, mit den Jackaroos in der Kantine zu essen. Er fand, das sei „unter seiner Würde". Sie hatten seinen Beziehungsstatus jetzt schon so oft diskutiert, dass er es nicht mehr zählen konnte. Er würde heiraten, wenn er verdammt noch mal bereit dazu war – nicht, dass das allzu bald passieren würde, da er nicht vorhatte, eine Frau zu heiraten, und die Heirat unter Männern nicht erlaubt war – und Devlin konnte sich sein ständiges Einmischen und seine Kuppelversuche sonst wohin stecken. „Ich hatte einen Trip nach Sydney geplant", antwortete Jeremy, „nur für eine Woche oder zwei, um mich etwas vom Sommer zu erholen."

„Das ist nicht lange genug, um jemanden kennenzulernen", protestierte Devlin.

„Vielleicht, weil ich gar keinen kennenlernen *möchte*?", entgegnete Jeremy. „Zumindest nicht so. Wir werden nicht noch einmal darüber diskutieren."

„Sei vorsichtig, Junge", sagte Devlin als sei er Jeremys Vater und nicht sein älterer Bruder. Zugegeben, die zwölf Jahre, die zwischen ihnen lagen, bedeuteten, dass er und Devlin sich nie sehr nahe gestanden hatten, sie hatten nie eine gemeinsame Kindheit gehabt, auf die viele Geschwister ihre Bindung im Erwachsenenalter stützten. „Die Leute werden anfangen zu reden. Du bist vierunddreißig. Das ist mehr als alt genug, um sich irgendwo niederzulassen. Wenn du so weiter machst wie bisher, dann werden die Leute noch sagen, dass du wie diese Kissenbeißer oben in Lang Downs bist."

„Und was wäre, wenn sie das sagen würden?", erwiderte Jeremy hitzig, nicht zuletzt, weil es wahr war. Er hasste diese Bezeichnung genauso sehr, wie er das schwulenfeindliche Geschwafel seines Bruders hasste, aber er konnte kaum leugnen, dass er selbst schwul war, selbst, wenn er praktischerweise vergessen hatte, seinem Bruder dieses eine wichtige Detail zu erzählen. „Armstrong führt ein strenges Regiment auf Lang Downs, ganz egal mit wem er schläft. Und als du diesen Mistkerl feuern musstest, der deren Zäune sabotiert hatte, hat Neiheisel es auf sich beruhen lassen und weder dich noch ihn weiter verfolgt. Sie tun keinem etwas, nur weil sie zusammen sind."

„Keiner meiner Brüder wird als Schwuchtel bekannt werden!", donnerte Devlin.

„Lieber eine ehrliche Schwuchtel als ein homophober Fanatiker, der seine Farm noch immer nicht so gut betreiben kann, wie die ‚Kissenbeißer' in Lang Downs es tun", schrie Jeremy zurück.

Devlins wütendes Gebrüll warnte Jeremy vor dem Schlag, den sein Bruder in seine Richtung schickte und gab ihm damit die Zeit auszuweichen.

Vor Wut darüber konterte er seinerseits mit einem Aufwärtshaken, wobei er seinen Bruder direkt unter dem Kinn erwischte. Devlin taumelte zurück, kniff dann die Augen zusammen und ging wieder zum Angriff über. Jeremy versuchte den Schlag zu blocken, aber Devlin traf ihn trotzdem. Jeremy schwankte zurück, fing sich dann selbst an der Kante von Devlins Schreibtisch ab und knallte Devlin, mit dem Gesicht voran, auf die Holzoberfläche, als dieser erneut auf ihn zustürzte. Für einen kurzen Moment war er erleichtert, dass keiner der Jackaroos, die noch auf der Farm waren, ihren Kampf sehen würden, als Devlin auch schon wieder stand und seine Faust in Jeremys Magen grub. Er krümmte sich vor Schmerz und visierte Devlins Knie an. Als dieser in die Knie ging, starrte er Jeremy so hasserfüllt an, dass er einen Schritt zurückwich.

„Raus hier", fauchte Devlin, während Blut aus seinem Mundwinkel tropfte. „Und komm nicht wieder, bevor du eine Frau und ein anständiges Leben hast."

Jeremy schloss für einen Moment seine Augen, allein der Klang von Devlins Stimme zeigte ihm, wie todernst es sein Bruder meinte. „Ich werde noch vor Sonnenuntergang verschwunden sein."

„Und nimm nichts mit, was der Farm gehört", fügte Devlin hinzu.

Das wäre sowieso unmöglich, denn Jeremy hatte sich niemals einen Lohn ausgezahlt und sich stattdessen alles, was er brauchte, genau wie sein Bruder, von den Geldern der Farm gekauft, aber Jeremy war es müde mit seinem Bruder zu streiten. Er würde mitnehmen, was seiner Ansicht nach ihm gehörte und den Rest zurücklassen. Er konnte alles andere jeder Zeit ersetzen, sobald er einen neuen Job auf einer der anderen Farmen fand. Er hoffte, Lang Downs würde wieder anheuern, denn dies wäre für seinen Bruder noch mal ein zusätzlicher Schlag in die Magengegend. Wenn nicht, dann würde er aufgrund seiner Erfahrung überall anders ebenso gut einen Job finden.

Er stieg die Stufen zu seinem Zimmer hinauf, rieb sich sein Kinn, dort wo Devlins Faust ihn erwischt hatte und packte seine sieben Sachen. Er überlegte auch sein Handy mitzunehmen, beschloss aber dann, dass Devlin wohl den Vertrag kündigen würde, da es auf die Farm lief. Als er den Seesack, der alles beinhaltete, was er auf der Welt wirklich sein Eigen nennen konnte, so anschaute und er sich bewusst wurde, wie traurig sein Leben war, verfinsterte sich sein Blick. Er hätte das schon vor Jahren tun sollen.

„Ich nehme mein Auto", teilte er Devlin mit, als er die Treppen wieder hinunterstieg. „Ich lasse es zurückbringen, wenn ich angekommen bin, wo ich hin will."

Devlin schaute nicht einmal von seinem Schreibtisch auf, einen Kühlakku an seine Lippe gedrückt.

Jeremy machte auf dem Absatz kehrt und spazierte aus dem Haus, in dem er aufgewachsen war. Als er ging, pfiff er nach Arrow, seinem Kelpie. Es war an der Zeit, sich den Staub von Taylor Peak von den Füßen zu schütteln.

„Es IST noch viel zu früh für Neil zurück zu sein, stimmt's?", fragte Caine Macklin, das Tal hinabschauend und auf die Staubwolke auf dem Schotterweg blickend.

„Ich hatte ihn nicht vor dem Abendessen zurück erwartet", bestätigte Macklin, Caines Blick folgend.

„Erwarten wir sonst noch jemanden?"

„Nicht, dass ich wüsste", gab Macklin zurück. „Ich denke, wir sollten mal nachschauen, wer es ist."

„Ich kann das alleine machen, wenn du hier bleiben und die Schafe fertig machen willst", bot Caine an, obwohl er wusste, dass Macklin Nein sagen würde.

„Nein, ich werde mit dir gehen", sagte Macklin.

Caine schenkte seinem Partner ein nachsichtiges Lächeln. Er hatte zwar noch nicht herausgefunden, was Macklin dachte, in welche Art von Schwierigkeiten er geraten könnte, wenn er alleine durch das Tal ging, besonders seit Polly, Jasons Hund, Caine auf Schritt und Tritt folgte und es nicht danach aussah, als hätte sie vor dies zu ändern, aber er stritt sich deswegen auch nicht mit ihm. Er *konnte* alleine mit was auch immer und wem auch immer umgehen, der vielleicht die Straße entlangfuhr, aber das hieß nicht, dass er das auch gerne täte. Es kam darauf an, was es war.

Als sie die Staubwolke fast erreicht hatten, konnte Caine einen einfachen, schwarzen Jeep erkennen, ähnlich derer, die sie auf Lang Downs für Fahrten in die Stadt nutzten. Schließlich kam der Jeep vor ihnen zum Stehen und ein Mann, der Caine unbekannt war, stieg aus dem Wagen aus, gefolgt von einem durch und durch braunen Kelpie, der die blauesten Augen besaß, die Caine je bei einem Hund gesehen hatte.

„Taylor?", stieß Macklin verwundert hervor, während Caine seine Anspannung spüren konnte. „Was machst du hier?"

Taylor bedeutete Taylor Peak und das wiederum bedeutete, ihr Arschloch von Nachbar, aber das war nicht Devlin Taylor. Dieser Mann war eher so alt wie Caine, nicht so alt wie Macklin und auch mehr ein typischer Jackaroo als Devlin Taylor sich je erhoffen konnte zu sein.

„Entschuldigung, dass ich ungeladen hier auftauche", erwiderte Taylor, „aber mein Bruder hat mich von der Farm geworfen. Ich hatte gehofft, ihr hättet vielleicht Platz für einen mehr, zumindest für einen Tag oder zwei."

9

„Warum hat er dich rausgeworfen?", wollte Macklin wissen.

„Ich war es leid, mir sein dummes Geschwätz weiter anzuhören", erklärte Taylor. „Und als ich ihm das verdeutlicht habe – nun ja, sagen wir, er hat es nicht gut aufgenommen."

„Bist du so zu dem Veilchen gekommen?", fragte Macklin.

„Ja, aber das war es wert", grinste Taylor. „Der Ausdruck auf seinem Gesicht war unbezahlbar."

„Was hast du gesagt?", hakte Macklin nach, seine Stimme klang nun amüsiert.

„Er ist über euch beide hergezogen, so wie er es immer tut, wenn er frustriert ist", antwortete Taylor. „Ich habe ihm gesagt, dass ich lieber für euch zwei arbeiten würde als für einen homophoben Fanatiker, der seine Farm immer noch nicht so gut leiten kann wie die zwei Männer, die er so vehement versucht zu verunglimpfen."

Caine konnte sich das Grinsen nicht verkneifen. „Caine Neiheisel", stellte er sich vor und streckte ihrem Gast seine Hand entgegen. „Willkommen auf Lang Downs."

„Jeremy Taylor. Schön, dich endlich kennenzulernen."

„Okay, suchst du nur einen Platz, wo du ein paar Tage unterkommen kannst oder suchst du einen Job?", warf Macklin ein, nachdem Jeremy und Caine sich die Hand gegeben hatten.

„Ein Job wäre toll, wenn du einen für mich hast, aber diese Nacht würde ich einfach bleiben, damit ich nicht nach Boorowa fahren muss."

„Die Position des Vorarbeiters ist schon vergeben", gab Macklin ohne ein Lächeln zu bedenken, obwohl Caine sich sicher war, dass er Belustigung aus seiner Stimme heraushören konnte. „Aber wir haben noch Platz in der Schlafbaracke."

„Das wäre ein Dach über meinem Kopf", antwortete Taylor. „Das ist gut genug für mich."

„Dann komm mit. Wir suchen dir eine Schlafmöglichkeit", forderte Macklin ihn auf. „Caine, würdest du Kami bitte sagen, dass wir heute Abend einer mehr beim Essen sind?"

„Natürlich", gab Caine zurück, auch wenn er lieber mit ihnen gegangen wäre und mehr über ihren neuesten Streuner erfahren hätte. Aber er hatte ja Zeit. Er musste nicht alles gleich und sofort erfahren.

„OKAY, MÖCHTEST du mir verraten, was dieses Mal anders gewesen ist?", wollte Macklin wissen, als er Jeremy zu der Schlafbaracke führte, Arrow immer dicht an ihre Fersen geheftet. „Devlin beschimpft uns seit über einem Jahr aufs

Übelste, seit er das mit Caine herausgefunden hat. Und dich versucht er noch viel länger so zu verbiegen, dass du seinen Vorstellungen gerecht wirst."

„Er fing wieder damit an, dass ich heiraten müsse", berichtete Jeremy. „Gleicher Mist, anderer Tag, aber heute war ich es einfach leid. Er kann schreien und drohen so viel er will. Ich werde deshalb bestimmt nicht heiraten. Außerdem bin ich es leid, ihm zuzuhören."

„Eure Farm ist genauso dein Geburtsrecht wie seines."

Jeremy schüttelte den Kopf. „Nicht offiziell. Sein Name steht auf der Urkunde. Vielleicht wollte Dad, dass wir sie zusammen führen, aber er gab mir rechtlich keinerlei Mitspracherecht, sodass ich nicht wirklich etwas durchsetzen könnte. Ich war noch auf der Uni, als er starb, vielleicht ist das der Grund. Wer weiß? Ich habe mehr als zehn Jahre damit verbracht, ignoriert zu werden, sobald ich versucht habe, Devlin einen Weg aufzuzeigen, um etwas zu verbessern. Nicht nötig zu erwähnen, dass ich der mit dem Abschluss in Tiermanagement bin und nicht er. Ich bin sein kleiner Bruder, deshalb kann ich auch nichts wissen. Ich bin es einfach leid gewesen ihm dabei zuzuhören, wie er dich verunglimpft, war schlicht eins zu viel."

„Du weißt, dass es für Gesprächsstoff sorgen wird, dass du hierhergekommen bist und nicht zu einer anderen Farm", gab Macklin zu bedenken. „Niemanden hier scheren die Gerüchte, aber es wird es dir schwerer machen, später irgendwo anders hinzugehen, als wenn du direkt zu einer anderen Farm gegangen wärst."

Jeremy zuckte mit den Schultern. „Sie würden nichts sagen, das nicht wahr wäre. Vielleicht habe ich es nie jemandem erzählt. Vielleicht war es auch nicht geplant, es jemals jemandem zu sagen, aber das macht es nicht weniger wahr."

Macklin nickte nur kurz, als hätte er es sowieso schon gewusst, was Jeremy wiederum dazu brachte, wissen zu wollen, was hinter dieser undurchschaubaren Maske, die Jeremy so gut kannte, vor sich ging. Er selbst trug sie an so vielen Tagen, dass er schon gar nicht mehr wusste, wie er sie absetzen sollte. Hatte Macklin bereits etwas geahnt? Oder akzeptierte er es schlicht so einfach? Jeremy war sich nicht sicher, ob dies überhaupt eine Rolle spielte und das machte ihn dankbarer, als er sagen konnte.

„Es ist allein deine Sache, was du den Leuten erzählst und was nicht", sagte Macklin als sie die Schlafbaracke erreichten. „Ich bin keiner, der gerne tratscht."

„Danke", sagte Jeremy. „Als Taylor wird es hier drinnen schon schwer genug werden. Schwul zu sein wird dabei nicht unbedingt helfen."

„Das kommt darauf an, mit wem du gerade sprichst", grinste Macklin. „Manch einer würde dir das vielleicht positiv auslegen."

„Ich bin hier, um zu arbeiten, nicht um wild in der Gegend herumzuvögeln", antwortete Jeremy. „Ich habe kein Interesse an einer Beziehung."

Macklin lachte. „Wo habe ich das nur schon mal gehört? Ich schätze diese Einstellung, aber so lange, wie die Arbeit gemacht wird, liegt es bei dir und demjenigen, mit dem du beschließt, deine Zeit zu verbringen. Das Privatleben meiner Männer interessiert mich nicht, so lange dies nicht ihre Arbeit beeinflusst."

Sie gingen hinein und schauten in jeden Raum, bis sie eine freie Pritsche gefunden hatten. „Du kannst dir ein paar Minuten nehmen, um in Ruhe auszupacken, wenn du willst", bot Macklin an. „Du findest uns bei den Ställen."

„Und riskiere es, dass jemand hereinkommt und mich sieht und denkt, dass ich ohne deine Erlaubnis hier bin?", sagte Jeremy und schleuderte seinen Seesack auf das Bett. „Ich packe heute Nacht nach der Arbeit aus. Bis dahin wird hoffentlich jeder mitbekommen haben, dass ich deinen Segen habe."

„Die meisten hier in der Schlafbaracke sind zu neu dabei, als dass sie sich an die Auseinandersetzung mit Devlin erinnern könnten", beruhigte Macklin ihn. „Sie kennen vielleicht deinen Namen, aber es sind nur die Ganzjährigen, die in eigenen Häusern leben und eventuell ein Problem mit dir haben könnten."

Jeremy wusste nicht, ob es das besser oder schlechter machte. Die Jackaroos in der Schlafbaracke würden in ein paar Wochen weg sein, größtenteils unterwegs dahin, wo sie den Winter verbringen würden, sobald der Großteil ihrer Arbeit mit der Aufzucht getan war. Jeremy würde die Schlafbaracke für sich haben, aber die Männer, mit denen er arbeiten müsste, wenn die Saisonarbeiter gegangen waren, kannten alle seine Familie, seinen Bruder und die andauernde Feindseligkeit zwischen den zwei Farmen. Oder, um fair zu bleiben, die anhaltende Feindseligkeit, die Devlin gegenüber Lang Downs empfand. Jeremy hatte diese niemals geteilt, auch nicht bevor Caine auf die Farm kam und bevor er herausfand, dass beide, er und Macklin, schwul waren. Aber während Macklin das wusste, bezweifelte Jeremy, dass die anderen dies auch taten.

„Es macht trotzdem einen besseren Eindruck, wenn ich gleich zur Arbeit gehe, da ich weiß, dass es genug zu tun gibt", gab Jeremy zurück.

„Es gibt immer etwas zu tun", bemerkte Macklin mit einem Schulterzucken.

„Dann lass uns loslegen", sagte Jeremy. „Komm, Arrow."

2

NEIL PARKTE sein Auto hinter dem Haus, welches er Sam als seins und Mollys vorstellte. „Wir stellen deine Tasche nur schnell rein. Auspacken kannst du später. Es ist Zeit fürs Abendessen und du willst Kamis leckeres Essen nicht verpassen."

Sam stellte seine Tasche im Flur ab und folgte Neil über die Farm. Er hatte seine stabilsten Schuhe angezogen, aber jetzt wünschte er sich, er hätte Neils Angebot, ihm ein paar Schuhe in Boorowa zu kaufen, angenommen. Seine Schuhe würden innerhalb kürzester Zeit ruiniert sein. Aber Neil hatte schon so viel für ihn getan, er konnte nicht noch mehr verlangen. Die Kantine war voll mit Männern, die Schlange standen, um ihr Essen von dem großen Aborigine auf der anderen Seite der Theke zu erhalten, manche saßen bereits an den Tischen und aßen, und ein paar sahen aus, als wären sie bereits fertig. Er beobachtete die Szenerie flüchtig, schaute aber nirgends zu lange hin. Er war ein Fremder und auch wenn Neil erzählt hatte, dass man die Chefs akzeptierte, war Sam eine unbekannte Größe. Er wollte seinen ersten Abend nicht mit einem Streit beginnen. Wenn Neil recht hatte und Caine Sam eventuell aufgrund seiner Erfahrung als Büromanager anstellen würde, dann wäre es kein guter erster Eindruck, wenn er einen Streit vom Zaun brechen würde oder die Ursache für einen wäre.

Trotz allem blieb sein Blick auf einem Mann hängen, der alleine an einem Tisch saß. Sam konnte nicht sagen, was diesen Mann von den anderen Farmarbeitern im Raum unterschied, außer der Tatsache, dass er der einzige war, der alleine saß. Sein aschblondes Haar, leicht zerzaust, als wäre er sich mehr als einmal mit der Hand durch die Haare gefahren, und sein Drei-Tage-Bart lösten etwas in Sam aus. Der Typ wirkte sehr männlich und Sam fühlte sich von ihm angezogen. „Wer ist das?", wollte er von Neil wissen, während er versuchte, nicht zu offensichtlich in die Richtung des Fremden zu starren.

„Verfluchte Scheiße", entfuhr es Neil. „Was macht der denn hier?"

Bevor Sam ihn fragen konnte, was er damit meinte, war Neil bereits auf dem Weg zu ihm. Der Mann, der Sams Aufmerksamkeit erregt hatte, sah Neil kommen und stand auf, die Hände locker an den Seiten, aber offensichtlich für einen Kampf gerüstet.

Ein dritter Mann, einer, der so hart aussah wie der Granit unter ihren Füßen, stellte sich Neil in den Weg. „Du solltest einen Mann nicht für die Fehler seines Bruders verurteilen."

„Was macht der hier?", wiederholte Neil.

Als Sam fand, dass es sicher wäre, kam er näher. Er wollte so viel wie möglich über diesen Kerl und Neils Reaktion auf ihn in Erfahrung bringen.

„Arbeiten", antwortete der ältere Typ. „Caine hat ihn heute früh angeheuert, insofern du nicht mit ihm darüber diskutieren willst, solltest du dich jetzt wieder setzen."

Sam verspannte sich, er wusste, wie extrem Neil auf diese Art von Befehlen reagierte, wenn er sauer war. Ihm fiel die Kinnlade herunter, als sich Neil kurz schüttelte und einen Schritt zurück machte. „Wenn Caine ihn angeheuert hat, dann werde ich keine Schwierigkeiten machen, aber, wenn er Ärger macht, dann werde ich es beenden."

„Das ist nur fair, Macklin", sagte der andere Kerl von seinem Platz an der Wand aus. „Du weißt, dass ich keinen Ärger machen werde. So lange er sein Wort hält, ist alles in Ordnung."

„Ich stehe zu meinem Wort, Taylor", zischte Neil. „Ganz im Gegensatz zu anderen Personen."

„Neil, das reicht jetzt." Ein anderer Mann mischte sich in die Unterhaltung ein, ein jüngerer mit dunklem kurzen Haar und einem amerikanischen Akzent. Sam war sich sicher, dass das Caine sein musste. „Jeremy hat nach einer Bleibe und einem Job gesucht, nachdem er Taylor Peak verlassen hat. Ich habe ihm beides gegeben. Ich würde es begrüßen, wenn du dies respektieren würdest."

Neil entspannte sich sichtlich. „Ja, Chef, es tut mir leid."

„Stell mir deinen Bruder vor."

Neil drehte sich zu Sam um. „Caine, das ist mein Bruder Sam. Sam, mein Chef, Caine Neiheisel."

„Es freut mich, Sie kennenzulernen, Sir", sagte Sam, auch wenn Caine wohl im selben Alter war wie er, vielleicht sogar etwas jünger. Er verdankte dem Mann das Dach über seinem Kopf und vielleicht einen Job, wenn Neil recht behielt. Sam hatte sich vorgenommen, auf seine Manieren zu achten.

„Bitte nenn mich Caine. Wir sind alle per Du miteinander. Willkommen in Lang Downs."

„Vielen Dank. Ich weiß es wirklich zu schätzen, dass du mich hier eine Weile unterkommen lässt."

Caine lächelte und Sam wurde warm ums Herz bei so viel Freundlichkeit, die ihm und allen anderen hier entgegengebracht wurde. Es war nichts Sexuelles. Sam wusste, dass Caine mit Macklin zusammen war und, wenn Macklin wirklich der Mann war, der Neil davon abgehalten hatte, Taylor zu attackieren, dann würde Caine einen wie ihn auch nicht zwei Mal ansehen. Es fühlte sich schon fast familiär an, so als ob er adoptiert worden wäre und es nur bis jetzt nicht gewusst hätte. „Hol dir was zu essen – ich weiß, wie hart die Fahrt von Yass hierher ist – und schau dich erst mal in Ruhe um. Morgen würde ich dann gerne mit dir sprechen. Ich habe da ein paar Fragen zu geschäftlichen Belangen und Neil meinte, du könntest mir vielleicht helfen."

„Ich wäre froh, wenn ich irgendwie helfen könnte", sagte Sam. „Ich weiß nicht viel über Schafe, aber anders als bei branchenspezifischen Regeln unterscheiden sich die Gesetze innerhalb der Unternehmen nicht allzu sehr voneinander. Ich sollte in der Lage sein, dir unter die Arme zu greifen. Und selbst, wenn ich es nicht kann, wüsste ich vielleicht jemanden, der uns die Informationen besorgen kann, die wir brauchen."

„Gut zu hören", antwortete Caine. „Wir reden morgen nach dem Frühstück darüber. Hat Neil dich bereits vorgewarnt, wann der Tag bei uns beginnt?"

„Nein", erwiderte Sam.

„Früh", warf Neil ein. „Frühstück gibt es normalerweise um fünf, es sei denn es steht irgendetwas Besonderes an. Du musst zu dieser Zeit nicht runterkommen, aber, wenn du es nicht tust, bekommst du bis zum Mittagessen nur noch Müsli. Kami hat kein Verständnis für Menschen, die ihre faulen Hintern nicht aus dem Bett bekommen."

„Ich werde auf sein", versicherte Sam ihm. „Ich möchte niemandem Umstände bereiten."

„Ich werde dann mal fertig essen", sagte Caine. „Und morgen früh werde ich mich nach euch beiden umsehen."

Sam drehte sich wieder zu Neil um, als Caine zu seinem Tisch zurückging, an dem er gesessen hatte, bevor Neil explodiert war. Sam würde ihn später nach Taylor und dem Grund hinter Neils Feindseligkeit fragen. Aber jetzt roch das Essen erst einmal vorzüglich und Sam wurde langsam hungrig.

„Was gibt es zum Abendessen?", fragte er und lächelte den Aborigine hinter der Theke an, als er zu ihm trat.

„Wombat Curry", gab der Mann — Kami, glaubte Sam, hatte Neil ihn genannt — zurück.

„Ich habe noch niemals zuvor Wombat gegessen", sagte Sam und hielt seinen Teller, während Kami eine große Kelle dicken Eintopf auf Sams Teller tat.

„Du wirst es auch jetzt nicht essen", stellte Neil richtig. „Das ist entweder Rind oder Lamm, eher Lamm. Wir sind immer noch auf einer Schaffarm. Kami veräppelt die Neuen nur gerne."

„Und ich habe es geglaubt."

„Du bist nicht der Erste und du wirst nicht der Letzte sein", grinste Kami. „Magst du etwas Naanbrot zu deinem Curry?"

„Kami macht es selbst", erklärte Neil ihm. „Es ist genauso gut oder sogar besser als alles, was du in der Stadt bekommen kannst."

„Gerne, ich nehme ein Stück", antwortete Sam. Es war nicht verkehrt, sich gut mit Kami zu stellen. Der Mann würde in Zukunft für seine Verpflegung sorgen. Da war es besser, wenn Kami ihn mochte.

Sie setzten sich an einen Tisch, an dem bereits einige andere Männer und eine schöne Frau saßen, die Neil einen Klaps auf den Hinterkopf gab, sobald er sich setzte. „Was war das?", wollte sie wissen.

„Nicht hier Molly, bitte", sagte Neil.

Sam nahm einen großen Happen Curry, um sein Kichern zu ersticken. Er hätte sich nie träumen lassen, dass Neil einmal so unter den Pantoffel geraten würde. „Na gut", sagte Molly, klang dabei aber nicht im Geringsten beschwichtigt, „wir werden das besprechen, sobald wir zu Hause sind."

Neil wirkte so beschämt, dass er Sam etwas leidtat. „Hi", stellte er sich vor, „ich bin Sam, Neils Bruder."

Molly sah aus, als würde sie Neil noch einen Klaps verpassen wollen. „Keine Manieren", murmelte sie mit einem liebevollen Blick in Richtung ihres Verlobten. „Schön, dich kennenzulernen, Sam. Ich bin Molly. Willkommen in Lang Downs."

„Ich danke dir. Alle waren bisher sehr nett."

„So ist das hier", sagte Molly, „weshalb wir Neils Ausbruch später besprechen. Er steht im Rang direkt hinter Macklin. Er kann es sich nicht leisten, herumzulaufen und sich danebenzubenehmen, sonst verliert er noch seine Stellung als Vorarbeiter."

„Es ist Jeremy Taylor", verteidigte Neil sich. „Was hätte ich denken sollen?"

„Dass deine Chefs aufmerksam genug sind, um zu wissen, wer sich in ihrer Kantine aufhält und dass, wenn sie wissen, dass er dort ist und es für sie okay ist, du auch kein Problem damit haben solltest?", schlug Molly vor.

„Taylor?", wiederholte Sam. „Wie die Nachbarfarm?"

„Ja, dieser Taylor", bestätigte Neil. „Naja, der jüngere Bruder, aber dieselbe Familie. Ich habe versprochen, dass ich keinen Streit vom Zaun brechen würde und daran werde ich mich halten, aber ich traue ihm nicht. Devlin Taylor würde eine gute Führung nicht erkennen, wenn ihn diese in den Hintern beißen würde."

Sam blickte Taylor durch den Raum hinweg an und wunderte sich, was diesen Mann wohl dazu bewogen hatte, sein Zuhause zu verlassen und stattdessen hierherzukommen. Als Sam in Taylors Richtung blickte, stand

16

dieser auf, verstaute seinen Teller in dem Behälter für schmutziges Geschirr und ging nach draußen. Sam konnte sich nicht helfen, aber der Mann wirkte einsam.

„Es ist nichts Besonderes", entschuldigte sich Neil, als er die Tür zum Gästezimmer des Vorabeiterhauses öffnete. „Molly hat unser Zimmer zwar bereits renoviert, zu den anderen Räumen ist sie aber leider noch nicht gekommen. Eigentlich wollten wir das Wohnzimmer über den Winter renovieren, aber vielleicht kann sie das Gästezimmer stattdessen auf Vordermann bringen."

Das Zimmer war einfach, genau wie Neil gesagt hatte, aber es war sauber und das Leinen am Bett duftete wie ein warmer Sommerregen. Sam hatte keine Ahnung, wie Molly das hier, auf einer staubigen Farm im späten Herbst, hinbekommen hatte, aber er würde sich bestimmt nicht beschweren. Er ließ seine Finger über die bestickte Tagesdecke gleiten. „Ist das die von Mom?"

„Ja", bestätigte Neil. „Sie hat uns ein paar Sachen geschickt, als ich ihr erzählt habe, dass Molly und ich unser Haus einrichten."

„Dachte ich mir doch, dass ich die Decke kenne."

„Wirst du alleine klarkommen?"

„Ich bin erwachsen", gab Sam gespielt verärgert zurück, eine Emotion, die er heute Nacht öfters in Neils Nähe zeigte. „Ich denke, ich kann in meinem eigenen Bett schlafen."

„Bist du dir sicher, dass du sonst nichts brauchst?"

„Neil", antwortete Sam und schob seinen Bruder aus der Tür heraus, „geh und verbringe etwas Zeit mit deiner wunderschönen Verlobten. Ich kann schon auf mich aufpassen. Außerdem müssen wir um fünf Uhr am Frühstückstisch sitzen, keine Zeit, die ich gewohnt wäre. Ich werde schnell duschen und dann ins Bett gehen. Alles andere besprechen wir morgen früh."

Als Neil endlich verschwunden war, ließ Sam sich auf das Bett fallen. Nach der langen Reise brauchte er eine Dusche, aber zunächst benötigte er etwas Zeit für sich. Er war es mittlerweile gewohnt alleine zu leben. So schön es auch war seinen Bruder zu sehen und so befreiend es auch war sich nicht mehr verstellen zu müssen, Sam hatte, seit er heute früh zur Reise nach Yass aufgebrochen war, keinen Moment mehr für sich alleine gehabt.

Er versuchte seine Gefühle zu ordnen, so wie es ihnen die Eheberaterin gezeigt hatte, zu der er und Alison ein paar Mal gegangen waren. Wenn er wusste, was er warum fühlte, dann würde er besser damit umgehen können, hatte die Eheberaterin immer wieder betont. In einem hatte die Dame wohl recht behalten, sich selbst einzugestehen, dass er eine Lüge lebt, hatte ihn aus dieser Situation befreit. Allerdings hatte es darin geendet, dass er nun von der

Großzügigkeit seines Bruders abhängig war. Es hätte schlimmer kommen können, erinnerte er sich selbst. Er hätte auch auf der Straße landen können, hätte sein Bruder ihn fallen gelassen, als er ihm gestand, dass er schwul war.

Es würde länger als nur ein paar Stunden brauchen, bis er diese Überraschung verdaut hatte. Er hatte sich viele Möglichkeiten überlegt, wie er das Thema umgehen konnte, hatte sich eine Menge Erklärungen einfallen lassen, falls Neil Antworten verlangen würde, die Sam nicht geben wollte. Er hätte sich niemals träumen lassen, dass er sich einfach nur vor seinem Bruder zu outen brauchte. Er hatte geplant seinen Jobverlust und Alisons Ungeduld über sein Unvermögen einen neuen Job zu finden dafür verantwortlich zu machen. Dann hatte Neil Sam von seinen Kollegen erzählt und sie vor Sam und seiner, wie er dachte, speziellen Einstellung ihnen gegenüber verteidigt, was Sam dazu bewogen hatte sein Glück zu versuchen. Er war nicht mehr so ehrlich mit seinen Gefühlen gewesen, seit er realisiert hatte, dass er sich zu den anderen Jungs seiner Klasse hingezogen fühlte, anstatt zu den Mädchen. Und Sam fand, dass er sich daran gewöhnen konnte, ganz er selbst zu sein. Caine wollte am nächsten Morgen mit ihm übers Geschäft sprechen. Vielleicht würde das zu einem temporären Job führen.

Aber heute Nacht würde nichts mehr passieren. Er hatte keinen Computer um Bestimmungen über Schaffarmen nachzuschlagen oder Steuergesetze zu überprüfen. Er musste hoffen, dass er alles gut genug in Erinnerung hatte, oder dass Caine einen Computer besaß, auf dem er recherchieren konnte, falls er Fragen hatte.

Sich selbst ermahnend nicht in Selbstmitleid zu versinken, stand er auf und packte seine Sachen aus, hing ein paar seiner Jeans auf und verstaute seine Hemden ordentlich zusammengelegt in einer Schublade. Als er fertig ausgepackt hatte, nahm er seine Toilettentasche und ging runter in die Diele, um vor dem ins Bett gehen noch zu duschen.

JEREMY ZOG seine Stiefel an der Tür zu der Schlafbaracke aus. Er wusste nicht, ob die anderen es genauso machten, aber seine Mutter hatte ihn anständig erzogen. Er trug niemals Schuhe in irgendjemandes Wohnraum. Er verbrachte zu viel Zeit auf staubigen Feldern oder in Ställen voller Schafmist, als dass er das mit ins Haus schleppen würde. Er lächelte, als Arrow aus dem Nichts auftauchte und ihn nach drinnen begleitete.

„Hattest du Spaß?", fragte Jeremy und beugte sich zu Arrow runter, um dessen weiche Ohren zu kraulen. „Du solltest bei Max besser vorsichtig sein. Er ist es gewohnt hier das Sagen zu haben. Ich möchte nicht, dass du in irgendwelche Kämpfe verwickelt wirst, okay?"

Arrow schaute ihn nur stumm an und vergrub seinen Kopf in der ihn kraulenden Hand. Jeremy schüttelte den Kopf über seine eigene Dummheit. Es war ja nicht so, dass Arrow ihn tatsächlich verstehen konnte. „Glaubst du, dass wir hier klarkommen werden? Macklin gibt uns eine Chance, aber das heißt nicht, dass die anderen es ihm gleich tun werden."

Er seufzte, als er an die Konfrontation, oder besser, nahezu Konfrontation, mit Emery dachte. Der Mann war als Hitzkopf bekannt und Devlin hatte den Jungs auf Lang Downs viele Gründe gegeben, jedem auf Taylor Peak zu misstrauen, von daher war diese Einstellung ihm gegenüber nicht verwunderlich. Das machte es nicht unbedingt angenehmer. Wenn das Leben auf Lang Downs nur aus Auseinandersetzungen mit Emery, oder, da Macklin die letzte Auseinandersetzung geschlichtet hatte, aus spöttischem Grinsen und bissigen Kommentaren bestehen würde, war sich Jeremy nicht sicher, ob er bleiben konnte. Anderswo wäre es wohl schwieriger, offen dazu zu stehen, dass er schwul war, aber er wollte auch nicht in einem permanenten Kriegsgebiet leben, besonders, wenn er dazu gezwungen war, einer der Kämpfer zu sein.

Er konnte Gelächter aus dem Gemeinschaftsraum der Schlafbaracke schallen hören. Die Jackaroos entspannten nach einem langen Tag. Er war sich sicher, dass ein paar von ihnen ein Bier geköpft hatten und ein paar andere hatten sich bestimmt eine Zigarette angezündet. Er bildete sich sogar ein, etwas Gras zu riechen. Er beschloss, das im Hinterkopf zu behalten und wann anders zu überprüfen. Er würde nicht, in der Nacht in der er angekommen war, eine Diskussion auf der Farm eines anderen anfangen, aber er hatte gesehen, was in Cowra geschehen war, wo ein Jackaroo hochgenommen wurde, weil er Marihuana auf der Farm angebaut hatte, auf der er arbeitete. Der Besitzer der Farm wäre beinahe mit ihm in den Knast gegangen und Jeremy wollte nicht, dass so etwas auch Caine und Macklin passierte. Er würde es nicht einmal seinem Bruder wünschen, geschweige denn seinen Wohltätern. Wenn er es noch einmal riechen oder auch nur ein Anzeichen dafür entdecken würde, würde er mit Macklin privat reden.

Er hatte mit dem Gedanken gespielt, sich den anderen in der Baracke anzuschließen und gehofft, dass sie nicht alle dieselben Vorurteile hatten wie Emery, aber jetzt zögerte er. Er schnappte sich seine Toilettentasche und ging stattdessen weiter Richtung Duschblock. Er würde sich waschen, sich ausruhen und alles andere morgen regeln.

3

ALS SAM am Morgen am Frühstückstisch saß und seine Tasse Kaffee schlürfte, konnte er die Augen kaum offen halten. Er brauchte den Koffeinschock, um wach zu werden, wenn er Caine nach dem Frühstück mit seinen Geschäftstalenten beeindrucken wollte. Die meisten der Jackaroos sahen genauso verschlafen aus, wie Sam sich fühlte, aber sie gingen alle nach draußen, um auf den Paddocks und Weiden zu arbeiten und taten, was auch immer im späten Herbst auf einer Schaffarm getan werden musste. Die körperliche Arbeit würde sie schon wachhalten. Sam hingegen würde nur das Koffein und seine feste Entschlossenheit haben, um diese eine Chance, die sich ihm aufgetan hatte, seit die Smiths ihren Laden vor achtzehn Monaten geschlossen hatten, nicht in den Sand zu setzen.

„Entspann dich", sagte Neil, sich neben ihn setzend. „Caine beißt nicht. Er ist der fairste Mensch, dem du je begegnen wirst."

„Das ist immer noch ein Bewerbungsgespräch", antwortete Sam, „egal wie du es nennst, ich bin etwas aus der Übung."

„Vielleicht ist es das", stimmte Neil ihm zu, „aber ich wiederhole noch einmal, was ich eben gesagt habe: Caine ist einer der fairsten Männer, die es gibt. Wenn du ihm bei seiner Arbeit helfen kannst, dann ist das alles, was er von dir erwartet. Ich habe das Schlimmste befürchtet, als es hieß, dass ein Yankee die Farm übernehmen würde, aber er hat sich nie davor gescheut, sich die Hände schmutzig zu machen oder Fragen zu stellen, wenn er etwas nicht wusste. Er hat niemals von jemandem verlangt etwas zu tun, was er selbst nicht tun würde, was übrigens der Grund dafür ist, dass ich noch lebe. Er ist nicht darauf aus, dir das Leben schwer zu machen, er will nur wissen, ob du ihm helfen kannst."

Sam hoffte inständig, dass er helfen konnte, aber es war nicht ganz so einfach. Er wusste nicht genug darüber, was zum Führen einer Schaffarm dazu gehörte, als dass er mit Sicherheit sagen konnte, dass er Caine eine Hilfe wäre.

„Wenn ich es nicht kann, kann ich immer noch alles über Schafe lernen, denke ich."

„Das ist die richtige Einstellung", freute sich Neil. „Wir haben es Caine beigebracht. Ich kann es dir beibringen, wenn es dazu kommen sollte, aber du wärst glücklicher im Büro und Caine wäre auch glücklicher damit."

„Ich kann nicht glauben, wie sehr du dich verändert hast", sagte Sam. „Ich hätte niemals gedacht, dass ich den Tag erleben würde, an dem du so loyal zu einem schwulen Mann stehst."

„Damit hat das nichts zu tun", korrigierte Neil ihn. „Sie hätten mich rausschmeißen sollen, so wie ich mich gegenüber Caine verhalten habe, nachdem ich es herausgefunden hatte, aber das taten sie nicht. Und dann hat Caine mein Leben gerettet. Ich stehe loyal zu zwei der besten Männer, die ich jemals kennengelernt habe. Und dass sie ein Paar sind? Ehrlich, ich versuche nicht zu viel darüber nachzudenken, aber das ist nichts im Vergleich zu dem, was sie für mich getan haben."

„Und wenn ich jemanden kennenlernen würde?"

„Du wirst immer mein Bruder sein", versprach Neil. „Und wenn du jemand Besonderes triffst, der dich glücklich macht, dann ist das alles was zählt. Ich möchte nach wie vor keine Details hören, aber ich bin nicht Dad. Nicht mehr."

Sam lächelte. „Irgendwelche Tipps für mein Bewerbungsgespräch?"

„Verarsch ihn nicht. Wenn du etwas nicht weißt, dann sag es. Du kannst es jeder Zeit nachschlagen und es dir aneignen. Er respektiert Ehrlichkeit mehr als alles andere."

„Danke", sagte Sam. „Ich werde es im Hinterkopf behalten."

Sam frühstückte zu Ende und versuchte dabei sein Bestes, sein Unbehagen zu verbergen. Caine und Macklin saßen an einem der Nachbartische und unterhielten sich mit ein paar Jackaroos, die Sam noch nicht kennengelernt hatte, aber man konnte anhand ihrer Körpersprache erkennen, dass sie Caine und Macklin nahe standen. Sam nahm an, dass die beiden wohl jeden am Ende des Sommers gut kannten, aber mit den Chefs an einem Tisch zu sitzen, das ließ auf ein eher familiäres Verhältnis schließen. Kurz darauf gesellten sich zwei Teenager zu ihnen, sich offensichtlich im Klaren darüber, dass sie willkommen waren und Sam fiel auf, dass einer der beiden dem jüngsten Jackaroo sehr ähnlich sah.

„Chris und Seth Simms", bemerkte Neil, der Sams Blick gefolgt war. „Chris ist der, von dem ich dir in Yass erzählt habe; der, der fast gestorben wäre. Seth ist sein jüngerer Bruder. Und das neben Chris ist Jesse Harris. Daneben sitzt Jason Thompson, das andere Kind auf der Farm, und sein Vater Patrick, unser Chefmechaniker. Sie sind alle Ganzjährige. Carley, Patricks Frau, muss hier auch irgendwo sein, auch wenn ich sie heute Morgen noch nicht gesehen habe. Sie hilft ab und an in der Schlafbaracke und der Küche aus, wenn Kami sie lässt."

„Du weißt schon, dass du mir das alles in einer Stunde noch mal erzählen musst", sagte Sam. „Ich war noch nie gut mit Namen."

„Du hast genug Zeit, sie alle kennenzulernen", beruhigte Neil ihn.

Caine und Macklin standen vom Tisch auf, dann ging Macklin in Richtung Tür, während Caine direkt auf sie zukam. Neil schüttete den Rest seines Kaffees herunter. „Das ist mein Signal, dass die Arbeit anfängt. Viel Glück mit deinem Interview."

„Danke. Wir sehen uns beim Abendessen."

Neil nickte und folgte Macklin durch die Tür.

„Nur keine Hektik", sagte Caine als Sam vom Tisch aufstehen wollte. „Frühstücke erst mal fertig. Nur weil Macklin glaubt, dass der Tag nicht früh genug beginnen kann, heißt das nicht, dass wir uns hetzen müssen. Du und ich müssen nicht versuchen, tausend Schafe innerhalb der nächsten Woche zu züchten.

„Nein, wir müssen nur herausfinden, wie du die Männer, die du beschäftigst, bezahlen musst und wie wir das korrekt dokumentieren können, damit am Ende des Jahres die Zahlen stimmen", stellte Sam fest.

„Ja", gab Caine zurück, „nur das. Ich habe einen Wirtschaftsabschluss, das sollte uns helfen."

„Ich bin mir sicher, das wird es", bemerkte Sam. „Aber du hast deinen Abschluss an einer amerikanischen Uni gemacht. Wenn du dort eine Schaffarm führen würdest, wüsstest du genau, was du zu tun hättest. Ich wette aber, wir kriegen das in ein paar Tagen geregelt. Als ich noch für die Smiths gearbeitet habe, habe ich die Lohnbuchhaltung und die Steuer gemacht. Der Umfang ist hier anders, aber ob nun ein Mitarbeiter, fünfzig oder fünfhundert, sie müssen alle bezahlt werden, man muss die Lohnsteuer abziehen und Zusatzleistungen beachten."

„Ja, und dann sind da noch die Abzüge für Lieferungen und alles andere", fügte Caine hinzu. „In den Vereinigten Staaten wüsste ich, was ich als Betriebsausgaben absetzen könnte, aber hier ist nicht alles identisch damit. Jedes Mal, wenn ich denke, dass ich es verstanden habe, lese ich wieder etwas anderes und merke, dass ich genau garnichts kapiert habe."

Sam aß den letzten Rest seiner Eier und nahm seine Kaffeetasse in die Hand. Die Unterhaltung hatte ihm Mut gemacht. Das war vielleicht ein Bewerbungsgespräch, aber Neil hatte Recht gehabt. Caine war nicht darauf aus ihn scheitern zu sehen. „Lass uns einen Blick darauf werfen, was meinst du?"

„Lass mich nur kurz meine Kaffeetasse auffüllen."

Caine genehmigte sich selbst eine weitere Tasse Kaffee und führte Sam dann in sein Büro im Farmhaus. Obwohl man dem Gebäude selbst ansah, wie alt diese Farm war, war das Innere von Caines Büro nur mit dem Neusten vom Neuen ausgestattet, moderner als er es in Melbourne je gesehen hatte.

„Ein hübsches Plätzchen hast du hier", staunte Sam.

Caine zuckte mit den Schultern. „Onkel Michael hat noch alles in Büchern festgehalten, obwohl Macklin ihn davon überzeugt hatte, einen Computer zu benutzen, als seine Handschrift in den letzten Jahren unleserlich wurde. Ich wollte nicht versuchen, seine Bücher zu entziffern und sein Computer war so alt, dass er nicht wirklich besser als die Bücher war. Ich dachte mir, wenn ich schon Geld für eine bessere Büroausstattung ausgeben müsste, dann könnte ich es auch gleich vollständig renovieren und müsste nicht in ein paar Jahren wieder Hand anlegen."

„Das macht Sinn", stimmte Sam ihm zu. „Das wird auch mir das Leben leichter machen, ich werde mich also nicht beschweren. Magst du mir zeigen, was du schon hast?"

Caine fuhr seinen Computer hoch und drehte Sam den Bildschirm zu, sodass er gut sehen konnte. Er rief die Dokumente für die Gehaltsabrechnung auf. „Schau, hier ist das Problem", sagte er. „Wir bezahlen sie auf monatlicher Basis, aber wir beschäftigen sie nur acht Monate im Jahr, von daher bin ich mir ziemlich sicher, dass wir zu viele Steuern berechnen. Aber ich weiß nicht, welches Formular ich für den richtigen Betrag brauche."

Sam lächelte. Er konnte helfen.

„JEREMY, NEIL ist zusammen mit ein paar anderen losgezogen, um eine Herde von den nördlichen Weiden nach Hause zu treiben, aber da ist noch eine Herde im Süden. Ich habe genug Männer, aber keinen mit Erfahrung außer Jesse, und der besitzt keinen eigenen Hund", sagte Macklin.

„Und die Schlechtwetterfront bewegt sich in diese Richtung", stellte Jeremy fest und blickte dabei in Richtung Hochland.

„Ganz genau. Würdest du mit Jesse gehen? Technisch gesehen hat er das Sagen, hauptsächlich weil er weiß, wo die Schafe sind."

„Kein Problem", versicherte Jeremy. „Ich werde ihn unterstützen."

Jeremy pfiff nach Arrow und überquerte die Farm auf seinem Weg zum Paddock hinter den Zuchtställen, wo sie die Pferde der Farm untergebracht hatten. Eine Gruppe von Männern hatte sich dort versammelt; auch der Mann Mann, nachdem er Ausschau hielt. „Harris?"

„Ja, reitest du heute mit uns?"

„Macklin hat mich darum gebeten, ja", erwiderte Jeremy gleichmütig.

„Alles klar, dann sitz auf. Wir verschwenden nur unnötig Zeit."

Jeremy spürte die Erleichterung, die ihn aufgrund von Harris' Worten überkam. Seit seiner Ankunft wurde ihm aus allen Ecken so viel Feindseligkeit entgegengebracht, dass er anfing, nur das Schlimmste zu erwarten. Harris hingegen schien seine Anwesenheit nicht im Geringsten zu stören.

„Ich kenne die Pferde der Farm nicht. Hast du eine Ahnung, welches ich reiten soll?"

„Du kannst auf jedem reiten, nur nicht auf Ned", sagte Harris und deutete auf einen großen Fuchswallach. „Der gehört Macklin und ich habe noch nie jemand anders auch nur auf ihm sitzen sehen."

Aus Emerys Mund hätte dies wie eine Herausforderung geklungen, aber Harris hatte es nur als Tatsache formuliert.

„Dann sollte ich wohl lieber ein anderes Pferd nehmen", stellte Jeremy mit einem Grinsen fest. „Ich sollte an meinem ersten richtigen Tag auf der Farm nicht abgeworfen werden wie ein blutiger Anfänger."

Harris grinste zurück.

Jeremy warf dem nächstbesten Pferd, einer großen braunen Stute, das Zaumzeug über und saß auf. „Nach dir, Boss", sagte er zu Harris. „Der Tag wird nicht jünger."

Harris lachte und ritt in Richtung Talausgang. Als sie das Taltor passiert hatten, führte er sie runter von den Straßen und ab in die Hochebene, immer Richtung Süden. Jeremy schaute sich die Männer um ihn herum genau an. Der jüngste der Truppe, Simms, ritt am nächsten bei Harris, offensichtlich im Reinen mit den anderen Männern, aber nicht so locker mit seinem Pferd. Er machte keine offensichtlichen Fehler, aber die Art, wie er im Sattel saß, zeigte, dass ihm die Erfahrung fehlte. Die anderen fühlten sich offenbar genauso unwohl mit ihren Pferden und schienen sich mit Harris nicht unbedingt wohler zu fühlen. Eine Beobachtung, die Jeremy dazu brachte, sich zu fragen, was diesen Sommer wohl auf Lang Downs geschehen war.

Trotz der offensichtlichen Unerfahrenheit der Jackaroos, die mit ihm ritten, schien der Farm nichts zu fehlen, was gut war, aber es machte Jeremy neugierig. Als er Lang Downs – vor drei Jahren nunmehr – das letzte Mal besucht hatte, schien alles wie von selbst zu laufen, so als ob jeder genau wusste, was er tun musste, ohne, dass man es ihm sagte. Er bezweifelte jedoch, dass der Großteil der Männer, mit denen er heute ritt, auch nur den Hauch einer Ahnung davon hatte, was sie taten, außer vielleicht Befehlen zu folgen. Er wollte nachfragen, wusste aber nicht, wie er das Thema am besten ansprechen sollte.

„Wie lange bist du schon auf Lang Downs?", fragte er Harris und setzte sich neben ihn.

„Seit Beginn der Saison. Ich hörte Gerüchte über die Chefs und beschloss, dass dies wohl ein besserer Ort für mich wäre als irgendeine der anderen Farmen, auf denen ich bereits gearbeitet hatte", erklärte Harris.

„Und? Ist es das?", wollte Jeremy neugierig wissen.

Harris warf einen Blick in Simms Richtung. „Könnte man sagen. Caine hat mir angeboten, mich als Ganzjährigen zu beschäftigen."

Jeremy nickte. „Lang Downs ist schon immer ein Ort gewesen, an dem die Menschen gerne geblieben sind." Gleiches hatte nie für Taylor Peak gegolten, hauptsächlich zu Jeremys Vaters und Devlins Entsetzen, aber das machte die vorhandene Situation nur verrückter.

Als sie an der Herde ankamen, blieb Jeremy keine Zeit mehr über die Situation nachzudenken. Er war zu sehr damit beschäftigt, Arrow Befehle zuzurufen und den anderen dabei nicht im Weg rumzustehen. Harris hatte die Situation gut im Griff, aber einige der Männer waren besser im Befehle befolgen als andere.

Er, Arrow und Jeremy selbst trieben die Herde dann zurück in Richtung Tal. Falls Jeremy Arrow hinter mehr Ausreißern als üblich herschicken musste, behielt er dies für sich. Harris erledigte das für ihn, und da er derjenige war, der das Kommando hatte, war es besser, dass es von ihm kam.

Sie trieben die Schafe in das Tal zurück und in die Zuchtställe. Macklin beherrschte dies aus dem Effeff. Ein Kind, das Jeremy nicht kannte, separierte die Schafe eins nach dem anderen und leitete sie in die Richtung, die Macklin ihm mit einem Nicken anwies. „Wer ist das da beim Boss?", wollte Jeremy wissen.

„Jason Thompson. Sein Vater ist der Chefmechaniker. Er lebt hier schon, seit er zwei ist. Er kann gut mit den Tieren umgehen. Ich dachte, dass Seth ihm heute auch helfen sollte. Ich hoffe für ihn, dass er sich nicht um die Arbeit drückt."

„Seth?"

„Chris' kleiner Bruder. Normalerweise sind er und Jason unzertrennlich, außer Seth arbeitet mit Patrick zusammen, Jasons Vater, aber Patrick ist heute früh für den wöchentlichen Einkauf von Vorräten in die Stadt gefahren."

„Vielleicht hat Macklin ihm etwas anderes aufgetragen?" Jeremy behauptete nicht, dass er den Tonfall in Harris' Stimme verstand, aber er fand, dass der Junge eine Chance verdient hatte, sich selbst zu verteidigen, bevor er eine Abreibung dafür bekam, dass er sich vor seinen Pflichten drückte.

„Vielleicht. Er hat sich gebessert, aber als er hier ankam, hat er ein paar schlechte Streiche gespielt, meist auf Kosten seines Bruders, aber ich werde ihn nicht Chris' Platz hier gefährden lassen. Dafür haben wir zu hart gearbeitet."

Bevor Jeremy wusste, wie er darauf antworten sollte, kam ein zweiter Teenager, etwas älter als Jason, auf die Ställe zugerannt. „Seth wird gleich hier sein, Macklin. Er hat mich gebeten, dir zu sagen, dass er im Büro fast fertig ist."

„Siehst du? Eine absolut logische Erklärung."

„Auch gut. Lass uns die Pferde zurückbringen und lass uns sehen, was der Boss noch für uns hat."

Hinter ihnen murmelte einer der Jackaroos etwas in seinen Bart. Harris drehte sich blitzschnell um. „Hast du ein Problem damit, einen ganzen Tag für deine Bezahlung zu arbeiten, Jenkins?"

Der Mann wurde rot, sagte aber nichts.

„Was ist hier los?", fragte Jeremy, nachdem der Mann sich davongeschlichen hatte. „Es ist zwar schon eine Weile her, seit ich das letzte Mal hier war und ich habe auch nie hier gearbeitet, aber ich kann mich nicht daran erinnern, dass hier eine solche Arbeitseinstellung geherrscht hätte."

„Es sind nicht alle so", erklärte Harris, „und Jenkins ist wohl auch bei Weitem der Schlimmste, aber ich denke, dass die Gerüchte dafür gesorgt haben, dass viele Saisonarbeiter sich fernhalten. Sie mussten Männer anheuern, die sie sich in der Vergangenheit kein zweites Mal angeschaut hätten. Einige von ihnen, naja, eher die meisten von ihnen haben sich richtig reingehangen, um ihren Job zu machen, aber ein paar haben nicht einmal versucht, zu verstehen, was eigentlich ihr Job ist."

„Ich wusste nicht, dass es so schlimm geworden ist", erwiderte Jeremy kopfschüttelnd. „Haben sie Ganzjährige verloren?"

„Ich glaube nicht", gab Harris zurück, „aber das ist auch meine erste Saison, daher weiß ich nicht, wer hier vorher gearbeitet hat. Als ich ankam, schien das einzige leer stehende Haus das des Vorarbeiters zu sein, und in das sind Neil und Molly mittlerweile gezogen. Macklin hat Neils altes Haus Chris und Seth angeboten, und im weitesten Sinne auch mir."

Das erklärte die Blicke, die er zwischen den beiden Männern über den ganzen Tag beobachtet hatte und auch seine Einstellung gegenüber dem jüngeren Simms Bruder. „Hoffentlich wird es nächstes Jahr besser", sagte Jeremy.

„Ja, und wenn nicht, dann werden wir zumindest darauf vorbereitet sein und können uns besser darauf einstellen."

4

JEREMY HATTE sich gerade an einen der leeren Tische in der Kantine niedergelassen, als Harris hereinkam und sein Tablett ihm gegenüber auf den Tisch knallte. „Hat es einen Grund, dass du hier so alleine sitzt?"

Jeremy zuckte mit den Schultern. „Emery hat die Ganzjährigen gekonnt gegen mich aufgehetzt und die saisonalen Jackaroos kennen sich bereits alle untereinander. Es schien mir nicht so, als wäre irgendwo anders noch Platz für mich."

„Wenn du Neil erst mal besser kennst, ist er gar nicht so verkehrt", versicherte Harris ihm. „Ich habe gehört, wie er reagiert hat, als er alles über Caine herausgefunden hat, aber er hat sich gefangen. Er hat Chris und mir nie einen Grund gegeben, unsere Entscheidung zu bedauern und er bringt jeden zum Schweigen, der auch nur versucht, etwas über Caine und Macklin zu sagen, bevor derjenige auch nur ein weiteres Wort rausbringen kann."

„Deswegen hasst er mich nicht", sagte Jeremy. „Meinem Bruder gehört Taylor Peak – aber das wusstest du bereits, richtig?" Harris nickte. „Mein Vater und der alte Lang waren gute Nachbarn. Keine guten Freunde, möglicherweise, aber gute Nachbarn. Aber dann starb mein Vater und Devlin übernahm das Ruder. Lang drückte seine Anteilnahme aus und bot seine Hilfe an. Alles, was Devlin brauchte, nur aus Respekt vor meinem Vater und ihrer langjährigen Bekanntschaft, aber Devlin lehnte dies ab. Er behauptete, dass Lang zu weich wäre, zu altmodisch und dass er darüber hinaus verantwortungslos wäre, weil er nie geheiratet hatte. Denn was würde mit dem Land passieren, wenn er sterben würde?"

„Caine", sagte Harris mit einem Glucksen.

„Ja, aber zu dieser Zeit wussten wir nichts von Caine. Wir waren Nachbarn, aber wir wussten nicht viel über seine Familie, nichts über eine Nichte in den Vereinigten Staaten, noch weniger über einen Großneffen. Wie auch immer, nach einer Weile änderte sich seine Ansicht. Devlin beschloss, Langs Eigentum zu kaufen. Er machte ihm ein Angebot und Lang lehnte ab. Damit hätte es erledigt sein können, aber Devlin konnte es nicht darauf beruhen lassen. Als er Devlin darüber reden hörte, beleidigte Lang ihn. Er sagte, er würde seine Farm eher bis auf die Grundfeste niederbrennen lassen, als sie an Devlin zu verkaufen. Ich kann das nur schwer glauben. Der alte Lang war vieles, unter anderem hart genug, seine Farm aus dem Nichts aufzubauen, aber er war bestimmt nicht grausam. Zumindest nicht, dass ich es jemals gesehen oder gehört hätte."

„Das ist auch nicht der Eindruck, der mir von den Menschen, die ihn kannten, übermittelt wurde", stimmte Harris ihm zu. „Für die Männer, die mit ihm gearbeitet haben, ist er irgendetwas zwischen einem Heiligen und einer kleinen Gottheit."

„Ich denke, die Wahrheit liegt irgendwo dazwischen", bemerkte Jeremy. „So ist das normalerweise, wenn so unterschiedliche Meinungen vertreten sind, aber es spielt auch keine Rolle, was Lang wirklich zu Devlin gesagt hat. Es hat Devlin nur noch mehr gereizt, Lang Downs zu kaufen. Und dann kam Caine. Devlin wandte sich an Macklin, als er zum ersten Mal hörte, dass die Farm an einen Verwandten aus den Vereinigten Staaten gehen würde. Er dachte, er könnte Macklin davon überzeugen, seine Position als Vorarbeiter dazu zu nutzen, die Entscheidung der Verwandtschaft zu beeinflussen. Und ich habe so die Vermutung, dass Macklin genau das tat, nur dass er stattdessen Caine davon überzeugte, die Farm nicht an Devlin zu verkaufen und nicht anders herum. Das alleine war schon schlimm genug. Aber dann wurden Gerüchte laut, dass Caine schwul sei und damit wurde er untragbar. Er beschimpfte Caine auf jede erdenkliche Art und Weise und setzte ein Gerücht nach dem anderen in die Welt. Als er dann auch noch von Macklin erfuhr … naja, du kannst erahnen, was für eine Explosion das zur Folge hatte."

Harris schüttelte mit dem Kopf. „Ich glaube nicht, dass ich das will."

Ich möchte damit nicht sagen, dass alle Probleme, die ihr dieses Jahr hattet, Devlins Schuld sind. Jemand anders hat vorher genug Gerüchte verbreitet, dass mein Bruder Wind davon bekommen konnte, aber er hat die Situation bestimmt nicht besser gemacht", gab Jeremy zu, „und die Ganzjährigen wissen das, auch wenn es mehr eine Ahnung als Wissen ist. Ich wusste, dass ich einen schweren Kampf vor mir hätte, wenn ich hierherkommen würde, aber ich kam trotzdem, denn hier ist es immer noch besser als überall anders, wo ich hingekonnt hätte."

„Ist es", bekräftigte Harris. „Das ist die neunte Farm, auf der ich arbeite. Keine der anderen kam auch nur in die Nähe dessen, was ich hier gefunden habe. Ich sage nicht, dass es einfach wird, gerade mit all dem bösen Blut zwischen den Farmen, aber insofern da nichts ist, was du mir verheimlichst, hattest du nichts direkt mit all dem zu tun. Wenn das der Fall ist, dann kannst du dir hier einen Platz erarbeiten, genau wie Chris und ich es getan haben."

Jeremy dachte einen Moment darüber nach. Er hatte akzeptiert, dass er alle Brücken zwischen ihm und seinem Bruder abgebrochen hatte, als er auf die Art und Weise gegangen war, wie er es getan hatte. Devlin würde ihn vielleicht sogar zurücknehmen, wenn er spurte und endlich heiratete, aber Jeremy hatte nicht vor das zu tun, zumindest nicht, bis die Ehe unter gleichgeschlechtlichen

Partnern legalisiert worden war, aber das würde ihm bei Devlin auch nicht weiterhelfen. Er war nach Lang Downs gekommen, weil er wusste, dass Macklin ihn für ein paar Tage aufnehmen würde, ohne Fragen zu stellen. Er hatte gehofft, dass sich daraus vielleicht mehr ergeben würde, aber dies schien bestenfalls ein Wunschgedanke zu sein und der beinahe-Kampf mit Emery hatte nicht unbedingt dazu beigetragen, daran etwas zu ändern. Heute war das jedoch anders gewesen, er fühlte sich wie ein Teil der Mannschaft, so als würde er tatsächlich etwas beitragen können. Lang Downs brauchte vielleicht eine helfende Hand über den Winter oder vielleicht auch nicht, aber sie brauchten gerade Hilfe – Hilfe, die Jeremy ihnen geben konnte.

„Vielleicht werde ich das tun", sagte er mit einem Lächeln.

„Beende dein Abendessen", ordnete Harris an. „Patrick sollte mit den Einkäufen zurück sein und das bedeutet, Chris und ich haben wieder Bier. Du solltest vorbeikommen und eins mit uns trinken."

„Bist du dir sicher?", fragte Jeremy. „Ich möchte mich nicht aufdrängen."

„Ich hätte es dir nicht angeboten, wenn ich es nicht so gemeint hätte", gab Harris zurück – Jeremy überlegte, dass er wohl anfangen sollte, von ihm als Jesse zu denken, wenn er schon sein Bier trinken würde – und stand auf. „Es ist das Haus, welches am nächsten an der Schlafbaracke dran ist. Wir werden noch für einige Stunden wach sein, falls du deine Meinung noch ändern solltest."

„Da gibt es nichts zu überlegen", versicherte Jeremy schnell. „Ich würde mich freuen, ein Bier mit euch zu trinken."

„Wie ist es gelaufen?", wollte Neil wissen, als er sich neben Sam an den Tisch setzte.

Sam grinste. „Ich hab den Job."

„Ich wusste es", gab Neil mit einem Lächeln zurück. Er wurde für einen Moment ernst. „Ist es auch das, was du willst?"

„Vielleicht nicht für immer", gab Sam wahrheitsgemäß zu. „Es ist nichts, was ich schon immer machen wollte, weißt du? Ich wollte nie aus der Stadt raus. Das ist für mich genauso fremd, wie in die Staaten zu ziehen. Abgesehen davon habe ich die Arbeit mit Caine heute wirklich genossen und es ist ja nicht so, als hätte ich viele andere Angebote. Auf diese Weise kann ich zumindest wieder auf die Beine kommen. Und wenn ich dann in sechs Monaten oder einem Jahr nach einem anderen Job suche, dann tue ich das mit einem neuen Job in meinem Lebenslauf, nicht mit über einem Jahr Arbeitslosigkeit als obersten Eintrag."

„Ja, das ist immer gut."

„Geht das für euch in Ordnung, wenn ich bleibe?", fragte Sam. „Ich wusste nicht, dass daraus ein Langzeitaufenthalt werden würde, als ich fragte, ob ich kommen kann."

„Es gibt wohl keine anderen großartigen Möglichkeiten", stellte Neil fest. „Das Vorarbeiterhaus steht nur leer, weil Macklin ins Haupthaus gezogen ist. Andernfalls wärst du mit mir und Molly in eines der Singlehäuser gepfercht worden. Ich meine, ich denke, dass du in die Schlafbaracke ziehen kannst, wenn die saisonalen Jackaroos in ein paar Wochen wieder gehen, aber das ist nicht wirklich komfortabel, zumindest nicht für mehr als eine Saison."

„Vielleicht nicht, aber in einer Saison kann viel passieren, vielleicht eröffnen sich mir andere Möglichkeiten", sagte Sam. „Du und Molly, ihr verdient Privatsphäre, abgesehen davon, dass ihr das Zimmer früher oder später als Kinderzimmer brauchen werdet."

„Ja, vielleicht", sagte Neil, „aber wir haben zurzeit noch nicht vor, eine Familie zu gründen. Wir wollen vorher noch etwas Zeit gemeinsam als Paar genießen."

„Wo wir gerade davon sprechen, wie gehen die Pläne voran?", wollte Sam wissen.

„Sobald die Zucht in ein paar Wochen vorüber ist, möchte Molly nach Yass gehen und nach einem geeigneten Ort für die Zeremonie Ausschau halten", erklärte Neil. „Wenn das erst mal erledigt ist, können wir uns anderen Plänen widmen. Ich weiß nicht, warum sie es nicht hier auf der Farm machen will. Caine würde uns bestimmt die Kantine zur Verfügung stellen. Und im Winter wird auch mehr als genug Platz in der Schlafbaracke sein, wenn jemand uns besuchen und nach der Zeremonie noch über Nacht bleiben möchte. Du hättest die Weihnachtsfeier sehen sollen, die wir hatten. Caines Mutter hat sogar Macklin zum Tanzen überredet."

„Mit ihr oder mit Caine?", fragte Sam.

„Mit beiden", antwortete Neil. „Ich konnte es gar nicht glauben, aber alle haben geklatscht und gejubelt."

„Du konntest nicht glauben, dass sie getanzt oder alle geklatscht haben?"

„Mehr, dass sie getanzt haben", sagte Neil. „Sie halten ihre Gefühle füreinander normalerweise sehr gut unter Verschluss, wenn die anderen dabei sind, selbst vor den Ganzjährigen, deren Loyalität nie in Frage stand."

„Warum?", wollte Sam wissen. „Ich meine, ich kann verstehen, warum sie in der Stadt nicht damit hausieren gehen, aber hier auf der Farm? Es ist ja nicht so, als wäre es ein Geheimnis."

„Da musst du die beiden fragen", antwortete Neil, „aber ich denke, zum einen ist es Professionalität und zum anderen, dass Macklin sein Privatleben sehr schätzt, außerdem wollen sie wohl nicht, dass andere Menschen sich aufgrund ihrer Gefühle füreinander unwohl in ihrem vorübergehenden Zuhause fühlen."

„Ich verstehe das mit der Professionalität und dem Privatleben, aber was ist damit, dass die beiden sich in ihrem Zuhause wohlfühlen?"

„Wie ich bereits gesagt habe, das ist eine Frage, die du den beiden stellen musst", wiederholte Neil sich. „Molly und ich halten uns den Tag über auch lieber bedeckt. Ich meine damit ja nur, dass sie nicht umherlaufen und sich in der Kantine oder bei den Ställen küssen. Das ist einfach nicht der richtige Ort für so was."

Sam nickte. „Ja, ich denke, du hast recht."

„Aber die Weihnachtsfeier war eben eine Feier", sagte Neil. „Man hatte andere Erwartungen. Es war das erste Mal seit Caines Ankunft, dass das so war."

„Ist es seitdem wieder passiert?"

„Vielleicht an Seths Geburtstagsparty", antwortete Neil nach kurzer Überlegung. „Es war nicht genau dasselbe. Keiner tanzte, aber es war eine Party und die Atmosphäre war viel lockerer als bei einem normalen Essen. Wenn ich so darüber nachdenke, ich habe gesehen wie Macklin Arm in Arm mit Caine dastand. Gibt es einen Grund, warum das so wichtig für dich ist?"

„Ich versuche herauszufinden, wie ich hier reinpasse", erklärte Sam mit einem Schulterzucken. „Ich weiß nicht, wie lange ich hier sein werde, aber wer weiß? Vielleicht treffe ich eines Tages jemanden und möchte ihn mit hierherbringen. Vielleicht treffe ich sogar jemanden hier, nicht unbedingt diesen Winter, aber vielleicht wird die nächste Saison jemand für mich dabei sein, so wie bei dir und Molly."

„Man kann nie wissen", stimmte Neil ihm zu. „Es ist Chris und Jesse passiert. Ich denke, du solltest die beiden und auch Caine und Macklin beobachten, so wirst du deine Antwort bekommen. Das sollte dir eine Ahnung davon vermitteln, wie du weitermachen solltest."

„ALSO HABEN wir jetzt einen neuen Büroleiter?", wollte Macklin von Caine wissen, als sie sich am Abend bettfertig machten.

„Haben wir", antwortete Caine. „Mit Kost und Logis als Teil seines Lohns, wir müssen ihm nicht so viel in bar bezahlen und haben dazu noch jemanden, der sich mit den australischen Gesetzen auskennt, was uns auf lange Sicht gesehen wiederum Geld sparen wird. Und wir werden eine gute Saison haben, auch wenn wir unterbesetzt sind. Wir haben so viele Lämmer wie noch nie verkauft und hatten minimale Verluste unter den Zuchtschafen. Dazu haben wir noch die komplette Wolle im Frühling plus die neuen Lämmer. Uns wird es gut gehen."

„Und nächste Saison haben wir dann hoffentlich erfahrenere Männer", fügte Macklin hinzu.

„Selbst wenn es dieselben Männer sind, die zurückkommen, sie werden mehr wissen als beim Start diesen Frühling", bekräftigte Caine. „Und Jesse, der nun mit der Farm vertraut ist, wird als Teamchef eingesetzt werden können, nicht nur als Jackaroo."

„Jeremy bringt ebenfalls genug Erfahrung mit", stimmte Macklin ihm zu, „auch wenn er nicht ganz so vertraut mit der exakten Lage des Landes ist."

„Es wird ihn nicht viel Zeit kosten, das zu lernen", sagte Caine. „Wenn wir ihn im Winter regelmäßig mit den Teams rausschicken, wird er die Farm im Frühling in und auswendig kennen."

„Wir werden Neil im Auge behalten müssen", warnte Macklin. „Er ist ein kleiner Hitzkopf und Jeremy ist immer noch von Taylor Peak."

„Ich dachte, dass es nur zwischen Onkel Michael und Devlin zu Spannungen gekommen wäre", hakte Caine nach. „Und dann zwischen uns und Devlin."

„So ist es auch", bestätigte Macklin, „aber Neil sieht nur den Namen Taylor und mehr nicht. Du weißt, wie er ist."

Caine wusste das natürlich. Er hatte dasselbe Problem mit Neil gehabt, der nur gesehen hatte, dass Caine schwul war, als er mehr über Caine erfahren hatte. Caines andere Werte waren ihm völlig egal gewesen. „Ich hoffe nicht, dass Jeremy ihm erst das Leben retten muss, damit der seine Haltung noch einmal überdenkt."

„Hoffen wir das Beste, auch wenn es uns nicht helfen wird, dass Jeremy schwul ist."

„Ich hatte nicht vor, das Neil auf die Nase zu binden", gestand Caine mit einem Grinsen.

„Ich habe das erst recht nicht vor, aber ich weiß nicht, wie lange Jeremy es noch für sich behalten wird", gab Macklin zu bedenken. „Ich habe mitbekommen, wie sich ein paar der saisonalen Jackaroos darüber unterhalten haben, dass sie ihre freien Nächte zusammen verbringen wollen. Jetzt, da sie keine Angst mehr haben, ihre Jobs zu verlieren, nur weil sie schwul sind, gehen sie offener damit um als jemals zuvor – hier oder irgendwo anders. Jeremy ist ungebunden und attraktiv und wer weiß, wie lange es her ist, dass er einen Ausflug in die Stadt gemacht hat? Er wird sich möglicherweise dazu entscheiden, die Möglichkeit zu nutzen, solange er noch kann. Und ganz ehrlich, warum sollte er auch nicht, solange er seine Arbeit macht?"

Das war neu für Caine, aber dann würde er versuchen, der Schlafbaracke so oft wie möglich fern zu bleiben. Er wollte, dass die Jackaroos das Gefühl hatten, ihren Freiraum zu haben, wo sie sich, ohne dass der Boss ihnen über die Schulter schaute, entspannen konnten.

„Solange sie ihre Arbeit erledigen, ist es ihnen überlassen, was sie in ihrer Freizeit machen", stimmte Caine ihm zu. „Ich dachte, dass wir diesen Winter vielleicht ein paar Tage wegfahren könnten."

„Hattest du da was bestimmtes im Kopf?", fragte Macklin, scheinbar unbeeindruckt von dem plötzlichen Themenwechsel.

„Naja, ich war bereits in Sydney, dahin also schon mal nicht", sagte Caine. „Was ist dein Lieblingsort in Australien?"

„Da befinden wir uns gerade."

Seine Worte berührten Caine durch und durch, aber das war keine Hilfe. „Dein Lieblingsort außerhalb von Lang Downs."

„Keine Ahnung", gestand Macklin. „Ich bin bis jetzt nicht wirklich oft auf Reisen gewesen. Ich kam mit sechzehn hierher und habe Lang Downs seitdem nur für meinen jährlichen Ausflug nach Sydney verlassen."

„Okay, wo hast du gelebt, bevor du hierher kamst?", wollte Caine ganz ungeniert wissen. „Es könnte Spaß machen, deine Heimatstadt zu besuchen."

„Es gibt nichts in Tumut, was ich gerne wiedersehen würde", gestand er leise. Caine nickte, aber innerlich hüpfte er geradezu vor Erleichterung. Er kannte nun den Namen von Macklins Heimatstadt. Er mochte Macklin nicht dahin zurückbewegen können, aber es gab ihm einen Anhaltspunkt, wo er seine Suche beginnen musste. Macklin hatte dort gelebt, bis er fünfzehn war. Auch wenn seine Familie vielleicht nicht mehr dort war, Caine sollte es dennoch möglich sein, einige Aufzeichnungen über ihn zu finden.

„Alles klar, dann sag mir, wo du schon immer mal hin wolltest?", drängte Caine. Wenn er die Idee mit dem Urlaub zu schnell aufgab, würde Macklin etwas ahnen und Caine wollte das nicht. Falls er nicht erfolgreich war oder nichts Gutes in Erfahrung bringen würde, sollte Macklin nicht enttäuscht sein.

„Perth", antwortete Macklin.

„Das können wir uns mal merken", sagte Caine. „Was meinst du?"

Macklin zuckte mit den Schultern. „Vornehmen kann man es sich ja, denke ich. Ich bin nur kein großer Weltenbummler. Ich bin all die Jahre nur nach Sydney gereist, weil Michael darauf bestanden hat."

„Mein Stubenhocker", grinste Caine. „Kommst du jetzt ins Bett?"

Macklin warf ihm einen lüsternen Blick zu, als er sein dickes Hemd auszog. Caine lehnte sich in die Kissen zurück und bereitete sich darauf vor, die Show zu genießen.

5

SAM SCHAUTE sich in der Kantine um und versuchte zu entscheiden, wo er sitzen sollte. Mit dem Ende der Zucht, drei Wochen nachdem er auf der Farm angefangen hatte, würden die saisonalen Jackaroos bei Morgengrauen die Farm verlassen. Kami hatte den Grill rausgeholt und mehr Fleisch gegrillt, als, wie Sam fand, drei Mal so viele Menschen hätten essen können, zusammen mit mehr Beilagen, als Sam essen konnte. Alle waren in Hochstimmung und selbst Sam konnte sich dem nicht entziehen, aber das löste sein aktuelles Problem nicht. Molly und Neil waren nach Yass gefahren, um nach Veranstaltungsorten für ihre Hochzeit und die Zeremonie zu suchen, sobald Macklin die Arbeit für beendet erklärt hatte, und hatten Sam nahezu alleine zurückgelassen. Er hatte seine Tage mit der Arbeit im Büro und die Abende mit Neil und Molly oder aber alleine in seinem Zimmer verbracht, wenn die anderen beiden etwas Privatsphäre brauchten. Er hatte viel gearbeitet, was gut war, aber er hatte keine neuen Freunde gefunden außer seiner baldigen Schwägerin.

„Steh da nicht rum und blockier das Essen. Komm her und setz dich." Sam konnte sich nicht an den Namen des Jungen erinnern, der ihn ansprach, aber er folgte ihm zu seinem Tisch, an dem er mit einem anderen Jungen, zwei Jackaroos … und Jeremy Taylor saß.

„Ich bin übrigens Jason", stellte der Junge sich vor. „Ich glaube nicht, dass wir uns schon einmal richtig vorgestellt wurden."

„Sam", antwortete er automatisch. „Sam Emery. Also, was machst du so auf der Farm?"

„Mein Vater ist der Chefmechaniker", erklärte Jason ihm, „aber ich mag Motoren nicht wirklich. Ich arbeite viel lieber mit Tieren. Macklin lässt mich hier und da mit anpacken, jetzt, da ich alt genug bin. Ich werde später einmal Tierarzt werden und dann zurück zur Farm kommen und mich um die Tiere hier zu kümmern."

„Wie kannst du nur keine Motoren mögen?", unterbrach der andere Junge ihn. Dem Gesichtsausdruck beider Jungen nach zu urteilen, war dies eine alltägliche Diskussion zwischen den beiden.

„Und schon werden wir kein Wort mehr von ihnen hören, zumindest nicht im Bezug auf die Vorzüge von Motoren versus die der Tiere. Ich bin Chris. Das ist mein Bruder Seth. Und das sind Jesse und Jeremy."

„Freut mich, euch alle mal offiziell kennenzulernen", sagte Sam. „Ich bin Sam, Neils Bruder und ich denke, Caines Büroleiter, zumindest bis wir das mit den Erbschaftssteuern und so klären konnten. Ich weiß nicht, ob er mich danach noch gebrauchen kann."

„Er würde lieber mit Macklin draußen auf der Farm sein", bemerkte Jesse. „So lange du gewillt bist, die Farm und den Job zu ertragen, wird er dich hierbehalten."

„Warum sollte ich es nicht ertragen?", wollte Sam wissen.

„Weil viele Menschen denken, dass das Leben auf einer Farm total romantisch ist, so wie man es aus den Filmen kennt", antwortete Jeremy, bevor Jesse es konnte. „In Wirklichkeit bedeutet es aber Isolation und harte Arbeit, extreme Temperaturen, ein Wetter, das versucht dich fertig zu machen. Es ist nichts romantisch an einem Leben auf einer Farm."

Chris und Jesse kicherten.

„Ich habe nicht gesagt, dass man keine Romanze auf einer Farm haben kann." Jeremy rollte mit den Augen. „Denn das passiert offensichtlich auch. Hier gibt es zurzeit drei Pärchen, die sich auch auf der Farm kennengelernt haben und das sind nur die, von denen ich weiß. Das ist aber nicht das, was ich meinte. Ich meinte die Art und Weise, wie es in Filmen dargestellt wird. Wir haben das jedes Jahr auf Taylor Peak erlebt. Wir haben diese jungen Kerle angeheuert, alle jung und gesund, voller Tatendrang und überzeugt davon, dass sie ein großes Abenteuerleben werden. Die Hälfte von denen hat es nicht mal durch eine Saison geschafft, noch sind sie je wiedergekommen."

„Ich gebe mich keinen Illusionen hin", gab Sam zurück, „aber ich habe ein Dach über dem Kopf, etwas zu Essen und einen Job, der meinen Fähigkeiten entspricht. Da fällt es einem schwer, sich noch zu beschweren."

„Wir werden ja sehen, wie du Mitte Juli darüber denkst, wenn es arschkalt wird oder Mitte Dezember, wenn es so warm ist, dass du kaum atmen kannst", sagte Jeremy.

„Das klingt für mich nach einer Herausforderung", erwiderte Sam, der seine eigene Kühnheit nicht glauben konnte. „Was bekomme ich, wenn ich es schaffe? Wenn ich ein Jahr durchhalte?"

„Bier für ein ganzes Jahr", antwortete Jeremy, ohne mit der Wimper zu zucken. „Wenn du bis zum April im nächsten Jahr durchhältst, dann kaufe ich dir Bier für ein Jahr."

„Abgemacht", sagte Sam und streckte ihm seine Hand entgegen.

Jeremy besiegelte den Deal mit einem Handschlag und, wenn Sam seine Hand nicht schnell wieder wegzog, so wie er es früher vielleicht getan hätte, dann würde es auch keinen kümmern.

„Ich habe Macklin gefragt, ob ich die Versorgungsfahrt morgen übernehmen kann", berichtete Jeremy und wechselte damit das Thema. „Braucht von euch jemand etwas aus der Stadt?"

„Ich könnte einiges gebrauchen", sagte Chris. „Ich mache dir eine Liste."

„Nein danke, ich habe alles", antwortete Jesse.

„Denkst du, dass ich mit dir mitkommen könnte?", wollte Sam wissen. „Ich habe kaum Sachen für den Winter und Schuhe und Mäntel lassen sich schlecht mitbringen."

„Der Ute hat einen Extrasitz", bemerkte Jeremy kurz. „Die Fahrt wird bestimmt angenehmer, wenn man jemanden zum Reden hat."

Die Antwort war vielleicht nicht so enthusiastisch, wie Sam gehofft hatte, aber immer noch besser als ein Nein. Sam erinnerte sich selbst daran, dass Jeremy und Neil eine Vergangenheit hatten, auch wenn Sam die Details nicht kannte und natürlich würde Jeremy vorsichtig sein, da er nicht wusste, ob Sam Neils Meinung teilte. „Danke, wann soll es losgehen?"

„Sobald wir fertig gefrühstückt haben", antwortete Jeremy. „Die Fahrt nach Boorowa dauert vier Stunden."

„Ich werde fertig sein."

Caine stand auf und lenkte die Aufmerksamkeit mit einem Pfiff auf sich, bevor sie noch etwas sagen konnten.

„Ich möchte euch allen für eure harte Arbeit diese Saison danken", begann er. „Keiner von euch war dazu gezwungen, das Risiko mit Lang Downs einzugehen, als wir euch im Frühling anheuerten, egal, ob das eure erste Saison oder nur eine von vielen auf dieser Farm war. Dieses Jahr hätte ein Desaster für uns werden können. Ein neuer Besitzer, viele neue Männer, aber das war es nicht und zwar dank euch und der harten Arbeit, die ihr geleistet habt, besonders Neil, Kyle und Ian, die härter geschuftet haben, als ich es jemals von irgendwem verlangen würde. Wir hatten einen guten Sommer und ihr findet alle ein kleines Extra auf eurem Gehaltsscheck morgen. Ich wünsche euch alles erdenklich Gute für den Winter und freue mich darauf, euch im nächsten Frühling wiederzusehen."

Die Nachricht von dem Bonus wurde durch einen heftigen Applaus der Jackaroos begleitet.

„Er ist zu großzügig", murrte Jesse. „Die Hälfte von denen hat sich nicht einmal ihr normales Gehalt verdient, geschweige denn einen Bonus."

„Er kann es sich leisten, großzügig zu sein", sagte Sam. „Ob sie es nun verdienen oder nicht, die Farm schreibt schwarze Zahlen."

„Das sind gute Neuigkeiten", freute sich Jeremy. „Ich weiß nicht, ob es der Wahrheit entsprach oder nur Devlins boshafter Fantasie entsprungen ist, aber ich habe Gerüchte gehört, dass die Farm ein hartes Jahr hatte, bevor Lang gestorben ist, vielleicht sogar einige harte Jahre."

Sam sagte lieber nichts, da er nicht wusste, welche Informationen Caine öffentlich preisgeben wollte und welche nicht, aber es waren nicht nur Gerüchte gewesen. Die Zahlen waren nicht schlecht genug gewesen, um die Farm in eine ernste Lage zu bringen, aber Sam hatte gesehen, dass die Farm einige Jahre in den roten Zahlen war, als er durch die Bücher schaute, um ein Gespür für die allgemeine Entwicklung zu bekommen. Wetter und Umstände, die jenseits des Einflusses der Viehzüchter lagen, hatten ihren Teil dazu beigetragen, das wusste Sam, aber Caine hatte das Blatt gewendet. Er und Macklin waren ein Wahnsinnsteam.

Jeremy grinste. „So wie ich Devlin kenne, hat er das alles nur erfunden, um von den Problemen abzulenken, die Taylor Peak zu dieser Zeit hatte."

„Misswirtschaft mal beiseite, ich denke, dass Witterungsbedingungen und andere Dinge beide Farmen auf die gleiche Weise betreffen, es ist ja nicht so, als lägen sie auf gegenüberliegenden Seiten des Gebietes. Sie sind Nachbarn."

„Ja, sehr zum Entsetzen meines Bruders", sagte Jeremy. „Ich hingegen denke, dass das verdammt genial ist."

„Warum das?", hakte Sam nach.

„Weil alles, was meinen Bruder ärgert, meiner Meinung nach genial ist", antwortete Jeremy. „Er ist ein frauenfeindlicher, rassistischer, schwulenfeindlicher Fanatiker und ich habe die Schnauze voll davon, ihn in Schutz zu nehmen, egal was *dein* Bruder darüber denkt. Er fand es nicht gerade toll, als ich ihm das gesagt habe, aber ich bin fertig mit ihm, deswegen ist es egal."

Sam bemerkte den fast verblassten blauen Ring um Jeremys Auge herum, die leichte Verfärbung fiel auf seiner sonnengebräunten Haut kaum auf. „Bist du so zu deinem Veilchen gekommen?"

„Ich habe vielleicht ein paar Dinge gesagt, die er nicht mochte", antwortete Jeremy. „Aber das war es wert und er hat schlimmer ausgesehen als ich, als ich mit ihm fertig war."

Sam nahm sich einen Moment, um Caine still dafür zu danken, dass er Neils schwulenfeindliche Einstellung geändert hatte, bevor Sam angekommen war. Sam wusste, dass es ohne Neils Einsicht zwischen ihm und seinem Bruder nur allzu leicht zu Prügeleien gekommen wäre, nur dass Sam dabei nicht so gut weggekommen wäre, wie es Jeremy scheinbar gelungen war. Sams Stärke hatte schon immer in Zahlen gelegen, nicht im Kampf.

37

SAM LAG die Nacht im Bett und spielte die Unterhaltung mit Jeremy immer wieder durch, genau wie die Tatsache, dass er Chris und Jesse einfach so akzeptierte. Sam hatte es nicht sofort gemerkt, aber im Laufe des Abends wurde es immer deutlicher. Jeremy hatte nicht einmal gezwinkert, als Seth eine anstößige, pubertäre Bemerkung darüber gemacht hatte, wie nah sie beieinander saßen und dass das keiner sehen wolle. Jesse hatte dem Jugendlichen dafür mit der Hand eins auf den Hinterkopf gegeben und alle, Seth inklusive, hatten darüber gelacht. Wenn überhaupt, hatten sich Chris und Jesse danach noch enger zusammengesetzt.

Sam musste sich jedoch eingestehen, dass nicht schwulenfeindlich zu sein, Jeremy nicht gleich schwul machte, worauf er insgeheim hoffte. Seit er angekommen war, hatte er die Jackaroos in der Kantine beobachtet und konnte daher genau sagen, wo die Unterschiede zwischen Ganzjährigen und saisonalen Arbeitern lagen. Sie bewegten sich anders, sahen nicht gleich aus und besaßen eine ganz andere Art Selbstbewusstsein, so als ob der Boden unter ihren Füßen sich für sie anders anfühlte als für die Saisonarbeiter.

Jeremy war am selben Tag in Lang Downs angekommen wie Sam, aber Jeremy bewegte sich auf dieselbe Weise, wie es Neil und Macklin taten, nämlich mit einer natürlichen Eleganz und einem Selbstbewusstsein, die deutlich machten, dass sie wussten, was sie taten und dass sie mit allem umgehen konnten, was die Hochebene ihnen entgegenzusetzen hatte. Sam fand das unbeschreiblich attraktiv.

Natürlich würde Jeremy, auch wenn er schwul war, jemanden wie Sam, der nichts über Schafe wusste und wahrscheinlich nicht einmal eine Stunde überstand, ohne etwas Dummes zu tun, niemals genauer anschauen.

Das würde ihn nicht davon abhalten, zu schauen oder gelegentlich zu fantasieren. Er war im letzten Jahr mit dem ein oder anderen attraktiven Mann zusammen gewesen, aber keiner davon konnte Jeremy diesbezüglich das Wasser reichen. Sein Gesicht war von der Sonne gegerbt und er hatte eine Narbe auf seiner Wange, die seit Langem verheilt war. Er war beim besten Willen keine klassische Schönheit, aber Sam hatte in seinen blau-grünen Augen einen einzigartigen Sinn für Humor entdeckt, die Art und Weise, wie sie lebendig wurden, als er mehr und mehr von seinen Eskapaden als Teenager und vom Großwerden auf der Schaffarm erzählt hatte. Er war sich irgendwann mit seinen Fingern durch die Haare gefahren und hatte sie dadurch völlig zerzaust. Sam war sich sicher, dass das genug Stoff für wochenlange Träumereien war, denn im Gegensatz zu den Männern, mit denen er zusammen gewesen war oder denen, die er sich heimlich auf Pornoseiten ansah, war Jeremy real.

Es würde leicht sein, sich Bilder von lachenden Augen, zerzaustem Haar und einem schiefen Lächeln ins Gedächtnis zu rufen und zu masturbieren, aber der Wecker würde sehr früh klingeln und, wenn er das tat, würde Sam den ganzen Tag zusammen mit Jeremy verbringen. Das war viel besser als eine leere Fantasie. Mit diesem Gedanken im Hinterkopf drehte sich Sam auf die Seite und zwang sich dazu, schnell einzuschlafen.

JEREMY WAR überrascht, als er Sam am nächsten Morgen tatsächlich beim Frühstück erblickte. Die Saisonarbeiter, die gestern ihren letzten Arbeitstag hatten, hatten dies alle als Ausrede benutzt, um auszuschlafen, selbst einige der Ganzjährigen hatten es nicht aus dem Bett geschafft. Wenn es auf Lang Downs nur etwas wie auf Taylor Peak war, dann wurde im Winter alles etwas entspannter gesehen und es gab weniger zu tun über die kurzen Tage, von daher war es keine große Sache. Sam hingegen saß auf demselben Stuhl, auf dem er seit seiner Ankunft auf Lang Downs jeden Morgen gesessen hatte. Jeremy tat so, als hätte er das nicht bemerkt, aber er konnte nicht anders.

Sam Emery war alles, was Jeremy nicht war: kontrolliert, ein gepflegtes Äußeres und clever in einer Art und Weise, wie es Jeremy sich nur erträumen konnte. Jeremy war sich sicher, dass Sam in jedes Geschäft überall im Land hineinpassen würde, er müsste ein Büro nur betreten und konnte direkt damit beginnen, das Ganze zu leiten. Jeremy hatte ihn bislang noch nicht im Anzug gesehen – nicht wirklich etwas, das man auf einer Schaffarm trug – aber selbst seine alltägliche Kleidung wirkte an ihm, als ob er es gewohnt war, gute Kleidung zu tragen.

Er wusste, was Devlin über einen wie Sam sagen würde. Er würde ihn einen Frischling nennen, oder schlimmer, sich über seine städtische Art und seine Unfähigkeit, sich auf der Farm zu integrieren, lustig machen, aber von dem, was Jeremy mitbekommen hatte, hatte niemand auf Lang Downs Sam so empfangen. Es half, dass er nicht so tat, als sei er ein Jackaroo. Er war für einen Besuch gekommen und dann geblieben, außerdem arbeitete er im Haupthaus, um die Buchhaltung der Farm zu unterstützen. Jeremy hatte viel an der Uni gelernt, er hatte Tiermanagement studiert, aber Buchhaltung war keines seiner Fächer gewesen. Er hatte ein Händchen für Tiere, nicht für Zahlen, deshalb hatte er den größten Respekt für jeden, der die komplexen Finanzen einer Farm managen konnte.

Dass Sam gut aussah, war auch nicht gerade zu seinem Nachteil. Im Gegensatz zu den meisten Männern, die Jeremy von einer Farm kannte, sah Sam aus, als hätte er die letzten zehn Jahre in einem Friseursalon verbracht. Sein dunkles Haar war ordentlich gescheitelt und glatt gekämmt, ohne dabei arrogant zu wirken. Jeremy fand, dass es ihm stand und zu allem anderen an Sam passte. Er hatte eine hohe Stirn, aber die passte zu seinem eckigen Kiefer und seinem markanten Kinn. Das einzige, das den starken Eindruck zerstörte, den Sam machte, war seine zurückhaltende Ausstrahlung, die Sam jedes Mal an den Tag legte, wenn Jeremy ihn ansah, so als wäre er es gewohnt, dass man durch ihn hindurchblickte, ohne auch nur einen genaueren Blick zu riskieren. Jeremy wusste nicht, was zur Hölle falsch bei den Leuten lief, wenn das die Art und Weise war, wie Sam normalerweise behandelt wurde, denn Jeremy fiel es wirklich schwer, wegzuschauen. Aber bei seinem Glück war Sam hetero. Jeremy behauptete nicht, dass er einen guten Schwulenradar hatte, aber er spürte keine Schwingungen von Sams Seite aus.

Natürlich hatte er bis jetzt kaum mit dem Mann gesprochen, was vielleicht ein Grund dafür war. Er hatte sich ihm trotz seiner Attraktivität nicht genähert, wenn Sam mit Emery zusammen war. Er hatte Macklin versprochen, dass er keinen Streit mit seiner Rechten Hand anfangen würde und das meinte er auch so. Leider hatte dieser Umstand es schwer gemacht, mit Sam zu sprechen, denn Sam war meist mit seinem Bruder unterwegs. Er hatte Jason letzte Nacht quasi aufgetragen, Sam mitzubringen, als er mitbekommen hatte, dass Emery und seine Verlobte für ein paar Tage weg waren. Da Sam keinerlei Intoleranz gegenüber Chris und Jesse gezeigt hatte, nicht wie Emery, der häufig ausfallend Caine gegenüber geworden war, als er gerade herausgefunden hatte, dass Caine schwul war, war die Unterhaltung einfach und unkompliziert verlaufen. Jeremy sah darin ein gutes Zeichen, aber es bedeutete lediglich, dass Sam aufgeschlossener war als sein Bruder. Und das war, so war sich Jeremy sicher, nicht unbedingt schwer.

„Jeremy?"

Jeremy schaute auf, als er seinen Namen hörte und sah Sam, der auf der anderen Seite des Tisches stand, an dem Jeremy saß. „Hi, guten Morgen. Lass mich nur schnell meinen Kaffee austrinken, dann können wir losfahren."

„Nur keine Eile", sagte Sam. „Ich wollte nur, dass du weißt, dass ich fertig bin, wann immer du es bist. Du hast gesagt, dass du früh los willst."

„Nein, ist schon okay. Ich bin fertig mit Essen. Ich habe nur kurz meinen Kaffee genossen. Ist ja nicht so, als könnten wir das oft tun."

„Nein, dieser Eindruck hat sich mir auch schon aufgedrängt", bestätigte Sam und nahm sich den Stuhl gegenüber von Jeremy. „Ich kann uns jederzeit eine neue Tasse Kaffee besorgen, wenn du willst. Wir können die Stille genießen."

„Warum besorgst du uns beiden keine Tasse für unterwegs", schlug Jeremy vor. „Im Ute wird es still genug sein und es wird auch kalt werden. Der Kaffee wird uns warm halten, bis die Heizung warm wird."

Sam lächelte und ging in Richtung Küche, um mehr Kaffee zu holen. „Geschmeidig, Taylor", murmelte Jeremy. „Wirklich sehr geschmeidig."

Er kippte den letzten Schluck seines lauwarmen Kaffees herunter und stieß sich vom Tisch ab, als Sam wieder aus der Küche zurückkam, eine Thermoskanne und zwei Zinnbecher in der Hand. „Alles bereit."

„Bei mir auch", gab Jeremy zurück. „Macklin hat mir die Schlüssel schon letzte Nacht gegeben und Paul hat die Bestellung der Farm in Boorowa schon fertig."

„Ja, ich habe die Rechnung vom letzten Monat auf dem Tisch liegen gehabt", berichtete Sam ihm. „Es sieht so aus, als sei das ein Dauerauftrag, zumindest den Sommer über."

„So haben wir es auf Taylor Peak zumindest gehandhabt", bestätigte Jeremy ihm, als sie in den Ute stiegen und quer über Lang Downs fuhren. „Devlin hatte eine regelmäßige Bestellung bei Paul hinterlegt und rief den Tag vorher nur an, um die Bestellung zu aktualisieren, wenn wir etwas mehr oder etwas anderes als üblich brauchten."

„Und wenn ihr weniger brauchtet?"

„Das ist niemals vorgekommen. Devlin hat immer etwas weniger bestellt, als wahrscheinlich benötigt, sodass nichts verschwendet werden würde. Jeder hasste die Freitage und fast alle Jackaroos gingen samstags in die Stadt. Devlin hat das als Gewinn gewertet, denn so musste er ihnen nichts zu essen bereitstellen."

„Das ist ..."

„Sag es ruhig", sagte Jeremy. „Er ist mein Bruder, aber wir haben nicht die Art von Beziehung zueinander wie du und dein Bruder. Er ist ein Geizkragen und im besten Fall etwas mehr als ein Bastard."

„Bist du deswegen gegangen?", wollte Sam wissen.

„Teilweise", antwortete Jeremy. Ich war es einfach leid, mir sein Geschwätz anzuhören, dass er glaubte, über mein Leben bestimmen zu können. Ich fand, dass ich mich ruhig für ein paar Tage Macklins Gnade unterwerfen könnte. Ich hatte nicht damit gerechnet, dass er mir einen Job anbieten würde."

Sam lachte. „Ja, ich kenne das Gefühl. Ich habe Neil angerufen, weil ich für ein paar Tage einen Platz zum Bleiben brauchte, um das mit meiner Ex-Frau in Ruhe zu klären. Ich hatte nicht erwartet, dass das ganze in einem Jobangebot enden würde."

Ex-Frau. Jeremys Magen krampfte sich vor lauter Enttäuschung zusammen. Das war es dann also. Sam war nicht schwul.

„Tut mir leid, von deiner Scheidung zu hören", sagte er automatisch.

„Bitte nicht", gab Sam zurück. „Ja, es tut weh, zuzugeben, dass die Ehe gescheitert ist, aber ganz ehrlich, wir sind so beide besser dran. Wir haben einfach nicht zusammengepasst. Ich war nie der, den sie sich gewünscht hat und sie war nie das, was ich eigentlich wollte. Ich habe sie geheiratet, um meinen alten Herrn zu beschwichtigen."

„Ist er gestorben?" Jeremy kannte das Gewicht der familiären Erwartungen, auch wenn er es bisher immer geschafft hatte, sich diesem zu widersetzen. Er und Sam hatten mehr gemeinsam, als es zunächst den Anschein hatte.

„Ja, er ist bereits vor einigen Jahren gestorben. Unsere Ehe ist so langsam vor uns her geplätschert, aber als ich vor eineinhalb Jahren meinen Job verloren habe, war das so ziemlich das Ende. Es hat nur ein paar Monate gedauert, bis wir es auch realisiert hatten. Als sie nach einer Trennung und später nach der Scheidung fragte, habe ich nicht dagegen angekämpft."

6

SAM WAR überrascht, wie schnell die Fahrt nach Boorowa zu sein schien. Er war nervös gewesen, die ganze Zeit mit Jeremy in dem Ute zu verbringen, da er den anderen Mann kaum kannte, aber sie hatten die ganze Zeit über locker miteinander geredet, meist über die Farm und was man im Winter erwarten konnte. Jeremy war eine Quelle an Informationen und beantwortete jede Frage von Sam mit mehr Geduld, als es Neil die paar Mal davor getan hatte, als Sam von ihm wissen wollte, was die kommenden Monate so passieren würde.

„Danke, dass du mir meine Fragen so geduldig beantwortest", sagte Sam als sie die Hauptstraße nach Boorowa erreichten. „Neil vergisst immer, dass ich nicht seine Erfahrung habe."

„Das soll kein Angriff auf deinen Bruder sein, denn er ist ein fantastischer Jackaroo, aber er muss noch das ein oder andere über das Führen von Menschen lernen, wenn er als Macklins Vorarbeiter arbeiten will", bemerkte Jeremy. „Da gibt es einiges mehr zu beachten, als Anweisungen zu geben."

„Er war noch nie sehr geduldig, wenn es darum ging, aus seiner Sicht dumme Fragen zu beantworten", gestand Sam. „Das Problem ist, dass er nicht begreift, dass das für die Person, die sie stellt, keine dummen Fragen sind. Nebenbei bemerkt ist es ja nicht so, als ob Macklin planen würde, sich demnächst zur Ruhe zu setzen, zumindest hat mir Caine einen anderen Eindruck vermittelt."

„Oh, ich bin mir ziemlich sicher, dass er das nicht tun wird", erwiderte Jeremy. „Er ist wie mein Vater und Herr Lang. Er stirbt lieber bei der Arbeit auf der Station als in Rente zu gehen. Aber er ist nicht mehr nur ein Vorarbeiter. Er ist der Chef, und manchmal hilft es, wenn man einen Puffer zwischen dem Chef und den Jackaroos hat. Es sollte keinen Unterschied machen. Die Anweisungen kommen immer noch vom Chef, da spielt es keine Rolle, wer sie gibt, aber ich konnte es Jahr für Jahr beobachten. Macklin wird vielleicht ein oder zwei Saisons brauchen, bis er sich mit dem Gedanken anfreunden kann, aber er wird es früher oder später genauso sehen. Dein Bruder ist von der Logik her der geeignetste Kandidat, aber er ist nicht der einzige und, wenn er den Job will, dann sollte er lernen, wie man den Neuen ihre Aufgaben so erklärt, dass sie sich nicht direkt überlegen, ob sie wirklich für die Farm arbeiten sollten."

„Ich werde es ihm gegenüber mal erwähnen", sagte Sam.

„Sag ihm nicht, dass ich dir diesen Ratschlag gegeben habe", warnte Jeremy ihn. „Er würde ihn aus reiner Bosheit ignorieren."

„Worum geht es dabei überhaupt?", wollte Sam wissen.

Jeremy zuckte mit den Schultern. „Er gibt mir die Schuld für die Dummheit meines Bruders. Devlin hat sich ein paar Feinde auf Lang Downs gemacht, aber ich bin nicht mein Bruder, etwas, das deinen Bruder nicht zu interessieren scheint."

„Ja, er ist manchmal so", entschuldigte Sam sich. „Ich könnte mit ihm reden und versuchen ihm klar zu machen, dass das, was geschehen ist, nicht dein Fehler war."

„Danke Kumpel, aber mach dir meinetwegen keine Umstände. Ich möchte wegen etwas, dass nicht dein Problem ist, nicht der Grund für Probleme zwischen euch sein. Er wird sich daran gewöhnen, mich um sich zu haben und vielleicht wird er eines Tages realisieren, dass ich nicht Devlin bin und auch nicht dessen Meinung über Caine oder darüber, wie man eine Station zu führen hat, teile."

„Was davon ist das eigentliche Problem?", wollte Sam wissen. „Du weißt, dass er noch vor einem Jahr derselben Meinung gewesen wäre wie dein Bruder, was Caine betrifft."

„Welche Meinung?", gab Jeremy zurück. „Dass er ein Neuling ist, der keinen blassen Schimmer hat, wie man eine Farm zu führen hat, oder dass er eine Schande für uns ist, weil er eine Schwuchtel ist?"

SAM ZUCKTE leicht zusammen, als er hörte, wie beiläufig Jeremy diese Beleidigung fallen ließ. „Beides vermutlich", räumte Sam ein, „auch wenn es aussieht, als würde beides für ihn keine Rolle mehr spielen. Caine hat sein Leben gerettet. Ich wusste nicht, ob du diesen Teil der Geschichte schon kennst. Neil ist jetzt loyal ihm gegenüber."

„Ich habe gehört, wie es erwähnt wurde", sagte Jeremy. „Wenn man mich fragt, ich finde es gut, etwas frisches Blut hier zu haben, wodurch alles etwas aufgelockert wird und was Caine in seiner Freizeit tut und mit wem, das geht mich nichts an. Ich habe dir gesagt, dass ich Devlins Meinung nicht teile."

„Das ist gut, zu hören, da du jetzt für ihn arbeitest", bemerkte Sam.

„Ich hätte Macklins Angebot nicht angenommen, wenn ich hier nicht mit einem guten Gewissen arbeiten könnte", stellte Jeremy richtig. „Neil glaubt ich sei hier, um die Farm zu unterwandern oder etwas ähnlich Absurdes zu tun, aber das bin ich nicht. Ich habe mich mit meinem Bruder zerstritten und hierherzukommen, war die einfachste Möglichkeit für mich. Wenn das nicht funktioniert hätte, wäre ich eben woanders hingegangen, aber es hat geklappt und ich werde mich bestimmt nicht darüber beschweren, dass ich mit einem Mann zusammen arbeite, den ich respektiere und ich einen Job habe, den ich liebe."

„Du klingst genau wie Neil. Deshalb ist es auch so verdammt dämlich, dass er nicht bereit ist, mehr als deinen Namen zu sehen."

„Vorurteile sind eine verzwickte Angelegenheit", antwortete Jeremy philosophisch. „Manchmal bedarf es etwas mehr, um einer Person die Augen zu öffnen. Ich habe gemeint, was ich Macklin in der ersten Nacht versprochen habe. Ich werde keinen Streit mit Neil anfangen. Ich werde einfach mit einem anderen Team zusammenarbeiten, oder etwas völlig anderes machen. Ich bin glücklich, dass ich ein Dach über dem Kopf habe und Kamis exzellentes Essen genießen darf. Neil wird das vielleicht irgendwann bemerken oder auch nicht, aber das wird mich so oder so kalt lassen."

Sam wusste nicht recht, warum es ihm so wichtig war, dass Neil und Jeremy einen Punkt erreichten, an dem sie sich tolerierten – oder mehr, dass Neil lernte Jeremy zu tolerieren – denn die Farm war ein kleiner Ort, der immer kleiner wurde, je mehr Jackaroos zum Winter hin fortgingen. Und niemand wollte mit dieser Art von Spannung unter den Mitarbeitern leben.

Er tat seine eigenen Gefühle Jeremy gegenüber beiseite. Er hatte keinen Grund anzunehmen, dass diese erwidert werden würden und er wollte nicht noch selbst dafür sorgen, dass die sowieso schon angespannte Lage noch prekärer wurde.

„Wo du gerade von einem Dach über deinem Kopf sprichst", wechselte Sam das Thema, „du wirst ab morgen der einzige in der Schlafbaracke sein, richtig?"

„Ja, das stimmt. Warum?"

„Weil ich nur eine gewisse Anzahl an Nächten dazu imstande bin, Neil und Molly zuzuhören, ohne sie erwürgen zu wollen oder mich selbst zu erhängen", erklärte Sam mit einem schiefen Lächeln, „und es gibt nicht mehr allzu viele freie Betten auf der Farm außer im Haupthaus. Caine hat erwähnt, dass es einen freien Raum im Haupthaus gibt, aber als ich das Chris gegenüber erwähnt habe, hat er angefangen zu lachen, weshalb ich bezweifle, dass es dort tatsächlich ruhiger sein wird wie in meinem jetzigen Zimmer." Und viel schwieriger zu ignorieren. Sam würde niemals auf eine solche Beziehung einwirken wollen, aber alleine der Gedanke an Caine und Macklin zusammen stellte verdammt viel mehr mit seiner Libido an als der Gedanke an Neil und Molly. „Ich würde einfach gerne mal wieder eine Nacht durchschlafen."

„Sobald die Jackaroos ausgezogen sind, bist du herzlich willkommen, dir jeden Raum, den du willst, zu nehmen, zumindest was es mich angeht", bemerkte Jeremy. „Es wäre schön, den ganzen Platz mit jemandem zu teilen.

Die Nächte können einsam werden, wenn man keinen zum Reden hat oder mit dem man ein Bier trinken kann."

„Super", freute sich Sam. „Ich ziehe ein, sobald wir heute Nacht nach Hause kommen."

„Du möchtest heute nicht in Boorowa übernachten?", wollte Jeremy wissen. „Sie werden nicht von uns erwarten, dass wir heute noch nach Hause fahren."

Sam machte ein langes Gesicht, als er gedanklich die Pläne durchging, die er sich für den Tag gemacht hatte. „Das hatte ich nicht eingeplant", gab er zu. „Ich denke, ich habe es nicht zu Ende gedacht. Ich bin mir nicht sicher, ob ich genug Geld für ein Hotelzimmer und neue Ausrüstung habe. Ich muss wohl erst ein paar Dinge kaufen und dann im nächsten Monat zurückkommen und den Rest holen."

„Ich wollte dich nicht in Verlegenheit bringen", entschuldigte sich Jeremy sofort. „Ich habe vergessen, dass das dein erstes Gehalt ist. Zu dieser Zeit sind die meisten Leute flüssig, weil sie ihre Sommergehälter bekommen haben und keine Zeit hatten, die irgendwo auszugeben. Wir gehen nur kurz einkaufen und fahren später wieder zurück. Ich kenne Taylor Peak gut genug, um auch nachts den Weg zu finden. Und sobald wir auf Lang Downs sind, sind die Straßen gut genug, sodass wir ihnen problemlos folgen können."

„Tut mir leid", sagte Sam. „Ich wollte dir deine Pläne für den Tag nicht kaputtmachen. Wenn du in der Stadt bleiben willst, kann ich im Ute schlafen." Es würde die Hölle auf der Ladefläche werden, aber das war immer noch besser, als Jeremys Pläne zu zerstören, nur weil Sam knapp bei Kasse war.

„Keine Angst", beruhigte Jeremy ihn. „Das wäre kalt und ungemütlich. Wir sind in fünfzehn Minuten da. Ich werde Paul sagen, dass wir in Eile sind, dann lädt er alles etwas schneller auf. Wir besorgen alles, was du brauchst, essen etwas und sind heute Nachmittag bereits zurück auf der Straße. Wir können Sandwiches besorgen, die wir während der Fahrt essen können, wenn wir es nicht pünktlich bis zum Abendessen nach Hause schaffen, aber wir werden noch heute Nacht zurück sein."

„Danke", sagte Sam, nicht sicher, ob er seine Erleichterung so gut versteckt hatte, wie er wollte. „Beim nächsten Mal, wenn ich nicht gerade eine komplett neue Ausrüstung brauche, mache ich es wieder gut bei dir."

„Da gibt es nichts wiedergutzumachen", beharrte Jeremy. „Das Hotel in Boorowa ist zwar ganz hübsch, aber es ist nicht so, als ob es tausend Sachen in der Stadt zu machen gäbe. Es ist Gewohnheit, die Nacht zu bleiben, mehr nicht. Ich weiß, dass einige der Männer sich mit den Mädels aus der Stadt verziehen, aber so etwas war noch nie meine Art."

„Magst du keine gelegentlichen Romanzen?", fragte Sam.

„Ich habe nichts gegen sie", antwortete Jeremy, „aber ich stehe nicht so auf Kleinstadt-Dramen und in einer Stadt dieser Größe gibt es immer welche."

Sam erinnerte sich daran, wie viel Drama es bei seinen Romanzen in Melbourne gegeben hatte. Wie er vorher grundsätzlich die Bars, in die er ging, ausgekundschaftet hatte, um sicherzugehen, dass der Kerl, mit dem er beim letzten Mal geschlafen hatte, nicht zufällig da war, bevor er sich hinsetzte, um jemand neues kennenzulernen. Ganz abgesehen von der Anspannung, die er empfand, wenn ein Kerl, den er vorher abgeschleppt hatte, in die Bar kam, während er noch da war. Der Sex war gut gewesen. Der Rest war mehr Drama, als er in seinem Leben benötigte.

„Ja, das kann ich verstehen", sagte Sam, als er realisierte, dass Jeremy auf eine Antwort zu warten schien. „Das ist auch nicht wirklich meins."

„Man möchte seiner Ex ja auch nichts geben, was sie vor Gericht anbringen könnte", merkte Jeremy an. „Kein Grund deine Scheidung noch schlimmer zu machen, als sie es sowieso schon ist."

„Ich streite mich mit ihr um nichts", sagte Sam. „Ich will es nur hinter mich bringen und die Papiere unterschrieben wissen. Ich freue mich darauf, wenn dieser Teil meines Lebens endlich abgeschlossen ist."

„Wie lange noch?", wollte Jeremy wissen, als sie die Außenbezirke von Boorowa erreichten, wenn dieser Begriff bei einer Stadt mit nur gut tausend Einwohnern überhaupt angebracht war.

„Keine sechs Monate mehr, hoffe ich", gab Sam zurück. „Ich muss zurück nach Melbourne, um alles zu unterzeichnen, aber solange sie alles außer meinen persönlichen Sachen behält, Kleidung und so, gibt es nichts, worüber wir uns einig werden müssten."

„Das macht es wahrscheinlich einfacher, denke ich", sagte Jeremy und parkte den Ute nahe dem Gemischtwarenladen. „Lass uns schauen, was wir tun können, damit du ausgestattet bist. Paul sollte alles haben, was du brauchst und, wenn nicht, dann kann er es bestellen und jemand kann es bei der nächsten Fahrt in die Stadt abholen."

„Was glaubst du, was ich brauchen werde?", fragte Sam, als sie in Richtung Laden gingen. „Ich dachte an ein Paar Stiefel, einen Mantel und ein paar robustere Hosen. Das sollte genug sein, um mich durch den Winter zu bringen."

„Das kommt darauf an, ob du deine Zeit hauptsächlich im Büro oder mit uns auf der Weide verbringen wirst", gab Jeremy zu bedenken. „Wenn du die ganze Zeit über im Büro bleibst, dann ist das mehr als genug. Du bräuchtest wahrscheinlich nicht mal robustere Hosen, wenn du nur über die Hauptstraße der Farm zum Haupthaus musst. Wenn du mit uns rauskommst, dann brauchst du noch lange Unterhosen und Handschuhe, genauso wie einen Hut und einen

Reitmantel. Ein Schaffellmantel hält dich zwar für einen kurzen Spaziergang lang warm, aber wenn du Reiten gehst, dann wirst du den Reitmantel zu schätzen wissen, weil er dich nicht nur trocken hält, sondern auch deine Beine schützt."

„Ich weiß nicht", sagte Sam. „Ich bin noch niemals vorher reiten gewesen und ich bin mir sicher, dass ich nur im Weg wäre."

„Nicht im Winter", beruhigte Jeremy ihn. „Da ist alles etwas gechillter. Es gibt nicht viel zu tun, alles muss nur regelmäßig kontrolliert werden. Es ist eigentlich die perfekte Zeit sich auszuprobieren, weil die Leute die Zeit dafür haben, dir alles zu erklären und es dir in Ruhe beizubringen, anstatt dem Druck der Hochsaison ausgesetzt zu sein."

„Bietest du mir an, mich zu unterrichten?", fragte Sam, unfähig seine Freude darüber zu unterdrücken, dass er mit dem sexy Jackaroo Zeit verbringen würde.

„Wenn du das willst", antwortete Jeremy, „obwohl ich glaube, dass du wohl lieber mit Neil unterwegs wärst."

Sam zuckte zusammen. „Dieses ganze großer-Bruder-kleiner-Bruder-Ding macht ihn zu einem schlechten Lehrer."

„Dann ja, ich würde mich freuen, dich zu unterrichten."

„Super, dann musst du dafür sorgen, dass wir alles kriegen, was ich brauche", sagte Sam mit einem breiten Grinsen.

Sie gingen in den Laden und Jeremy rief dem Ladenbesitzer eine Begrüßung zu.

„Was machst du hier, Jeremy?", rief der Mann zurück. „Ich habe keine Bestellung für Taylor Peak, zumindest nicht vor Dienstag."

„Ich bin nicht wegen einer Bestellung von Taylor Peak hier, Paul", erklärte Jeremy. „Ich bin hier wegen der Bestellung von Lang Downs, und um ein paar Sachen für mich selbst und meinen Kumpel zu holen."

„Weiß dein Bruder, wo du gerade steckst?", fragte Paul.

„Ich habe keine Ahnung und es ist mir auch egal", antwortete Jeremy. „Er hat seinen Standpunkt deutlich gemacht, als er mich von der Farm geworfen hat. Wir fahren heute Nacht noch zurück, wenn du die Bestellung also so schnell wie möglich fertig zum Beladen machen könntest, dann würden wir das begrüßen."

Paul kräuselte die Lippen, als wollte er noch etwas sagen, aber was auch immer es war, er behielt es für sich und Jeremy beließ es dabei. Er führte Sam nach hinten, wo Paul Hemden, Arbeitshosen und lange Unterwäsche gestapelt hatte. „Sieh dich um und schau mal, welche Größe du brauchst", sagte er zu Sam. „Ich muss noch ein paar Dinge für mich besorgen."

Sam ließ ihn gehen. Jeremy wollte ihm helfen, die richtigen Schuhe, Hut und Mantel zu finden, aber er konnte Hosen und Hemden alleine raussuchen. Die Auswahl war nichts besonderes, aber Sam brauchte auch nichts Besonderes. Ausgefallene Sachen besaß er bereits. Das Problem war das, was er nicht hatte. Er suchte sich drei Hosen und drei Hemden raus. Er würde Wäsche waschen oder seine Stadtkleidung tragen müssen, wenn er ins Büro ging. Er hatte sein Budget und musste noch andere Dinge kaufen.

Er legte die Sachen, die er rausgesucht hatte, auf den Tresen und ging Jeremy suchen. „Welche Schuhe soll ich nehmen?"

„Ich mag Blundstones, wobei, R.M. Williams ist auch eine gute Marke", antwortete Jeremy. „Ich glaube, Paul hat beide da. Du kannst sie anprobieren und schauen, welche Marke dir am besten passt."

Sam fragte nach Schuhen in seiner Größe und Paul kam ein paar Minuten später mit einem Paar von jeder Marke und der richtigen Größe zurück. Sam zog seine Loafers aus und löste die Schnürsenkel der Schuhe.

„Warte", unterbrach Jeremy ihn. „Wenn du diese Schuhe mit diesen Socken trägst, wirst du dir die Füße wundscheuern." Er nahm sich einen Packen dicker Wollsocken und warf sie Sam zu. „Du wirst so oder so einen Packen brauchen, also pack sie ruhig aus und probiere die Schuhe gleich mit den richtigen Socken an."

Sich wie der letzte Idiot fühlend tat Sam, wie Jeremy ihm geheißen hatte und tauschte seine Socken mit den neuen. Sie waren weich, dick und so unglaublich warm, dass er eine Minute brauchte um sich daran zu gewöhnen. Ein unterdrücktes Husten brachte ihn in die Gegenwart zurück und er probierte schnell das erste Paar Schuhe an.

Sie waren etwas eng, also zog er sie aus und probierte das zweite Paar an. „Die sind viel bequemer", stellte er fest.

„Dann nimm die", grinste Jeremy. Er warf einen Hut in Sams Richtung. „Probier den an."

Sam setzte den Hut auf und rückte die Krempe zurecht, bis er bequem saß. „Wie sieht das aus?"

„Wie für dich gemacht", sagte Jeremy und grinste noch breiter. Sam ermahnte sich selbst, sich nicht wie ein Teenager zu verhalten, der seiner ersten großen Liebe gegenüberstand, aber er konnte das überwältigend freudige Gefühl über das Kompliment und das Lächeln, das ihn durchströmte, nicht aufhalten. Jeremy dachte sich wahrscheinlich nicht mal was dabei, aber er schenkte ihm Aufmerksamkeit und das war alles, was es zurzeit brauchte, um Sams Herz etwas höher schlagen zu lassen.

„Ich weiß es besser", sagte Sam und wand sich etwas unter Jeremys andauerndem Blick, „aber eines Tages wird es vielleicht sogar zutreffen."

„Jeder muss mal irgendwo anfangen", sagte Jeremy, „und du hast halt irgendwo anders, in einem anderen Leben und anderen Job angefangen. Daran ist nichts verkehrt."

Sam fiel es schwer, das in diesem Moment zu glauben, aber er wusste, dass Jeremy recht hatte. Er musste sich selbst nur immer wieder daran erinnern, was auf einer Farm voller Männer, deren Männlichkeit eher unverhohlen und physisch war, nicht leicht war. Als Büroleiter in einer Stadt, die voller Leute mit normalen Jobs war, war es einfacher gewesen seinen eigenen Fähigkeiten zu vertrauen und seinen eigenen Wert zu erkennen. Dass er keinen Job hatte finden können, hatte ihm einen Knacks verpasst, aber er versuchte, nicht aufzugeben. Nach Lang Downs zu kommen hatte ihm einen neuen Job eingebracht, gleichzeitig aber auch einen komplett neuen Standard, nach dem er lebte. Dabei wusste er selbst nur zu genau, wie schwach sein Körper, verglichen mit denen der anderen Männer auf der Farm, war.

„Was brauche ich noch? Du hast etwas über einen Mantel gesagt", sagte Sam, Jeremys Aufmerksamkeit wieder auf sich ziehend.

„Einen Driza-Bone", antwortete Jeremy. „Die sind hier drüben."

Er führte Sam in den hinteren Bereich des Ladens, wo ein Ständer voller langer, dunkler Staubmäntel stand. Er nahm einen herunter und reichte ihn Sam. „Probiere den mal an, aber wundere dich nicht, wenn er sich nicht sofort bequem anfühlt, er muss erst warm werden, bevor er richtig passt."

Sam zog den Mantel über seine Schultern und zupfte ein wenig daran, damit er richtig saß. Die Passform war gewöhnungsbedürftig, besonders im Vergleich zu den Anzugjacken, die zu tragen er gewohnt war, aber er wusste auch, dass die auf Lang Downs nutzlos waren. „Also, was ist so besonders an dieser Art von Mantel?", wollte er wissen, während er darauf wartete, dass der Mantel durch seine Körpertemperatur etwas geschmeidiger wurde.

„Zum einen ist er wasserdicht", sagte Jeremy, „zum anderen und viel wichtiger ist, wie er geschnitten ist. Siehst du den Schlitz am Rücken? Wenn du reitest, dann fällt der Mantel an den Seiten des Pferdes herunter und du kannst ihn um deine Beine wickeln, um dich warm und trocken zu halten."

„Ich bin noch nie in meinem Leben auf einem Pferd geritten", sagte Sam. „Bist du dir sicher, dass ich den brauche?"

„Ich habe dir doch versprochen, dir alles über das Leben auf einer Farm beizubringen", erinnerte Jeremy ihn. „Das bedeutet auch Reiten, besonders im Winter, wenn das Wetter die Straßen unpassierbar macht."

Sam hatte ein schlechtes Gefühl dabei, nickte aber trotzdem. Vielleicht würde er sich zu einem totalen Trottel machen, aber das war besser, als diese Chance gar nicht erst zu nutzen. Wenn er vorhatte, den Respekt der Männer, mit denen er arbeiten und leben würde – nicht nur Jeremys, auch wenn das schön wäre, sondern aller – zu gewinnen, dann musste er zumindest im Ansatz lernen, wie die Farm funktionierte. „Du weißt schon, was du dir damit antust, oder?"

Jeremy grinste, den Blick gerade lüstern genug, dass Sam sich fragte, ob Jeremy gar nicht so hetero war, wie er dachte. „Ich freue mich darauf."

Sam schluckte und richtete seine Aufmerksamkeit wieder auf den Driza-Bone, der sich an seinen Körper geschmiegt hatte, während sie gesprochen hatten. „Weißt du, jetzt, wo er warm geworden ist, ist er richtig bequem."

„Gut", sagte Jeremy. „Dann fehlen nur noch ein paar dicke Handschuhe. Es wird kalt oben in der Hochebene und du wirst wollen, dass deine Hände auch bei der Arbeit geschützt sind." Er griff sich Sams Hand und drehte die Handfläche nach oben, dann hielt er seine Hand daneben. „Du wirst noch etwas mehr Hornhaut benötigen, bevor du bequem ohne sie arbeiten kannst."

„Das sehe ich", gab Sam zurück und sein Mut sank wieder. Er konnte sich nicht vorstellen, dass es auch nur eine Sache gab, die ein Mann wie Jeremy an jemandem wie Sam finden konnte. „Ich denke, ich besorge mir dann lieber ein Paar Handschuhe."

„Hey", brachte Jeremy hervor, als Sam sich von ihm wegdrehen wollte. „Das war kein Witz. Ich habe es ernst gemeint, als ich sagte, dass du einfach einen anderen Berufsweg gewählt hast und das ist nun mal immer noch dein eigentlicher Job. Alles andere ist doch nur dazu da, dass du dich etwas wohler in deinem neuen Zuhause fühlst. Keiner erwartet von dir, dass du ein Jackaroo wirst. Caine und Macklin haben dich eingestellt, damit du dich um die Bücher der Farm kümmerst, nicht damit du Schafe hütest. Glaub mir, wenn ich die Bücher führen müsste, würde ich mich genauso verloren fühlen wie du jetzt. Ich habe den Überblick über alles, wenn es die Tiere betrifft, aber ich musste den einzigen Wirtschaftskurs, den ich belegt hatte, hinschmeißen, ich habe es einfach nicht verstanden."

„Wirklich?", staunte Sam ungläubig. „Aber es sind doch nur Zahlen."

„Und Steuerrecht und Anstellungsbestimmungen und noch tausend andere Sachen wie diese", beharrte Jeremy. „Es war ein Desaster. Ich bin den Büchern in Taylor Peak so fern geblieben, wie ich nur konnte. Seit ich nur noch ein Jackaroo auf Lang Downs bin, ist es nicht mehr mein Problem."

Sam glaubte nicht, dass Jeremy jemals „nur" etwas sein konnte, aber er behielt diesen Gedanken für sich. Er mochte Jeremy wirklich und er wollte dessen Freundschaft nicht verlieren, indem er ihn überfiel, ohne dass er sich sicher war, dass Jeremy Interesse hatte. Klar, er hatte ein paar Signale bekommen, die annehmen ließen, dass er es war, aber Sam war noch nicht bereit, dieses Risiko einzugehen. Abgesehen davon, eine neue Beziehung anzufangen, bevor seine Scheidung durch war, würde nur mehr Ärger verursachen. Nicht, dass er Alison mehr geben konnte, als er ihr bereits zugestanden hatte, aber er kam auch gut ohne das Drama zurecht.

„Also, welche Handschuhe brauche ich?", fragte Sam. Er bezweifelte, dass er sich auf der Farm jemals so wohl fühlen würde oder sich so selbstbewusst präsentieren konnte wie Jeremy, aber er konnte zumindest so viel lernen, dass er an der Unterhaltung beim Abendessen teilhaben konnte.

7

ALS SIE zu Mittag gegessen hatten, war Jeremy froh, dass sie beschlossen hatten, über Nacht nicht in der Stadt zu bleiben. Wenn er nur noch einmal die Frage beantworten musste, was mit Devlin war und warum er auf Lang Downs lebte, dann würde er jemanden schlagen müssen.

„Der Fluch einer kleinen Stadt", grummelte er, als er für ihr Essen zahlte.

„Ich weiß nicht", sagte Sam und folgte Jeremy aus dem Restaurant. „Die Leute hier kennen dich. Wenn du in Schwierigkeiten kämest, dann hättest du Hilfe."

„Das mag richtig sein", stimmte Jeremy zu, auch wenn er vermutete, dass die Wahrheit über seine sexuelle Neigung enthüllen würde, wer und wie viele tatsächlich halfen. Macklin war nicht völlig geächtet worden, aber Jeremy hatte genug missbilligendes Getuschel mitbekommen, sodass er wusste, dass manche ihm den Rücken kehren würden. „Aber es bedeutet auch, dass man die meiste Zeit keine Privatsphäre hat und keine persönlichen Grenzen."

Sie erreichten den Ute und begannen damit die Vorräte, die Paul für sie an der Laderampe des Ladens zusammengetragen hatte, aufzuladen. Als sie fertig waren, schwitzte Jeremy so sehr, dass er die Ärmel hochkrempelte. Er dachte daran, sein Hemd auszuziehen und nur mit seinem T-Shirt bekleidet nach Hause zu fahren, aber er würde sehr bald ausschwitzen und sich wünschen, er hätte es angelassen. „Bist du bereit?"

Sam nickte stumm, es war das erste Mal, dass er keine Antwort parat hatte, als Jeremy mit ihm sprach, aber Jeremy hakte auch nicht nach. Sie waren früh aufgestanden und hatten einen ausgefüllten Tag gehabt und dabei war es erst Nachmittag. Sie hatten immer noch eine vier Stunden Fahrt vor sich, vielleicht mehr, wenn die Wolken, die sich über ihnen gesammelt hatten, den angedrohten Sturm bringen würden. Jeremy konnte vielleicht den direkten Weg über die Weiden nehmen, wenn das Wetter gut war und musste nicht auf den Straßen bleiben, aber er würde nicht riskieren, auf Taylor Peak festzustecken. Er wollte sich nicht noch einen Kampf mit Devlin leisten, besonders nicht mit Sam im Schlepptau. Er verdiente es nicht, in ihre familiären Streitereien verwickelt zu werden.

Sie fuhren nach Westen, raus aus der Stadt, zurück über die Hochebene und die Farm. Einige Male hatte Jeremy das Gefühl, Sam dabei zu ertappen wie er auf seine entblößten Unterarme starrte, aber er war sich nicht sicher und wollte ihre Kameradschaft nicht dadurch aufs Spiel setzen, dass er nachfragte. Ein paar Kerle aus Sydney und Melbourne hatten ihm bereits wegen seiner Arme Komplimente gemacht, aber er hatte nie gefunden, dass sie etwas Besonderes waren, lediglich das Produkt lebenslanger Arbeit auf einer Schaffarm und nicht viel anders als die der anderen Farmarbeiter um ihn herum. Sam war kein Viehhirte, von daher. Jeremy war also wohl eher nicht an seinen Armen interessiert, es sei denn, an der Geschichte mit seiner Ex-Frau war mehr dran, als Sam gesagt hatte.

Jeremy würde ihm keine Vorwürfe dafür machen, dass er es nicht erwähnt hatte, wenn da mehr war. Er selbst war nicht gerade mit seinen eigenen Geheimnissen hausieren gegangen, also konnte er schlecht von Sam erwarten, dass dieser es anders machte, wenn es tatsächlich das war, worum sich alles drehte. Vielleicht starrte Sam auch nur blind vor sich hin und die komfortabelste Position für seinen Kopf war eine, bei der seine Augen direkt auf Jeremy gerichtet waren. Jeremy fand, das wäre so wahrscheinlich als würde Sam sich für einen Viehhirten aus der Hochebene interessieren.

„Es sieht aus, als ob ein Sturm kommen würde", bemerkte Sam, als sie die Abzweigung nach Taylor Peak oder Lang Downs erreichten.

„Ja, lass uns durch das Tor fahren und dann die Plane über den Vorräten festzurren. Wenn Caines Bestellung der von Devlin ähnelt, dann sollte davon nichts wirklich nass werden", gab Jeremy zurück.

Sam nickte und sprang aus dem Auto, um das Tor zu öffnen. Jeremy fuhr hindurch und stellte den Ute ab. Er ging zur Ladefläche des Autos, wo er Sam traf, und mühte sich mit der großen Plane ab. „Bevor wir die drauf tun, solltest du dir deinen Driza-Bone überwerfen", schlug Jeremy vor. „„ wenn es anfängt zu regnen und wir zu den Toren kommen, wirst du froh sein, wenn du ihn anhast."

Sam holte seinen Mantel aus der Tüte mit seinen Einkäufen und deckte, zusammen mit Jeremy, die Ladefläche des Ute ab und befestigte die Plane an den vorgesehenen Stellen. Während sie arbeiteten, nahm der Wind so zu, dass Jeremy dankbar für ein weiteres Paar helfende Hände war. Er hätte es alleine geschafft, aber mit Sam als Hilfe ging es schneller und leichter.

„Vielen Dank für deine Hilfe", sagte er, als sie zurück in den Ute stiegen.

„Keine Ursache", antwortete Sam, „nicht, dass ich wirklich was getan hätte."

Jeremy hatte Sams Vorliebe für Zurückhaltung bereits früher am Tag bemerkt und hier war es wieder, die Annahme, dass sein Beitrag weniger wichtig oder weniger gut war als der jedes anderen. „Du hast die Plane festgehalten, damit sie nicht wegweht, sodass ich sie festmachen konnte", sagte Jeremy.

„Wenn du das nicht getan hättest, dann hätte ich mit dem Wind und dem Seil zu kämpfen gehabt, anstatt nur mit dem Seil."

„Das hättest du schon geschafft."

„Ja", stimmte Jeremy zu, da er es schlecht verleugnen konnte, „aber mit dir als Hilfe war es einfacher."

Sam verfiel wieder in ein verlegenes Schweigen und Jeremy verkniff es sich, ihn anzumotzen. Es brachte ihn dazu, sich zu fragen, ob da nicht mehr an Sams Scheidung dran war, als dieser vorgab. Bescheidenheit war die eine Sache; Sams Unsicherheit hingegen zeugte von emotionalen Qualen.

Sie näherten sich dem zweiten Tor, das Tor, welches sie zum Haupthaus auf Taylor Peak bringen oder sie, wenn sie es umfahren würden, Richtung Lang Downs führen würde, als sie ein zweites Paar Scheinwerfer sahen. „Sieht so aus, als bekämen wir Gesellschaft", sagte er zu Sam.

Sam verspannte sich neben ihm, so als würde er einen Schlag erwarten. „Gibt es ein Problem?"

„Eigentlich nicht", antwortete Jeremy und widerstand dabei dem Drang, Sams Knie beruhigend zu tätscheln. Er wusste nicht, ob die Geste erwünscht war, weshalb er seine Hände auf dem Lenkrad liegen ließ und auf die Ankunft des anderen Autos wartete. „Der einzige Weg von Lang Downs nach Boorowa führt durch Taylor Peak. Solange die Jackaroos keine Probleme machten, hatten wir nie Probleme damit, dass sie unser Land durchquerten und Herr Lang war immer sehr deutlich mit seinen Männern, was das anbelangte. Wenn du Probleme auf Taylor Peak machst, brauchst du gar nicht erst zurückzukommen. Ich habe nicht mitbekommen, dass Macklin sich in dieser Weise geäußert hätte, aber ich kann mir nicht vorstellen, dass er da toleranter wäre."

„Er scheint niemand zu sein, der Dummköpfe leicht erträgt", stimmte Sam zu. „Ich schätze, wir warten am besten ab und gucken was sie wollen?"

„Ja,", erwiderte Jeremy. „Es könnte nichts sein, aber da wir sie bereits gesehen haben ist es nur höflich, wenn wir warten und schauen, was sie wollen. Sie werden in einer Minute da sein und dann können wir weiter nach Hause fahren."

Ein paar Minuten später kam das andere Auto in Sichtweite und Jeremy rutschte das Herz in die Hose, als er bemerkte, dass es Devlins Auto war. Er kurbelte das Fenster des Ute runter, die kalte Luft wirbelte durch die warme Fahrerkabine. Er hätte aussteigen und die Wärme in der Kabine erhalten können, aber er wollte die Tür zwischen ihm und seinem Bruder wissen. Er glaubte nicht, dass es wieder zu einem Schlagabtausch kommen würde, aber er konnte gut ohne ein weiteres Veilchen leben.

„Jeremy", sagte Devlin, als er den Ute erreichte. „Ich habe gehört, dass du heute in der Stadt warst."

„Ich habe die Versorgungsfahrt für Lang Downs gemacht", antwortete Jeremy, „nicht, dass es dich etwas anginge."

„Das habe ich auch gehört", fuhr Devlin fort. „Du hast dich tatsächlich dazu entschlossen, diese zwei nichtsnutzigen Kissenbeißer deiner Familie vorzuziehen?"

„Wenn ich die Wahl zwischen einem Leben mit dir und deiner Engstirnigkeit und einem Leben mit Caine und Macklin habe, dann bin ich in Lang Downs wohl weitaus glücklicher", antwortete Jeremy ruhig. „Ich habe dir das am Tag, als ich ging, gesagt. Ich bin es leid, nach deinen Regeln zu spielen."

„Du bist keinen Deut besser, als die es sind", fauchte Devlin. Er spähte tiefer in den Ute und richtete seinen Blick auf Sam. „Verdammte Scheiße, wenn das das Beste ist, was sie an Jackaroos zu bieten haben, dann bist du auf ein sinkendes Schiff aufgesprungen."

Jeremy griff sich Devlins Kragen und zog ihn an sich heran. „Hör zu, du blödes Arschloch, du kannst mich von mir aus den ganzen Tag lang beschimpfen, aber du hältst Sam gefälligst da raus. Er ist der Buchhalter, den Caine und Macklin angeheuert haben, damit er sich um die Bücher kümmert, weil es Lang Downs so gut geht, dass sie jemanden in Vollzeit dafür benötigen. Also kriege in deinen kleinen, kranken Schädel, dass Lang Downs nicht untergeht. Du wirst nicht in der Lage sein, ihre Farm billig zu kaufen, und du wirst nicht in der Lage sein, Caine den Rang abzulaufen. Sie sind zehn Mal so viel wert wie du."

„Elende Schwuchteln, allesamt", schimpfte Devlin verächtlich. „Ehe du dich versiehst, bist du einer von denen. Komm nicht wieder angerannt, wenn es abwärts mit dir geht."

„Ich bin nicht mehr hilfesuchend zu dir gerannt gekommen, seit ich fünf war und du mich ausgelacht hast, weil ich von meinem ersten Pony gefallen war", erwiderte Jeremy bitter.

„Ich hätte damals schon wissen müssen, dass mit dir etwas nicht stimmt", spottete Devlin.

„Mit mir stimmt absolut alles", konterte Jeremy, „außer, dass ich ewig gebraucht habe, dir zu sagen, dass du zur Hölle fahren sollst."

Er wartete nicht erst auf eine Antwort, kurbelte das Fenster wieder hoch und ließ die Bremse los. Er ließ den Motor nicht aufheulen. Er wollte Devlin nicht wehtun, er wollte lediglich schnell weg von ihm.

„Es tut mir leid, dass du das mit anhören musstest", wandte sich Jeremy an Sam, nachdem Devlin aus dem Weg gegangen und nicht mehr als ein Schatten im Rückspiegel war. „Devlin hat ein Brett vorm Kopf so groß wie ein LKW, wenn es um Caine und Macklin geht. Es war schlimm genug, als er noch dachte, dass ich seiner Meinung sei. Jetzt, da er gemerkt hat, dass ich das nicht bin, bin ich ebenfalls auf seiner schwarzen Liste gelandet."

„Ist schon okay", sagte Sam sanftmütig. „Es ist nicht deine Schuld."

Sie erreichten das Tor und ehe er auch nur ein Wort sagen konnte, war Sam herausgesprungen, um es zu öffnen. Er fuhr hindurch und wartete darauf, dass Sam sich wieder zu ihm gesellte.

„Du flippst jetzt nicht aus, weil du herausgefunden hast, dass ich schwul bin, oder?", fragte Jeremy. „Du scheinst dich nicht an Caine und Macklin zu stören, daher dachte ich –"

„Was? Nein, natürlich nicht", gab Sam zurück. „Das wäre wohl ziemlich dämlich, nicht zuletzt heuchlerisch. Ich meine, ich wusste es nicht, bis dein Bruder es angedeutet hat, aber das geht mich nichts an und du hattest auch keinen Grund, es mir mitzuteilen –"

„Sam, atme", unterbrach Jeremy ihn. „Du hyperventilierst noch, wenn du so weitermachst."

Gehorsam lehnte Sam sich nach vorne, nahm seinen Kopf zwischen die Beine und atmete langsam und regelmäßig ein und aus. Jeremy hätte bei diesem Anblick vielleicht leise gelacht, wenn er nicht damit beschäftigt gewesen wäre, dem Drang, wem auch immer dafür ins Gesicht zu schlagen, dass er Sam so etwas angetan hatte, zu widerstehen. Dann realisierte er, was Sam gesagt hatte: heuchlerisch.

War das nicht interessant? Hatte seine Ex-Frau es herausgefunden und es gegen ihn verwendet? Hatte er es bereits gewusst, als er sie geheiratet hatte oder hatte er es erst vor Kurzem realisiert? Wusste es sonst noch jemand?

Sams Atmung wurde nach kurzer Zeit gleichmäßiger und er setzte sich auf.

„Geht es dir besser?", wollte Jeremy wissen.

Sam nickte, selbst im fahlen Nachtlicht und dem nahenden Sturm dachte Jeremy, dass Sam aussah wie ein Fisch ohne Wasser.

„Deine Ex hat das mit dir gemacht, stimmt's?"

„Was?", fragte Sam.

„Deine Ex", wiederholte Jeremy. „Was hat sie gesagt, dass du so zaghaft mit allem umgehst?"

„Nichts", erwiderte Sam sofort. „Sie wollte nur raus. Sie verdient jemanden, der sie wirklich liebt."

„Was ist mit jemandem, der dich wirklich liebt?", wollte Jeremy wissen. „Verdienst du das nicht auch?"

„Ein arbeitsloser Büroleiter ohne jegliche sozialen Kompetenzen, einer breiter werdenden Taille und schütter werdendem Haar?", konterte Sam. „Klar. Sie stehen Schlange vor meiner Tür."

„Das ist genau das, was ich meinte", sagte Jeremy. „Diese Art von Kommentar eben gerade. Wer hat dir das eingeredet?"

„Der Spiegel", antwortete Sam.

Jeremy ließ diesen Teil auf sich beruhen. Wenn Sam nicht bereit war, mit ihm zu reden, konnte Jeremy auch kein Selbstvertrauen erzwingen. Aber er konnte darauf eingehen, was Sam gesagt hatte. „Dann brauchst du wohl einen neuen Spiegel. Denn zuallererst einmal, als ich dich das letzte Mal gesehen habe, warst du nicht mehr arbeitslos. Es sei denn, du denkst, dass Caine dich nur aus Mitleid eingestellt hat?"

Sam zögerte gerade lang genug mit der Antwort, dass Jeremy wusste, dass er genau das dachte, auch wenn er mit dem Kopf schüttelte.

Jeremy hätte beinahe vor Ungläubigkeit losgeprustet. „Lass mich dir etwas über Schaffarmen erzählen, zumindest über solche, die die Größe von Taylor Peak und Lang Downs haben. Die meisten Jahre liegt der Unterschied zwischen dem Schreiben von roten oder schwarzen Zahlen bei einem oder zwei Lämmern. Der ganze Wert der Farm liegt nur auf dem Papier, gebunden im Land, den Gebäuden und dem Equipment sowie dem Vieh selbst. Geld verdient man nur zwei Mal im Jahr: Wenn die Lämmer im Herbst verkauft werden und nach der Schur im Frühling, wenn wir die Wolle veräußern. Den Rest des Jahres muss jeder Cent zwei Mal umgedreht werden und man kann nur hoffen, dass nichts kaputt geht oder man etwas erneuern muss, denn bis zur nächsten Saison gibt es keine Garantie, wie viel Geld reinkommen wird, um die Dinge am Laufen zu halten. Mitleid hat keinen Platz beim Führen einer Farm. Wenn Caine dich eingestellt hat, dann weil er daran glaubt, dass es das Beste für die Farm ist. Ich weiß nicht viel über ihn und seine Geschichte, aber ich weiß, dass er einen Wirtschaftsabschluss in den Vereinigten Staaten hat. Ein amerikanischer Abschluss mag hier nicht viel wert sein, aber es beweist, dass er weiß, wie man mit Geld umgeht, was mir wiederum sagt, dass du ihn beeindruckt hast und das beeindruckt mich."

„Das ändert nichts am Rest", sagte Sam. „Du kannst kaum bestreiten, dass ich eine Glatze kriege."

Jeremy rollte mit den Augen. „Es gehört Gott sei Dank mehr dazu, jemanden zu lieben, als die Dichte seiner Haare, weißt du? Als meine Mutter starb, hatte mein Vater einen Bauch, so groß, dass er seine eigene Zeitzone gebraucht hätte und keine Haare mehr am Kopf, aber sie hat ihn geliebt wie am ersten Tag. Und dein Haaransatz ist völlig in Ordnung. Ich dachte bis jetzt nur, dass du eine hohe Stirn hast, nicht, dass dir die Haare ausgehen."

„Ich schätze sehr, was du tust", sagte Sam. „Wirklich. Aber du musst das nicht tun. Ich weiß, wie ich aussehe und wie nicht. Ich hab meinen Frieden damit geschlossen und brauche das Mitleid anderer nicht."

58

„Wenn es das wäre, dann wäre ich beeinflussbar", sagte Jeremy. „Aber ich habe den Tag nicht mit dir verbracht, weil ich dich bemitleide. Ich habe dir auch nicht aus Mitleid angeboten, dich zu unterrichten. Ich habe deine Gesellschaft heute genossen und das ist weitaus wichtiger als die Frage, wie fähig du bist oder ob du ein paar Haare verlierst. Du musst mir ja nicht glauben, aber ich muss es dir zumindest einmal gesagt haben. Ich finde, dass du ein interessanter und attraktiver Mann bist, und ich würde dich gerne besser kennenlernen. Aber ich habe sehr wohl realisiert, dass du dich inmitten einer Scheidung befindest und du, abgesehen davon, noch viele Dinge zu regeln hast, deshalb werde ich dich nicht drängen. Ich werde, was auch immer das bedeutet, dein Freund sein."

8

SAM GING am nächsten Morgen in das Büro der Farm, schaltete den Computer ein und tat sein Bestes, so zu tun, als hätte er eine erholsame Nacht gehabt und als sei alles in bester Ordnung. Kein anderer musste wissen, dass ihn die Unterhaltung mit Jeremy auf dem Rückweg von Boorowa am Vortag in totale Panik versetzt hatte.

Caine kam ein paar Minuten später herein. „Du bist früh dran heute", bemerkte er mit einem Lächeln. „Im Winter ist alles etwas ruhiger. Es gibt weniger auf den Weiden zu tun und generell auch."

Sam bemühte sich um ein Lächeln, wobei er verdrängte, wie falsch es sich anfühlte. „Jeremy hat so etwas gestern schon gesagt, aber wir haben nicht weiter darüber gesprochen und ich wollte nicht einfach etwas annehmen."

„Jetzt haben wir ja darüber geredet", erwiderte Caine. „Macklin hat davon gesprochen, rauszureiten und die Hütten der Viehtreiber zu kontrollieren, um sicherzustellen, dass sie den Sturm letzte Nacht überstanden haben und dass sie bereit sind, wenn der nächste kommt."

„Sind Sturmschäden generell ein Problem?", wollte Sam wissen.

„Sie können zum Problem werden", gab Caine zurück. „Wir haben normalerweise nur ein oder zwei schlimme Stürme im Winter, aber Macklin hat mir versichert, dass das völlig unberechenbar ist."

„Deine Versicherung sollte solche Schäden abdecken", sagte Sam.

„Sollte", stimmte Caine zu, „aber die Kosten für das Ersetzen einzelner Schindeln sind es nicht wert, extra einen Versicherungsinspektor herkommen zu lassen."

„Du solltest darüber nachdenken", erwiderte Sam. „Wenn du eine Digitalkamera mit Zeitstempel benutzt, kannst du nachweisen, wann das Bild aufgenommen wurde. Es gibt keinen vernünftigen Grund für Reparaturen zu zahlen, die von der Versicherung abgedeckt sein sollten. Du wendest schon genug Zeit für die Instandhaltung auf, ohne davon etwas zu melden. Selbst, wenn du die Reparaturarbeiten selber machst, könntest du einen Antrag auf Rückerstattung stellen."

„Würde das Anmelden zu vieler Ansprüche nicht unseren Beitrag in die Höhe treiben?", fragte Caine. „Ich zahle lieber niedrige Beiträge und flicke hier und da etwas auf eigene Kosten, als dass sie in die Höhe schießen, weil wir die Versicherung wegen jeder Kleinigkeit in Anspruch nehmen."

„Ich muss mir die genauen Details eures Versicherungsschutzes und die Firmenpolicen anschauen", antwortete Sam, „aber, wenn dem so ist, würde ich empfehlen, zu einer anderen Versicherung zu wechseln. Wozu hat man eine Versicherung, wenn man sie aus Angst, einen Schaden zu melden, nicht nutzt?"

„Das ist dieselbe Police, die Onkel Michael hatte", gestand Caine. „Nach seinem Tod gab es so viele andere Dinge zu erledigen, da hat es das Überprüfen der Versicherungspolicen nicht unbedingt auf die Prioritätenliste geschafft."

„Hast du die Police?", fragte Sam. „Ich habe mich im Eisenwarengeschäft um solche Dinge gekümmert. Ich lese sie mir gerne durch und sage dir, was ich davon halte."

Caine gluckste. „Ich bin mir sicher, dass ich sie irgendwo habe." Er gestikulierte in Richtung der Aktenschränke, die nebeneinander an der Bürowand standen. „Aber du siehst ja, was ich geerbt habe. Ich habe noch nicht einmal damit begonnen, an der Oberfläche zu kratzen. Ich werde mir die Zeit nehmen alle durchzuschauen, aber nicht heute."

Sam nickte. „Wir haben es nicht eilig, denke ich. Dokumentiert einfach jeden Schaden, den ihr finden könnt, wir können nämlich jegliche Kosten von Reparaturen, die wir nicht unserer Versicherungsgesellschaft melden, absetzen."

„Ich nehme meine Kamera mit", sagte Caine.

„Caine?"

„Bin gleich da", rief Caine Macklin zu. „Mach die Pferde fertig, ich treffe dich draußen."

Macklin machte einen zustimmenden Laut, bevor der Klang seiner Schritte verriet, dass er nach draußen unterwegs war. „Eine Sache noch, bevor ich gehe", sagte Caine. „Wenn ich jemanden in Tumut oder jemanden, der dort mal gelebt hat, finden wollen würde, wie würde ich das anstellen?"

„Hast du einen Namen?", hakte Sam nach.

„Ja", antwortete Caine. „Sarah Armstrong."

Sam hob die Augenbraue. „Ich nehme an, dass das ein Geheimnis ist?"

„Ja", bestätigte Caine. „Wenn das, was ich finde schlechte Neuigkeiten bedeutet, dann ist es besser, wenn Macklin nie davon erfährt."

„Er wartet auf dich", sagte Sam. „Ich denke über deine Optionen nach und lasse es dich dann wissen."

„Danke Sam, schau dir die Akten ruhig alle an, wenn du Lust darauf hast. Wenn nicht, gehen wir sie an einem anderen Tag gemeinsam durch."

Sam wartete bis Caine gegangen war, bevor er die Aktenschränke misstrauisch beäugte. Er hatte so ein Gefühl, dass ihm nicht gefallen würde, was er fände, wenn er sie öffnete. Caines Aufzeichnungen der letzten anderthalb Jahre waren peinlich genau, aber es gab deutliche Informationslücken von vielen Dingen davor. Von dem, was alle seit Sams Ankunft über Michael Lang erzählt hatten, war Sam sich sicher, dass die Informationen da waren, nur eben nicht in der zugänglichsten Form. Mit einem Seufzer öffnete er die erste Schublade und machte sich an die Arbeit.

Er hatte den Inhalt der ersten Schublade in drei Stapel geteilt, zu alt, um sich damit herumzuärgern, relevant und sofortiger Handlungsbedarf, als er hörte, wie jemand sich räusperte. Er konnte, trotz der unangenehmen Gedanken der letzten Nacht, nicht aufhören wie ein Honigkuchenpferd zu grinsen, als er Jeremy mit Hut in der Hand und in Socken in der Tür stehen sah. „Hi.“

„Hi“, erwiderte Jeremy. „Du siehst beschäftigt aus.“

„Ich sortiere nur die Akten“, sagte Sam. „Mr Lang war vielleicht ein guter Viehhirte, aber seine Organisationstalente ließen zu wünschen übrig.“

Jeremy lachte. „Ich habe dir gesagt, dass wir Viehhirten die Tiere den Zahlen vorziehen. Ich wollte eigentlich mal schauen, ob ich dich zu deiner ersten Reitstunde überreden kann, aber vielleicht bleibe ich stattdessen einfach hier stehen und schaue dir bei der Arbeit zu.“

„Ich mache hier wirklich nichts Aufregendes“, entgegnete Sam mit einem etwas ratlosen Lachen. „Jemandem dabei zuzusehen, wie er Papiere sortiert ist ungefähr so spannend, wie frischer Farbe beim Trocknen zuzuschauen.“

„Das mag sein, aber dir dabei zuzuschauen, wie du es schaffst, Ordnung in den Papierhaufen zu bringen, das hat Potenzial“, gab Jeremy mit einem übertrieben anzüglichen Blick zurück. „Ich habe dir gesagt, dass mich die Vorstellung, dass du alles im Griff hast ohne Ende heiß macht.“

Sam errötete bis in die Haarspitzen seines schütteren Haares. „Du hast gestern nichts Derartiges gesagt. Du hast gesagt, ich sei interessant.“

„Interessant und attraktiv“, korrigierte Jeremy ihn. „Und ich habe auch gesagt, dass die Tatsache, dass du in all dem geschäftlichen Zeug einen Sinn erkennen konntest, als ich es nicht konnte, wirklich beeindruckend war. Als ich das gesagt habe, wusste ich noch nicht, dass du schwul bist, daher habe ich den Teil mit dem Anturnen ausgelassen. Ich wollte ja nicht, dass du ausflippst, aber jetzt, da ich weiß, dass ich eine Chance habe, werde ich es erwähnen, wann immer ich kann.“

„Mach dich bitte nicht lustig über mich“, protestierte Sam, unfähig Jeremys Blick standzuhalten.

„Ich mache mich nicht lustig“, erwiderte Jeremy, als er den Raum betrat und sich neben Sam auf den Boden setzte. „Das würde ich nie tun.“

Er hatte recht, Jeremy war vieles, aber ein Schulhoftyrann war er nicht. Er würde sich nie über einen anderen lustig machen, weil dieser schlau anstatt athletisch war.

„Entschuldige, alte Gewohnheiten.“

„Wir werden daran arbeiten", sagte Jeremy. „Also, erklär mir, was du hier tust und wie ich helfen kann."

Sam betrachtete die Papierstapel, die er bereits sortiert hatte. Die Unterteilung machte für ihn zwar Sinn, aber für Jeremy wohl eher nicht, wenn er wirklich so ahnungslos war, wenn es um das Geschäft ging, wie er behauptete. „Öffne die nächste Schublade", wies er an. „Du kannst anfangen, die Unterlagen nach Datum zu sortieren. Alles, was älter als zehn Jahre ist, kommt auf einen Stapel. Alles, was drei bis zehn Jahre alt ist, auf einen anderen und alles, was jünger als das ist auf einen dritten Stapel. Je älter die Papiere sind umso unwichtiger sind sie. Außer, es sieht wie eine Versicherungspolice aus, dann muss ich es unbedingt sehen, egal wie alt es ist."

„Das kriege ich hin", sagte Jeremy. Er öffnete die nächste Schublade und ging an die Arbeit.

Sam hatte erwartet, dass Jeremys Anwesenheit ihn mit seinem ganzen Gerede über Anziehungskraft und alles andere ablenken würde, aber Jeremy verhielt sich ruhig und unterbrach Sam nur gelegentlich, um ihn etwas zu fragen oder ihm eine Beobachtung mitzuteilen. Es stellte sich heraus, dass der Morgen weitaus friedlicher war, als er erwartet hatte.

Der Klang seines knurrenden Magens lenkte die Aufmerksamkeit auf die Uhr.

„Na sieh mal einer an", sagte Jeremy. „Es ist bereits Zeit fürs Mittagessen. Können wir eine Pause machen, Boss, oder wirst du mich ganz ohne etwas, das meinen armen leeren Magen füllt, durcharbeiten lassen?"

Sam musste darüber lachen. Schließlich war es sein leerer Magen gewesen, der geknurrt hatte. „Lass uns gehen. Wir haben schon mehr geschafft, als ich alleine je geschafft hätte. Wir haben uns eine Pause verdient."

Jeremy sprang mit der Leichtigkeit eines Mannes auf, der volle Kontrolle über seinen Körper besaß. Sam beneidete ihn für die Anmut seiner Bewegungen, versuchte aber nicht, es ihm gleichzutun. Er würde sich nur blamieren, wenn er es versuchte. Er stützte gerade seinen Arm auf einem in der Nähe stehenden Stuhl ab, als Jeremy sich bückte und ihm seine Hand anbot. Sam nahm sie und ließ sich von Jeremy auf die Füße ziehen, wobei er das Verlangen, welches ihn durchfuhr, als er Jeremys große Hand in seiner spürte und sah, wie leicht Jeremy alles fiel, ignorierte. Er trug wieder ein Langarmshirt, aber Sam hatte gestern einen flüchtigen Eindruck von den Armen darunter bekommen. Er hatte bis zu diesem Zeitpunkt nicht einmal gewusst, dass er einen Armfetisch hatte, aber das bisschen Haut hatte in seinem Inneren etwas ausgelöst.

Die Kantine war so gut wie ausgestorben, als sie sie betraten, nicht, dass Sam etwas anderes erwartet hatte. Selbst im heißen Sommer nahmen die meisten Jackaroos Sandwiches zum Mittagessen mit, anstatt zur Kantine zu kommen. Da alle, bis auf die Ganzjährigen, nun fort waren, schien es besonders zuzutreffen. Auf der Theke stand ein Teller mit Sandwiches unter einer Plastikhaube, also nahmen sich Jeremy und Sam einen Teller und bedienten sich. „Was steht für heute Nachmittag am Plan?"

„Ich hatte vor, den ganzen Tag im Büro zu arbeiten", sagte Sam, „aber, wenn du irgendetwas anderes zu tun hast, dann verstehe ich das. Ich kann alleine weitermachen. Das ist kein Problem."

„Das habe ich weder gesagt noch gemeint", antwortete Jeremy. „Du hast erwähnt, dass du gerne in die Schlafbaracke ziehen würdest. Ich dachte, ich helfe dir dabei, wenn du willst. Außerdem habe ich versprochen, dir zu erklären, wie eine Farm betrieben wird."

„Bevor ich in die Schlafbaracke ziehe, sollte ich das wohl lieber erst mit Caine abklären", gab Sam zu bedenken. „Ich meine, ich weiß, dass die Räume leer sind, aber es ist ein Unterschied, ob ich in Neils freiem Zimmer schlafe oder in der Baracke lebe."

„Wirklich?"

„Ja, wirklich", wiederholte Sam. „Wenn ich bei Neil wohne, dann bin ich auf Neils Großzügigkeit angewiesen, wohne ich in der Baracke, dann bin ich auf Caines Großzügigkeit angewiesen."

„Wie kommst du darauf?", wollte Jeremy wissen. „Wenn hier nicht alles ganz anders läuft, dann gehört Caine auch Neils Haus. Neil darf es aufgrund seiner Anstellung nutzen, aber es ist immer noch Eigentum der Farm. Wenn er beschließen würde, zu gehen, dann hätte das Haus keinen Wert für ihn, egal wie viel seines Eigentums in dem Haus stecken sollte."

„Oh", sagte Sam. „Ich denke, so habe ich das noch nie betrachtet."

„Das passiert, wenn man sich mit dem Sohn eines Viehzüchters anfreundet", bemerkte Jeremy mit einem verschmitzten Lächeln. „Ich habe vielleicht keinen Sinn für das Geschäft, aber ich habe die eine oder andere Sache über die Jahre aufgeschnappt."

„Willst du damit sagen, dass ich mich an dich halten soll?", fragte Sam und fühlte sich ganz verwegen, da er mit Jeremy flirtete.

„Selbstverständlich", antwortete Jeremy mit einem immer breiter werdenden Grinsen. „Ich wäre dir kein schlechter Berater."

„Ich würde mich trotzdem besser fühlen, wenn wir vorher Caine fragen würden", sagte Sam. „Auch wenn es praktisch keinen Unterschied macht, für mich fühlt es sich anders an."

„Hat er gesagt, wo er heute sein würde?", wollte Jeremy wissen.

„Er hat was davon erzählt, die Hütten der Viehtreiber auf Sturmschäden hin zu checken", antwortete Sam.

„Ach nein", witzelte Jeremy. „Lass mich raten, Macklin ist mit ihm gegangen."

„Was ist falsch daran?"

„Nichts ist falsch daran", antwortete Jeremy. „Es ist sehr verantwortungsbewusst von den beiden, dass sie das nach einem Sturm wie dem letzte Nacht tun. Das spricht dafür, dass sie sich sehr um ihr Eigentum und ihre Angestellten sorgen."

„Warum kicherst du dann?"

„Weil die Treiberhütten, neben ihrem eigenen Zimmer, wahrscheinlich der einzige Ort auf der Farm sind, wo sie etwas Privatsphäre haben", sagte Jeremy. „Ich bin mir sicher, dass Macklin heute nur rein zufällig mit Caine mitgegangen ist."

Sam merkte, dass er wieder errötete, etwas, das er mit alarmierender Regelmäßigkeit in Jeremys Nähe zu tun schien. „Du glaubst doch nicht etwa, dass sie nur deswegen heute ausgeritten sind oder etwa doch?"

„Nein", antwortete Jeremy. „Ich bin mir sicher, dass sie mit einer kompletten Liste an Reparaturen zurückkehren werden. Ich wage es aber auch zu behaupten, dass wohl jeder von ihnen den Job alleine schneller hinbekommen würde als beide zusammen."

„Du bist unmöglich", tadelte Sam ihn. „Sie sind immer noch unsere Chefs. Wir sollten nicht so über sie reden."

„Das ist überhaupt nicht boshaft gemeint", versicherte Jeremy ihm. „Ich finde das tatsächlich ziemlich toll. Hättest du mir vor zwei Jahren erzählt, dass so etwas in meinem Hinterhof passieren könnte, hätte ich dich allein für diesen absurden Gedanken ausgelacht. Und jetzt spreche ich darüber, als sei es das normalste auf der Welt."

„Lang Downs ist ein ganz besonderer Ort."

„Lang Downs ist ein Wunder", korrigierte Jeremy ihn. „Ein verdammtes Wunder. Und, wenn du das nicht glaubst, dann frag Chris, wie er hier gelandet ist. Zur Hölle, frag Macklin, wie er hier gelandet ist. Oder Kami. Oder Patrick. Ich wette mit dir, fast alle Ganzjährigen haben ihre eigene Geschichte zu erzählen, wie dieser Ort ihr Leben verändert hat. Ich habe nie erfahren, was Michael Lang antrieb, aber selbst als kleiner Junge merkte ich bei jedem Besuch hier, dass die Dinge anders liefen. Und das ist heute noch zutreffender als damals."

„Weil Caine und Macklin zusammen sind?"

„Weil sie offen damit umgehen, dass sie zusammen sind", sagte Jeremy. „Ich habe mich gefragt, wie das mit Mr Lang und seinem Vorarbeiter war, aber es war nichts, worüber gesprochen wurde. Caine und Macklin verstecken sich nicht. Sie laufen vielleicht nicht in aller Öffentlichkeit rum und halten Händchen oder küssen sich oder so etwas, aber du kannst nicht auf dieser Farm leben und Zweifel haben, was ihre Beziehung angeht. Und das ist das besondere."

„Immer?", hakte Sam nach. „Wann hast du angefangen, darüber nachzudenken, ob du schwul sein könntest?"

„Als ich ein Teenager war", antwortete Jeremy. „Die anderen Jungs auf der Farm wollten immer zu den Schlafbaracken der Jillaroos, um die Mädels nackt zu erwischen. Ich habe mitgemacht, weil es das war, was von mir erwartet wurde, aber ich hätte lieber bei den Jackaroos rumgehangen. Die meisten haben nicht zwei Mal darüber nachgedacht, bevor sie halb nackt, oder mehr, in ihrer Schlafbaracke rumgelaufen sind. Ich war kein kleines Kind mehr und genauso ausgestattet wie sie, worüber hätte man sich also Gedanken machen sollen?"

„Schäm dich", schimpfte Sam, das Grinsen über den Gedanken an einen jugendlichen Jeremy, der die Jackaroos unverhohlen ausspähte, nicht aus dem Gesicht bekommend. „Sie hatten keine Ahnung, stimmt's?"

„Natürlich nicht", sagte Jeremy. „Ich war immer darauf bedacht abzuhauen, bevor ich etwas preisgegeben hätte. Natürlich hatte ich so immer genug Stoff für meine Fantasien."

„Erinnere mich daran, dass ich nicht dusche, wenn du in der Baracke bist", stichelte Sam.

„Ich tue so etwas nicht mehr", versprach Jeremy. „Ich hatte keinen Sinn für Grenzen, als ich vierzehn war. Jetzt, mit vierunddreißig, habe ich etwas mehr Anstand. Ich besitze mittlerweile die Höflichkeit, zu warten, bis ich eingeladen werde."

Sam errötete schon wieder. Dieses Mal, weil er darüber nachdachte, irgendwann den Mut aufzubringen, Jeremy mit in die Dusche einzuladen. Vielleicht in ein paar Monaten, wenn das Leben auf der Farm ihm geholfen hatte, etwas an Gewicht zu verlieren. Allein der Gedanke daran, Jeremy so zu sehen, reizte ihn. Sie waren ungefähr gleich groß, auch wenn Jeremy vielleicht ein paar Zentimeter größer war, aber hier hörte die Ähnlichkeit auch schon auf. Jeremy war wie aus Stein gemeißelt. Das war das einzige Wort dafür. Nicht wie ein Bodybuilder, eher wie jemand, der sein Leben lang hart gearbeitet hatte und im australischen Outback lebte. Er hatte breite Schultern, und, wenn der Rest seiner Arme zu dem passte, was Sam von seinen Unterarmen zu sehen bekommen hatte, dann waren sie wirklich muskulös. Die Kleidung, die Jeremy auf der Farm trug, war nicht dafür gedacht, seinen Körper zu betonen, aber sie passte gut genug, um zu bemerken, dass der Rest seines Körpers ähnlich muskulös war. Sam musste sich nicht einmal anstrengen, um sich das vorzustellen.

„Habe ich dich jetzt verschreckt?", wollte Jeremy wissen.

„Was? Nein, ich habe nur gerade an etwas gedacht", sagte Sam schnell. Zu schnell, wenn man das leichte Grinsen, das sich auf Jeremys Gesicht ausbreitete, als Zeichen dafür nehmen konnte.

„Was ist mit dir?", fragte Jeremy. „Wann hast du es herausgefunden?"

„Ich glaube, ich wusste es einfach schon immer", gestand Sam, „aber ich habe erst vor gut einem Jahr damit aufgehört, mir und anderen etwas vorzumachen. Ich habe Alison geheiratet, um meinen Vater zu beschwichtigen. Neil und er waren beide homophob. Ich mochte sie, sie mochte mich, es schien das Beste zu sein, was ich kriegen würde und für eine Weile funktionierte es sogar. Nicht super gut, aber auch nicht wirklich schlecht. Dann habe ich meinen Job verloren und konnte keinen neuen finden und Alison hat die Geduld mit mir verloren. Alles ging den Bach runter und es erschien mir, als hätte ich nichts mehr zu verlieren, also ging ich zu einer Schwulenbar und ließ mich von jemandem aufgabeln. Das zu tun, war eine miese Sache, aber es bestätigte mir, was ich immer versucht hatte, zu verleugnen."

Jeremy nickte nur geheimnisvoll dreinschauend.

„Ja, da ich die Stimmung nun völlig ruiniert habe", scherzte Sam, um die trübe Stimmung aufzulockern, „sollte ich wohl besser zurück an die Arbeit gehen."

„Nein", korrigierte Jeremy ihn, „du solltest für ein paar Stunden mit mir nach draußen kommen. Chris braucht Titan heute nicht, also haben wir Zeit für deine erste Reitstunde."

„Ich habe aber noch Arbeit zu erledigen", protestierte Sam. „Die Akten werden sich nicht von selbst sortieren."

„Nein, aber ich habe dir den ganzen Morgen dabei geholfen", erinnerte Jeremy ihn, „und ich helfe dir später gerne wieder, wenn du willst. Du brauchst etwas frische Luft. Wenn du jetzt eine Pause einlegst, arbeitest du nachher viel besser."

Sam war sich nicht sicher, ob er Jeremys Logik folgen konnte, aber die Idee, mit Jeremy einige Stunden im Freien zu verbringen, auch wenn er sich zum Idioten machte – und er war sich sicher, das würde er – war viel verlockender, als weiter staubige Aufzeichnungen zu sortieren. „Okay. Dann lass uns mal schauen, was du mir so beibringen kannst."

9

JEREMY BEGLEITETE Sam raus zu den Stallungen, dorthin, wo die Pferde standen, wenn sie nicht geritten wurden. „Hast du jemals auf einem Pferd gesessen?"

Sam schüttelte den Kopf. „Ich hatte niemals wirklich die Gelegenheit dazu. Reiten gehörte nicht unbedingt zu den Aufgaben innerhalb meines Jobs."

Jeremy kicherte. „Nein, das kann ich sehen, auch wenn manche Menschen einfach aus Spaß reiten gehen."

„Neil war immer der athletische von uns beiden, nicht ich."

Jeremy duckte sich und schlüpfte zwischen den Zaunpfosten hindurch und ging zu dem rotbraunen Wallach, den Jesse ihm empfohlen hatte, als er nach einem guten Pferd für einen Reitanfänger gefragt hatte, dabei hatte er Jesses dämliches Grinsen ignoriert. „Komm, Titan", sagte er und griff nach dem Halfter des Pferdes. „Komm und lerne Sam kennen."

Titan folgte Jeremy widerstandslos zu der Ecke des Zauns. „Sag Hallo, Sam."

Sam streckte zaghaft seine Hand aus. Titan schnüffelte und zupfte vorsichtig mit den Lippen daran. „Er hätte gern ein Leckerli", erklärte Jeremy ihm. „Er ist scheinbar der Liebling bei den Jackaroos, denn jeder bringt ihm immer Äpfel, Karotten und so was."

„Das hättest du mir sagen sollen. Dann hätte ich ihm was aus der Kantine mitgebracht."

„Hier", bot ihm Jeremy den Apfel an, den er auf ihrem Weg aus der Kantine mitgenommen hatte. „Er weiß den mehr zu schätzen als ich. Halt ihm deine Hand offen hin, er wird ihn dir aus der Handfläche fressen."

Sam tat, was Jeremy ihm gesagt hatte, legte den Apfel auf seine Handfläche und streckte sie Titan wieder entgegen. Titan schnappte sich den Apfel und biss ihn mit seinen großen Zähnen auf einmal entzwei.

„Das ist verdammt angsteinflößend", sagte Sam.

„Ach quatsch, er beißt nicht. Ich habe gefragt", versicherte Jeremy ihm. „Er ist nur ein Vielfraß."

„Und was jetzt?", wollte Sam wissen.

„Jetzt satteln wir auf und lassen dich die Welt mal von einem anderen Blickwinkel aus betrachten", antwortete Jeremy. Ich hole das Zaumzeug. Du bleibst hier und freundest dich mit Titan an. Du wirst auf ihm reiten, also wirst du ihn besser kennenlernen wollen."

Jeremy ließ Sam zusammen mit Titan zurück, während er durch die Scherhütten zur Sattelkammer ging. Er schnappte sich alles, was er brauchte und ging gleich wieder nach draußen, nur um zu sehen, wie Titan Sam einen Kopfstoß verpasste, was diesen einige Schritte nach hinten taumeln ließ. Sam lachte und kraulte Titan unterhalb seiner Stirnlocke. Der Klang von Sams Lachen traf Jeremy völlig unerwartet. Es war ein entspanntes, sorgenfreies Lachen – der glücklichste Laut, den Jeremy von Sam gehört hatte, seit sie angefangen hatten, miteinander zu reden. Selbst Sams Lachen der letzten Tage war nicht so unbeschwert gewesen. Jeremy beschloss, mehr davon hören zu wollen, entweder, indem er Sam viel Zeit mit Titan verbringen ließ oder aber indem er herausfand, wie er es ihm selbst entlocken konnte. Sam hatte ihm gestern nicht geantwortet, als er gefragt hatte, wer ihm solch einen Minderwertigkeitskomplex eingeredet hatte, aber der Mann, der jetzt mit Titan lachte, dachte nicht über ein negatives Selbstbild oder etwas anderes als die reine Freude eines kalten Herbsttages und die großen Nüstern eines Pferdes nach, das jeden liebte, der ihm etwas zum Naschen brachte. Das war der Mann, den Jeremy kennenlernen wollte.

Jetzt bedauerte er es, dass er Arrow diesen Morgen mit Chris und Jesse hatte mitgehen lassen. Er fragte sich, ob sein Hund denselben Effekt auf Sam hätte wie Titan. Wenn dem so wäre, würde Jeremy Arrow nicht wieder von Sams Seite weichen lassen.

„Es sieht so aus, als ob du dir Freunde machst", sagte Jeremy, den Sattel auf die oberste Zaunlatte legend. Sobald Sam realisierte, dass er da war, konnte Jeremy sehen, wie Sam seine schützende Mauer wieder um sich herum aufbaute. Er fluchte innerlich, aber er konnte Sam schlecht aus der Entfernung beibringen, wie man reitet.

„Er ist sehr freundlich", sagte Sam.

„Das ist er", stimmte Jeremy zu. Er schlüpfte erneut durch den Zaun durch und griff sich eine harte Bürste. „Gib mir nur schnell eine Minute ihn abzubürsten, damit er sich nichts wund reiben kann unter dem Sattel, danach satteln wir auf und können loslegen."

„Er sieht nicht schmutzig aus", stellte Sam fest.

„Nein, aber er verbringt seine Tage draußen im Freien, deshalb ist immer etwas Dreck oder Staub auf seinem Fell. Es ist immer besser, vorsichtig zu sein. Denk daran, wie du dich fühlst, wenn du einen Stein in deinem Schuh hast und damit dann für Stunden rumlaufen müsstest."

„Das wäre nicht so angenehm."

„Und deshalb bürsten wir unsere Pferde immer erst, bevor wir aufsatteln", erklärte Jeremy. Er legte die Bürste beiseite und nahm sich einen Hufkratzer, um Titans Hufe zu kontrollieren. Als er diese ebenfalls gereinigt hatte, schnappte er sich das Sattelkissen und legte es Titan über den Rücken. „Gib mir den Sattel."

Sam hob den schweren Stocksattel vom Zaun und gab ihn Jeremy. Dieser warf ihn auf Titans Rücken und machte den Gurt fest. Titan schnaubte und schüttelte seine Mähne.

„Ich weiß nicht, ob er das mag", sagte Sam.

„Eher nicht", stimmte Jeremy ihm zu, „aber er würde es noch weniger mögen, wenn der Sattel nicht ordentlich gesichert wäre und auf seinem Rücken hin und her rutschen würde." Er streifte Titan sein Zaumzeug über den Kopf und gab die Zügel Sam. „Bleib beim Gehen immer auf seiner linken Seite und halte die Zügel mit der rechten Hand direkt unter seinem Kinn fest. Soweit ich gehört habe, ist Titan kein Pferd, das irgendetwas versucht oder sich daran stört, wenn du auf der anderen Seite stündest, aber du kannst ja schon einmal trainieren, wie es richtig geht, dann musst du bei anderen Pferden nicht mehr darauf achten."

„Du scheinst dir sehr sicher zu sein, dass ich auf anderen Pferden reiten werde", bemerkte Sam.

„Du arbeitest auf einer Schaffarm", entgegnete Jeremy. „Du wirst hier genug lernen, sodass es gar nicht lange dauern wird, bis du auch andere Pferde reiten wirst. Das ergibt sich hier einfach so."

„Wenn du das sagst", sagte Sam. Sie führten Titan zu einem leeren Paddock.

„Okay, rauf mit dir", wies Jeremy an und half Sam beim Aufsteigen. „Wie fühlen sich die Steigbügel an?"

Sam rutschte ein paar Mal am Sattel hin und her. Als er richtig saß, kontrollierte Jeremy die Länge der Steigbügel und achtete darauf, dass seine Füße in der richtigen Position saßen. Er spürte Sam vor Überraschung zucken, als Jeremys Hand das erste Mal über Sams Wade strich, aber Jeremy ließ sich davon nicht abschrecken. Er musste wirklich sicher sein, dass Sam gut im Sattel saß, sodass er nicht runterfallen konnte und sich verletzen würde. Aber er konnte es sich auch nicht nehmen lassen, die Situation als Entschuldigung dafür zu nehmen, dass er Sam berührte.

„Okay, lass die Fersen unten", wies Jeremy an. „Falls du runterfallen solltest, willst du nicht, dass dein Fuß im Steigbügel hängen bleibt und du hinterhergeschleift wirst."

„Vielleicht ist das wirklich keine so gute Idee", zweifelte Sam.

„Das ist eine super Idee", beharrte Jeremy. „Wenn du tust, was ich dir sage und du auf deine Haltung achtest, dann wirst du nicht verletzt werden. Es braucht nur etwas Übung und Aufmerksamkeit."

„Wenn du dir da sicher bist", sagte Sam.

„Bin ich", ermutigte Jeremy ihn und tätschelte Titan am Hinterteil. „Klopf ihm mit den Fersen ein wenig in die Seiten, wenn er loslaufen soll."

Sam tat, was Jeremy ihm gesagt hatte und Jeremy lehnte sich zurück, um Sams Reaktion auf die Bewegungen des Pferdes, auf die neue Erfahrung, zu beobachten. Er bemühte sich nicht in diesem Moment noch mehr Anweisungen zu geben. Wenn Sam es nicht selbst herausfinden würde, dann konnte Jeremy ihm in ein paar Minuten helfen. Für jetzt ließ er Sam mal alleine machen.

Ohne die ständigen Unterhaltungen, die Sam daran erinnerten, dass Jeremy da war, entspannte sich sein Gesichtsausdruck und spiegelte einen Teil der Verwunderung wider, die er fühlte. Jeremy fand, dass die Stille das wert war, besonders als Sam sich zu ihm umdrehte und aufgeregt grinste.

„Also, was mache ich jetzt?"

Jeremy erklärte, wie man die Zügel benutzte, um Titan zu sagen, wo er hingehen sollte, dann lehnte er sich wieder zurück und schaute weiter zu. Er war sich sicher, dass er Stunden damit verbringen konnte, Sam beim Lachen zuzusehen und dass ihm das niemals langweilig werden würde.

Sie verbrachten die nächsten beiden Stunden damit, dass Sam Titan durch den Paddock und um verschiedene Hindernisse herumlenkte, die Jeremy aufgebaut hatte, sodass er seine Führungsfähigkeiten verbessern konnte. Mit jeder Minute, die vorüberging, konnte Jeremy sehen, wie Sam mehr und mehr entspannte.

„Wollen wir wieder reingehen?", fragte Jeremy schließlich, wobei er seine Freude über Sams langes Gesicht verbarg. Wenn Sam das Reiten so sehr gefiel, dann würde er beim nächsten Mal, wenn Jeremy ihn zu einer Reitstunde entführen wollte, einfacher zu überzeugen sein.

„Jetzt schon?"

„Das waren jetzt zwei Stunden. Dir wird morgen alles wehtun. Reiten ist härtere Arbeit, als man vielleicht meint."

„Es fühlt sich nicht an, als hätte ich gearbeitet", sagte Sam.

Jeremy grinste. „Steig von Titan runter und guck, wie es deinen Beinen dann geht."

Sam glitt von Titans Rücken runter und konnte einen kleinen Schrei nicht unterdrücken, als seine Beine unter ihm nachgaben. Jeremy griff nach seinem Arm, um ihn festzuhalten.

„Okay, vielleicht waren zwei Stunden doch zu viel für die erste Stunde."

Jeremy lachte. „Geh und halte dich am Zaun fest. Ich sattele Titan ab und bringe alles wieder weg. Nimm heute Abend etwas Nurofen und ein heißes Bad. Das wird helfen, deine Muskeln zu entspannen. Du wirst es wohl trotzdem noch ein paar Tage lang spüren, aber es ist wie mit allem: Wenn du die Muskeln benutzt, dann gewöhnen sie sich daran.“

Sam humpelte zum Zaun, während Jeremy Titan absattelte und ihn zurück zu dem anderen Paddock brachte. Als er zurück kam, um den Sattel zu holen und wegzuräumen, kamen Caine und Macklin zurückgeritten. Caine schaute kurz zu Sam und grinste Jeremy breit an. „Hast du meinen neuen Büroleiter misshandelt?“

„Ich habe ihm nur eine kurze Reitstunde gegeben, Boss“, antwortete Jeremy mit einem ebenso breiten Grinsen. „Ich dachte mir, je mehr er darüber erfährt, wie eine Farm geführt wird, umso besser kann er den ganzen Papierkram erledigen.“

„Habt ihr viele Sturmschäden gefunden?“, fragte Sam vom Zaun aus, an dem er lehnte.

Jeremy fand Caines Antwort nur halb so interessant wie das verschmitzte Grinsen, das kurz über Caines Gesicht huschte, bevor er antwortete. Oh ja, was auch immer sie fanden, sie hatten auf jeden Fall die Zeit zu zweit zu ihrem Vorteil genutzt.

„Hey, Caine“, sagte Jeremy, nachdem Caine seinen Bericht zu den Sturmschäden beendet hatte, „Sam hat darüber nachgedacht, aus Neils Haus aus- und in die Schlafbaracke einzuziehen, um den Frischvermählten etwas mehr Privatsphäre zu geben, jetzt, wo er kein Gast mehr ist und länger bleiben wird. Wir wollten das aber vorher mit dir abklären.“

„Das sollte diesen Winter kein Problem sein“, antwortete Caine. „Wir müssen nur im Frühling, wenn wir neu anheuern, schauen, wo wir dich unterbringen, aber bis dahin haben wir noch vier Monate Zeit uns etwas zu überlegen. Brauchst du Hilfe beim Umzug, Sam?“

„Ich habe ihm schon angeboten zu helfen“, sagte Jeremy schnell und übertönte so Sams „Ich habe kaum Sachen hier“ fast.

Caine schaute amüsiert aus, was Jeremy als gutes Zeichen sah. „Komm mit, Sam. Lass uns den Rest des Zaumzeugs wegräumen und dann können wir deine Sachen in die Baracke schaffen.“

„Wenn du etwas brauchst, um dein Zimmer aufzumöbeln, kannst du dich gerne bei den Gästezimmern des Haupthauses bedienen. Es ist ja nicht so, als würden sie viel gebraucht“, fügte Caine hinzu, als er und Macklin ihre Pferde in Richtung des weiter entfernten Paddocks lenkten.

Jeremy schnappte sich den Sattel und das Kissen und drückte Sam die Trense in die Hand. „Ich zeige dir, wo das alles hinkommt und beim nächsten Mal zeige ich dir dann, wie man Titan richtig sattelt."

Sam nickte und folgte Jeremy mit dem eigenartigen, steifen und o-beinigen Gang, der den Reitanfängern vorbehalten war, zurück zur Sattelkammer. Sie packten das Zaumzeug dorthin zurück, wo es hingehörte.

„Lass uns gehen und dein Zeug packen", sagte Jeremy.

„Ich habe wirklich nicht viel zu packen", protestierte Sam. Einen Koffer und die Sachen, die ich gestern gekauft habe, und das meiste davon habe ich nie ausgepackt.

„Dann wird das ein schneller Umzug werden", stellte Jeremy fest, nicht bereit, Sam jetzt schon gehen zu lassen. Er wusste jedoch, dass Sam noch nicht bereit für eine Einladung in sein Bett war oder eher, dass Sam eine Einladung missverstehen würde. Jeremy konnte geduldig sein. Sie hatten den ganzen Winter für sich allein in der Schlafbaracke.

Sam hatte nicht gescherzt, als er sagte, dass er nicht viele Sachen hatte. Nicht, dass Jeremy viel mehr hatte seit er Taylor Peak verlassen hatte, aber etwas an dem einen Koffer, der Sams komplettes Leben enthielt, stimmte ihn unglaublich traurig. „Du nimmst die Taschen von gestern und ich trage den Koffer", bot Jeremy an.

„Ich bin keine Jungfrau in Nöten, die gerettet werden muss", schnappte Sam. „Ich kann meinen verdammten Koffer alleine tragen."

„Das habe ich auch nie behauptet", antwortete Jeremy. „Ich wollte nur helfen."

Sam seufzte. „Es tut mir leid. Das hast du nicht verdient. Es ist nur …"

„Nur was?"

„Mein Leben war für so lange Zeit eine Qual und plötzlich scheint alles wie am Schnürchen zu laufen. Neil ist nicht ausgetickt, als ich ihm gestanden habe, dass ich schwul bin, Caine hat mir einen Job angeboten zusammen mit einem Dach über dem Kopf, du flirtest mit mir, als ob du es ernst meinst … Es ist einfach alles zu gut, um wahr zu sein, verstehst du?"

„Nein", sagte Jeremy, „ich weiß es nicht." Das entsprach nicht wirklich der Wahrheit. Er hatte Lang Downs schon immer als ein kleines Wunder betrachtet, noch mehr, als Caine und Macklin ihn aufgenommen hatte, genau wie sie es mit Sam getan hatten, aber Sams Problem war nicht, dass er nicht an Lang Downs glaubte, sein Problem war, dass er glaubte, dass er selbst nichts Gutes verdiente. „Warum sollte es dir nicht gut gehen? Warum sollte ich nicht mit dir flirten?"

„Weil du es nicht wirklich meinst", antwortete Sam. „Und ich bin es leid, ein Mitleidsfick zu sein oder nur für den Spaß anderer benutzt zu werden."

„Ich kann gerade nicht sagen, ob ich mich geschmeichelt fühlen soll, weil du glaubst, dass ich so viel Arbeit in einen Mitleidsfick stecken würde oder ob ich gekränkt bin, weil du meinst, dass ich irgendjemanden auf diese Weise behandeln würde", brachte Jeremy nach einem Moment heraus. „Ja, ich habe den ganzen Tag mit dir geflirtet. Ich finde, dass du ein attraktiver und interessanter Mann bist, den ich gerne näher kennenlernen würde. Wenn das gut läuft, dann könnte man vielleicht, und ich meine vielleicht, darüber nachdenken, mehr zu tun, als nur zusammen rumzuhängen, denn, und jetzt Spaß beiseite, ich bin nicht dumm genug, um mir ins eigene Fleisch zu schneiden. Wenn wir das tun, dann weil wir beide es wollen und es uns beiden ernst damit ist, es zu versuchen. Ich habe gesehen was passiert, wenn Beziehungen auf einer Farm zu Bruch gehen. Beide Parteien stecken an einem Ort fest ohne die Möglichkeit, jemals wirklich von dem anderen wegzukommen, wenn nicht einer der beiden beschließt, zu kündigen. Ich werde dieses Risiko nicht nur aus einer Laune heraus eingehen."

„Du kennst mich seit gerade mal drei Tagen", gab Sam zu bedenken. „Wie kannst du überhaupt soweit denken?"

„Weil der einzige Teil dessen, was ich gerade sagte, der sich auf dich bezieht, die Tatsache ist, dass ich eine Unterhaltung mit dir führe", sagte Jeremy. „Ich erkläre das nicht gut." Er atmete tief ein. „Sieh mal, lass uns erst mal dein Zeug in die Baracke schaffen, damit du ankommen kannst, danach, das verspreche ich dir, versuche ich es dir so zu erklären, dass es auch Sinn macht."

Sam schien nicht überzeugt zu sein, aber er ließ Jeremy die Tasche mit seinen Einkäufen von gestern tragen. Jeremy sah es als Erfolg an, dass Sam ihn überhaupt helfen ließ. Sie trugen alles zur Schlafbaracke und Sam suchte sich ein Zimmer aus, das möglichst weit von Jeremys entfernt lag, wie er traurig feststellte. Er protestierte nicht. Sam musste sich selbst wohlfühlen, alles andere war irrelevant.

Sam legte seine Sachen auf dem Bett ab, ging zurück in den Gemeinschaftsraum, die Tür hinter sich auf eine Weise schließend, die deutlich machte, dass Jeremy drinnen nicht willkommen war. „Okay, erklär es mir."

Jeremy nahm sich ein Bier aus seinem Vorrat. „Auch eins?"

Sam schüttelte den Kopf, also nahm Jeremy einen Schluck und setzte sich auf einen der Stühle, die im Raum verteilt standen. „Ich bin vierunddreißig", fing Jeremy an zu erzählen. „Ich habe die normalen Dinge während der Uni gemacht und gelegentlich sogar später, wenn ich mir eine Woche oder zwei im Winter gegönnt habe und nach Melbourne oder Sydney gefahren bin, um Dampf abzulassen, aber es war mir und meinem Partner immer klar, was wir von diesen Begegnungen erwarteten. Wir bekamen beide, was wir wollten – keiner wurde verletzt oder verarscht. Aber ich bin keine zwanzig mehr und meine Bedürfnisse haben sich geändert, besonders seit Caine hier aufgetaucht ist und ich realisiert habe, dass ich nicht alles nehmen muss, was ich kriegen kann."

Sam wirkte noch nicht überzeugt, aber er hörte zu, weshalb Jeremy fortfuhr.

„Ungefähr zur selben Zeit hatten wir einen großen Streit auf der Farm. Eine der Jillaroos wurde schwanger. Der Typ, mit dem sie geschlafen hatte, ließ sie so schnell fallen, wie er nur konnte. Sie dachte, sie hätten etwas Ernsthaftes. Er dachte, sie hätten nur Spaß. Der Rest des Sommers war eine Katastrophe für alle, die Menschen bezogen Position und die beiden weigerten sich, miteinander zu arbeiten. Ich dachte schon, Devlin würde vor Wut platzen und sie beide rauswerfen. Als die Saison zu Ende war, waren alle fix und fertig von dem ganzen Drama und ich gab mir selbst ein Versprechen. Zwei eigentlich. Das erste war, dass ich immer sicherstellen würde, dass ich die Erwartungen meines Partners genau kenne, sodass wir nicht mit dieser Art Fehlkommunikation enden würden. Das zweite war, dass ich nur eine Beziehung anfangen würde, wenn diese etwas Langfristiges werden könnte."

„Ich verstehe die Logik darin", sagte Sam langsam. „Ich kann auch den Anreiz dafür erkennen. Was ich nicht sehen kann, ist, wie man innerhalb von drei Tagen eine solche Entscheidung treffen kann."

„Weil es drei Tage sind oder weil ich auf diese Weise über dich denke?", wollte Jeremy wissen.

„Weil es gerade einmal drei Tage sind", sagte Sam.

„Wenn ich also einen Monat gewartet hätte, bevor ich dir all das sagte, dann hättest du mir geglaubt?", hakte Jeremy nach.

„Ich ... Ich weiß es nicht."

Letztendlich war dies eine ehrliche Antwort, dachte Jeremy mit einem Seufzer. „Möchtest du, dass ich verschwinde und dich alleine lasse?"

10

SAM HÄTTE fast ja gesagt, dann hätte er sich nämlich nicht mit den Zweifeln und Wünschen auseinandersetzen müssen, die ihn aufwühlten, aber das wäre der leichte Weg gewesen und Jeremy war nicht der einzige, der sich kürzlich selbst ein Versprechen gegeben hatte. Sams Versprechen war, dass er wirklich darüber nachdenken würde, was er wollte und versuchen wollte, diese Dinge auch zu akzeptieren. „Ich weiß es nicht", wiederholte er. „Zurzeit wissen genau zwei Menschen in meinem Leben, dass ich schwul bin. Okay, vielleicht drei, wenn Neil es Molly erzählt hat. Die Kerle, mit denen ich letztes Jahr geschlafen habe, zählen nicht, denn die kennen mich nicht. Ich war nur ein Mittel zum Zweck, nicht mehr. Vielleicht vermuten Caine und Macklin etwas, aber gesagt habe ich auch ihnen nichts. Bis ich hierher kam und gesehen habe, was Caine und Macklin sich aufgebaut haben, dachte ich, dass ich nie mehr als eine lieblose Ehe und gelegentliches Gefummel in einer Seitengasse haben würde. Ich hatte nur ein paar Wochen Zeit, mich mit der Idee anzufreunden, dass mehr als das tatsächlich möglich ist und dass ich so etwas möglicherweise auch haben könnte. Es war einfach sehr viel auf einmal, was ich verarbeiten musste."

„Ich verstehe, warum das hart sein kann", sagte Jeremy. „Ich habe nicht wahrgenommen, dass alles so schnell für dich kam. Ich wollte nicht, dass du dich von mir unter Druck gesetzt fühlst."

„Du weckst viele Gefühle in mir", gestand Sam wider besseren Wissens, „und nicht alle sind schlecht. Es ist nur alles zu viel und zu schnell."

„Was soll ich also machen?", wollte Jeremy erneut wissen. „Wie kann ich es einfacher für dich machen?"

„Ernsthaft?", fragte Sam.

Jeremy nickte.

„Ich brauche momentan wirklich nur einen Freund. Es ist gerade alles so ungewiss, mit der Scheidung und dem neuen Job und was das für meine Scheidung heißen könnte und so. Ich glaube nicht, dass Alison darauf aus ist, mir einen reinzuwürgen oder mir alles wegzunehmen, aber ich möchte ihr auch keine Gründe dafür liefern, mehr zu wollen als das, was ich ihr bereits zugestanden habe. Wenn wir etwas miteinander anfangen würden und sie würde versuchen, das gegen mich zu verwenden, könnte ich das bisschen, was ich habe, auch noch verlieren."

„Zwei Koffer mit Kleidung?", fragte Jeremy.

„Sie könnte Alimente verlangen oder Schmerzensgeld für seelische Schäden oder zugefügten Schmerz und Leid einfordern oder so etwas", sagte Sam.

„Ich bin mir ziemlich sicher, dass wir eine Klage gegen sie anstrengen könnten", erwiderte Jeremy. „Wie oft hat sie dich dafür angebrüllt, dass du keinen Job hattest?"

Sam errötete. „Ich habe aufgehört, zu zählen."

„Und ich wette, dass das nicht das einzige war, was sie gesagt hat", fügte Jeremy hinzu.

Sam antwortete nicht, aber die Erinnerungen an Alisons scharfe und bissige Kommentare über alles, angefangen von seinem Aussehen bis hin zu seinen Fähigkeiten im Bett – oder besser das Fehlen derer – kamen ihm wieder ins Gedächtnis zurück. „Sie stand unter großem Stress."

„Das ist keine Entschuldigung für emotionale Misshandlung", sagte Jeremy. „Wir werden nichts tun, was ihr einen Grund dafür liefern könnte, mehr von dir zu verlangen, als sie es schon getan hat. Wie lange noch, bis die Scheidung durch ist?"

„Ungefähr sechs Monate. Wir können die Scheidung erst dann einreichen, wenn unser Trennungsjahr vorüber ist, was in drei Monaten der Fall ist, danach braucht es meist weitere drei Monate, bis alles rechtskräftig ist."

Dann sind wir also für die nächsten sechs Monate nur Freunde, lernen uns besser kennen und arbeiten etwas an deinem Selbstbewusstsein. Ich werde womöglich etwas flirten, weil ich nicht anders kann, aber ich werde nicht mehr als das versuchen, nicht mal einen Kuss", versprach Jeremy. „Wenn deine Scheidung durch ist und du dir über deine Ex keine Gedanken mehr machen brauchst, schauen wir, wie wir zwei uns so fühlen. Vielleicht hast du recht und ich werde, nachdem ich dich besser kennengelernt habe, finden, dass wir lieber nur Freunde bleiben sollten. Vielleicht habe ich aber auch recht und ich werde dich danach nur noch interessanter und attraktiver finden, als ich es jetzt schon tue. Was auch immer kommen wird, ich werde damit zufrieden sein, denn wir beide sind mit einer Unterhaltung und einer späteren Freundschaft einverstanden. Wenn ich recht behalte, wirst du nicht in der Lage sein, zu behaupten, dass ich dich nicht gut genug kenne."

Sam schluckte schwer und überdachte die Möglichkeiten, die Jeremy ihm dargelegt hatte. Er brauchte einen Freund. Darüber gab es keinen Zweifel. Er glaubte, dass er und Caine mit der Zeit auch Freunde werden könnten, aber Caine war außerdem sein Chef und Sam war sich nicht sicher, ob er Caine daher jemals völlig vertrauen können würde. Er und Neil waren sich jetzt näher als je zuvor, jetzt, wo Sams Geheimnis keines mehr war, aber Neil war so vernarrt in Molly, wie es auch sein sollte, dass Sam nicht wusste, wie viel

Zeit Neil tatsächlich für ihn haben würde. Abgesehen davon, dass Neil sehr deutlich gemacht hatte, welche Dinge er auf keinen Fall hören wollte. Jeremy konnte die Art Freund sein. Er würde Sam dabei helfen können, das Leben auf der Farm besser zu verstehen. Er hatte darüber hinaus bereits bewiesen, dass er zuhören konnte, ohne zu urteilen und außerdem hatte er Sam verteidigt, selbst gegen seine eigenen verkorksten Ideen.

Das Problem lag nicht darin, mit Jeremy befreundet zu sein. Das Problem war, dass Jeremy darauf bestand, dass sie die Frage, ob da vielleicht mehr war, im Hinterkopf behalten sollten. Denn so lange es möglich war, dass aus den beiden mehr wurde, würde Sam sich selbst nicht davon abhalten können, zu hoffen. Er musste völlig bescheuert sein, dass er nicht alles haben wollte, was er von einem Mann wie Jeremy angeboten bekam, ob das nun eine einzige heiße Nacht oder eine lebenslange Beziehung war. Er konnte sich einfach nicht vorstellen, dass ein Mann wie Jeremy tatsächlich mehr von ihm wollte.

Jeremy würde wahrscheinlich sagen, dass das Alison war, die aus ihm sprach. Vielleicht hatte er damit sogar recht, aber das machte es auch nicht leichter, die Zweifel zu zerstreuen. Er war noch nie der verwegene Typ gewesen, auch nicht, bevor er anfing, seine Haare zu verlieren. Er war nie der Typ mit dem muskulösen Körper gewesen, den die Mädchen angeschmachtet hatten. Er stand gerade mal etwas über den Nerds, die immer verspottet wurden. Nur das Fehlen einer Brille hatte ihn davor bewahrt. Er war gut in dem, was er tat, aber es war nichts Glamouröses oder Verwegenes oder etwas Besonderes. Er war ein Bürohengst, auch wenn er zum Leiter des Büros aufgestiegen war. Er hatte sein Talent für Zahlen nicht in ein fettes Aktienportfolio verwandelt oder es eingesetzt, um sein eigenes Geschäft aufzubauen. Er war zufrieden damit gewesen, den Eisenwarenladen für die Smiths zu führen und hatte nie daran gedacht, dass sie diesen womöglich schließen würden, als sie in Rente gingen, anstatt ihn an jemanden zu verkaufen, der froh gewesen wäre, einen Büroleiter zu haben, der sich schon mit den Büchern auskannte.

Er war wirklich baff gewesen, als Alison eingewilligt hatte, ihn zu heiraten und das war zehn Jahre und fast zehn Kilogramm her. Wenn er so viel Bewegung wie heute auf der Farm haben würde, könnte er die zehn Kilogramm bestimmt loswerden, aber nichts konnte ihm die zehn Jahre zurückbringen.

Jeremy war gerade einmal ein Jahr jünger als er, aber er würde auch gut als fünfundzwanzig oder sogar vierzig durchgehen. Die Fältchen in seinem Gesicht, die der Sonne und dem Wind geschuldet waren, machten deutlich, dass er kein Kind mehr war, aber sie ließen ihn auch stark aussehen, nicht unbedingt alt. Er würde in zehn Jahren vermutlich noch genauso aussehen. Sam konnte das nicht unbedingt von sich behaupten.

Das war der Teil, den Sam nicht verstehen konnte. Mit seinem Aussehen, seinem Sinn für Humor und diesem teuflischen Grinsen, konnte Jeremy jeden haben, den er wollte, Frau oder Mann. Die Kerle in den Bars, zu denen Sam gegangen war, wenn er alles für eine Weile vergessen wollte, würden für jemanden wie Jeremy Schlange stehen und sie würden ihn nicht nur für eine Nacht haben wollen. Sie würden ihn sich schnappen und festhalten wollen. Also warum sollte jemand wie er, einer, der sich seinen Partner frei wählen konnte, jemanden wie Sam haben wollen?

Sie konnten Freunde sein. Sam würde es lieben, einen Freund wie Jeremy zu haben, aber, wenn Jeremy ihm weiterhin mehr in Aussicht stellte, dann würde er auch mehr wollen. Aber wem wollte er etwas vormachen? Er wollte bereits mehr. Er konnte es nur nicht verstehen und deshalb nicht daran glauben. Es in erreichbarer Nähe zu haben und es dann zu verlieren, das wäre wohl die schlimmste Art von Folter.

„Sam?"

„Sorry, ich war in Gedanken."

„Lass mich raten", sagte Jeremy. „Du hast dich gefragt, was ich in dir sehen könnte und versucht herauszufinden, wie es weniger schmerzhaft wird, wenn ich meine Meinung ändere."

Sam errötete. „Wie machst du das?"

„Das ist nicht wirklich schwer", sagte Jeremy. „Ich weiß bereits, dass du dich selbst nicht für sehr attraktiv hältst. Du hast mich auch schon gefragt, wie es möglich ist, dass ich dich interessant finde. Was entweder bedeutet, dass du dir überlegst, wie du mich möglichst sanft abservierst oder aber, dass du dir selbst versuchst auszureden, auf meinen Vorschlag einzugehen."

Er beugte sich so nah zu Sam herüber, dass dieser seinen Atem spüren konnte. Es schmerzte ihn, sich vorzustellen, wie es sich wohl anfühlte, ihn zu küssen, aber er schloss die Lücke zwischen ihnen nicht.

„Falls du versuchst, mich sanft abzuservieren, tu es nicht", sagte Jeremy. „Wenn du wirklich nicht an mehr als einer Freundschaft interessiert bist, sag es einfach. Ich bin schon ein großer Junge. Ich kann damit umgehen. Und falls du versuchst, es dir selber auszureden, hör auf damit. Nichts wird passieren, bis deine Scheidung in trockenen Tüchern ist, es gibt also nichts, was du dir aus dem Kopf schlagen musst."

„Ich habe nicht überlegt, wie ich dich am besten abserviere", gab Sam zu.

Jeremy ließ wieder dieses Grinsen aufblitzen, was Sams Magen verrücktspielen ließ. „Gut. Alles andere kann warten."

Sam war zwar immer noch nicht überzeugt, aber mit Jeremy zu streiten war, wie sich an Rauch festzuhalten. Er würde einfach sein Herz beschützen müssen, sodass es, wenn die sechs Monate rum waren und Jeremy seine Meinung geändert hatte, nicht so wehtun würde.

„Jeremy?"

Jeremy setzte sich auf. „Ja, ich bin hier", antwortete er.

Chris und Jesse kamen einen Moment später rein, putzten sich die Schuhe an der Matte vor der Tür ab und zogen sie dann aus. Ein wunderschöner brauner Kelpie mit strahlend blauen Augen kam ihnen hinterher und direkt auf Jeremy zugesprungen.

„Hi, Arrow", begrüßte Jeremy ihn und kraulte ihn hinter den Ohren. „Hattest du einen guten Tag?"

„Er war eine große Hilfe", antwortete Jesse. „Danke, dass wir ihn uns ausborgen durften."

„Immer gerne", antwortete Jeremy. „Sam, kennst du Arrow schon?"

„Nein", sagte Sam und hielt dem Hund seine Hand entgegen.

„Na los, Junge", forderte Jeremy ihn auf. „Geh und sag Sam Hallo."

Der Hund trottete durch den Raum und schnüffelte an Sams Hand, bevor er sich auf Sams Füße fallen ließ und seine Schnauze gegen Sams Bein lehnte. Sam lächelte, als er Arrow hinter den Ohren streichelte, so wie er es bei Jeremy gesehen hatte. „Er ist hübsch."

„Ich habe ihn schon seit er ein Welpe war", erklärte Jeremy. „Ich habe ihn selbst trainiert."

„Und das ziemlich gut", fügte Jesse hinzu.

„Wollt ihr ein Bier?", fragte Jeremy. „Ich schulde dir eins, nachdem ich die eine Nacht bei dir eins getrunken habe."

„Da würde ich nicht Nein sagen", erwiderte Jesse. „Wenn wir nicht stören."

„Nicht im geringsten", versicherte Jeremy. „Sam hat beschlossen, dass die Schlafbaracke besser ist als das Gästezimmer bei seinem Bruder, deshalb haben wir ihn gerade hier untergebracht. Nichts, wobei man stören könnte. Bist du dir sicher, dass du nichts willst, Sam?"

„Okay, ich nehme eins", sagte Sam und entspannte sich etwas, jetzt da Jesse und Chris da waren. Jeremy würde ihn nicht drängen, wenn andere Leute mit dabei waren und Sam hatte nichts dagegen, ein paar Freunde mehr zu gewinnen. Wenn das ab jetzt sein Zuhause war, dann würde er so viele Ganzjährige wie möglich kennenlernen müssen.

Jeremy verteilte das Bier und setzte sich wieder in seinen Stuhl. Jesse und Chris setzten sich auf eins der Sofas und fingen an, von ihrem Tag zu berichten. Sam lehnte sich zurück und hörte einfach zu. Er kannte nicht wirklich viele Leute oder wusste über die Arbeit Bescheid, die sie leisteten, aber das spielte keine Rolle. Mit allen wie mit Kameraden zusammen zu sitzen, war für ihn genug. Er würde lernen. Er würde die restlichen Ganzjährigen kennenlernen und Jeremy würde ihm erklären, welche Jobs die Jackaroos hatten und vielleicht war es ihm möglich, sich am Gespräch zu beteiligen, anstatt nur zuzuhören.

„Was hast du heute so gemacht?", wollte Chris von Jeremy wissen, als er und Jesse fertig mit erzählen waren.

„Ich habe Sam das Reiten beigebracht", sagte Jeremy.

„Beeindruckend, wenn du es ihm an nur einem Tag beigebracht hast", antwortete Jesse.

„Er hat mir gezeigt, wie ich rauf und runter komme, ohne mir den Hals zu brechen und wie ich Titan über den Paddock führen kann", korrigierte Sam. „Ich würde nirgends hingehen wollen, wo kein Zaun rund herum steht."

„Auf Titan kann dir da nichts passieren", versicherte Chris ihm. „Noch vor ein paar Monaten war ich derjenige, der noch nie auf einem Pferd gesessen hatte. Ich würde nicht behaupten, dass ich jetzt ein Experte bin, aber ich reite gut genug, dass sie mich mittlerweile auch auf einem anderen Pferd als Titan aus dem Tal reiten lassen."

„Reitet jeder Anfänger auf ihm?", wollte Sam wissen.

„Ich weiß nicht, ob es alle sind", sagte Chris, „aber ich weiß, dass Caine ihn geritten hat, als er hier ankam und dann war ich an der Reihe und jetzt du. Er ist stark und zuverlässig und nicht anfällig für irgendwelche Possen. Das macht ihn zu einem guten Pferd für die von uns, die ein wenig extra Geduld benötigen."

„Und dann gibt es da noch Ned", sagte Jesse mit einem Lachen. „Der größte Hurensohn auf der ganzen Farm. Die einzige Person, die ich je auf ihm gesehen habe, ist Macklin. Wenn Macklin auf ihm reitet, dann ist er so sanftmütig wie Titan. Wenn sich ihm irgendjemand anderes nähert, dann wird er zu einem Wildpferd."

„Dann überlasse ich den wohl lieber Macklin", stellte Sam fest. „Ich konnte Titan kaum bändigen. Da brauche ich gar nicht erst über ein Pferd nachzudenken, das nur Macklin im Griff hat."

„Ich würde gerne irgendwann versuchen, ihn zu reiten", sagte Jeremy. Natürlich nur, wenn Macklin zustimmt. Mir ist klar, dass er Macklins Pferd ist, aber was bringt es uns, wenn ihn kein anderer reiten kann? Ich meine, Arrow ist mein Hund und ich finde es toll, zu denken, dass wir am besten zusammenarbeiten, aber er geht mit anderen mit, wenn ich es ihm sage."

„Ich weiß es nicht", gab Jesse zurück. „Ich kann dir nur sagen, was ich gesehen habe. Die Ganzjährigen versuchen es gar nicht erst und die Neuen, die es über den Sommer versucht haben, endeten alle mit dem Hintern am Boden, selbst diejenigen, die bereits etwas Erfahrung hatten. Ich habe es nie versucht. Ich habe keine masochistische Ader."

„Was sagt Macklin dazu?“

„Er sagt, wenn sie dumm genug sind, es zu versuchen, nachdem sie gewarnt wurden, ist es ihre eigene Schuld“, sagte Jesse. „Er verbietet keinem, auf Ned zu reiten. Er warnt sie nur alle, dass Ned keinen außer ihm mag.“

Die Glocke außerhalb der Kantine ertönte und rief sie alle zum Abendessen. Sie marschierten über die Straße, um zu essen. Die Kantine wirkte riesig, jetzt wo sie mit weniger als halb so vielen Leuten gefüllt war wie noch am Tag zuvor. Sam tat sich auf seinen Teller auf und setzte sich zu Jeremy, Chris und Jesse an einen der Tische. Ein paar Minuten später kam eine weitere Gruppe Männer herein. Sam konnte nicht anders, als zu bemerken, dass sie sich so weit wie möglich von Jeremy entfernt setzten.

„Hassen die dich wirklich so sehr?“

„Sie kennen mich nicht“, sagte Jeremy. „Sie hassen Devlin. Nicht, dass ich ihnen das krumm nehme, aber sie glauben, dass ich, da ich sein Bruder bin, an seinen Plänen beteiligt war. Sie tun mir nicht weh. Ich habe bereits Freunde gefunden und Macklin und Caine trauen mir genug, um mich hier bleiben zu lassen. Der Rest ist nur das i-Tüpfelchen.“

„Das ist nicht richtig“, beharrte Sam.

„Nein, ist es nicht“, stimmte Jesse zu, „aber das ist nichts, was wir einfach so ändern könnten. Es ist eine Frage der Zeit und des Vertrauens und es ist an ihnen, herauszufinden, dass Jeremy hierzuhaben nicht heißt, dass sich etwas ändern wird.“

Seth und Jason kamen in die Kantine gerannt. „Chris, Jesse“, rief Seth, „Patrick hat gesagt, dass wir nach dem Essen zu ihm kommen sollen. Carley hat Nachtisch gemacht.“

„Sind damit auch Jeremy und Sam gemeint?“, hakte Chris nach.

„Keine Ahnung“, sagte Seth. „Das hat Patrick nicht gesagt.“

„Ja, die beiden sind auch gemeint“, meldete sich Jason zu Wort. „Dad sagt immer, dass es unhöflich ist, manche einzuladen und andere nicht, also ja, sie sind auch gemeint.“

„Dann freuen wir uns auf Carleys Nachtisch“, sagte Chris.

„Cool“, freute sich Seth. „Komm Jason, lass uns was zu essen holen.“

„So ändert man Meinungen“, sagte Jeremy mit einem Lächeln. „Eine Person kann den Unterschied machen.“

11

Sᴀᴍ ᴠᴇʀʙʀᴀᴄʜᴛᴇ den nächsten Tag alleine im Büro. Er hatte Jeremy beim Frühstück gesehen, von Kopf bis Fuß in seinen Driza-Bone gehüllt. Er hatte sich dafür entschuldigt, dass er den Tag nicht wieder mit Sam verbringen konnte, aber Macklin brauchte seine und Arrows Hilfe. Sam war enttäuscht gewesen, aber was hätte er sagen sollen? Jeremy war angeheuert worden, um auf der Farm zu arbeiten und Sams Job waren nun einmal die Bücher. Die gute Nachricht war, dass er endlich die Versicherungspolicen der Farm gefunden hatte. Die schlechte Nachricht war, dass diese mehr als nur veraltet waren. Caine war nicht in der Nähe, um darüber zu sprechen, also legte Sam sie beiseite bis Caine etwas Zeit haben würde und ging zurück an das Sortieren der Papiere.

Die Kantine war zu Mittag leer, selbst die Kinder auf der Farm hatten beschlossen, irgendwo anders zu essen, weshalb Sam beschloss, sein Sandwich mit ins Büro zu nehmen. Es war einfach zu deprimierend, alleine in der Kantine rumzusitzen.

„Wohin gedenkst du zu gehen?"

Die dröhnende Stimme erschreckte Sam so sehr, dass er fast seinen Kaffee verschüttet hätte. „Ich war dabei, mein Essen mit ins Büro zu nehmen."

Der große Aborigine kommentierte das mit einem Grummeln. „Komm hier rein, wo es warm ist. Jeder verdient eine Pause."

Sam folgte dem anderen Mann gehorsam in die Küche. Es war dort wesentlich wärmer als in der Kantine und es roch wunderbar. „Was gibt es zum Abendessen? Das duftet wahnsinnig gut."

„Schäferkuchen", antwortete Kami, „und keine Witze darüber, wie passend das ist. Ich kenne sie schon alle und sie sind immer noch nicht komisch."

„Ich würde nicht mal daran denken", versprach Sam. „Ich liebe Schäferkuchen. Meine Mutter hat den immer an kalten Tagen gemacht, als wir noch Kinder waren."

„Er heftet sich an deine Rippen und wärmt dich, wenn es draußen kalt ist", stimmte Kami zu. Du siehst aus, als könntest du eine Extraportion gut gebrauchen."

Sam fuhr sich mit der Hand verlegen über den Bauch. „Dabei brauche ich keine Hilfe mehr, danke."

Kami beäugte ihn kritisch. „Da hat dich aber einer belogen, wenn er dir das erzählt hat, Junge. Dein Gesicht ist schmal und deine Haut sieht ausgemergelt aus. Ich habe schon öfter Männer gesehen, die so aussahen und es ist immer, weil sie nicht richtig essen. Du wirst hier viel Bewegung bekommen. Du isst ordentlich oder du wirst krank werden."

„Wenn man den ganzen Tag im Büro sitzt, hat man nicht wirklich viel Bewegung", konterte Sam.

„Vielleicht nicht, aber du wirst da ja auch nicht für immer drinnen sitzen. Caine wird dir einiges zeigen wollen oder Macklin wird dich nach deiner Meinung zu einem Projekt fragen und ehe du dich versiehst, bist du draußen und arbeitest mit ihnen zusammen und das auch nur, wenn dein Bruder den Zweien nicht zuvorkommt und dich nach draußen schleift."

„Warum sollten sie das tun wollen?", fragte Sam.

„Weil sie sich nicht vorstellen können, dass es jemanden gibt, der diesen Ort nicht so sehr liebt wie sie", antwortete Kami. „Und da sie damit öfters richtig als falsch liegen, hören sie auch nicht auf damit."

Sam konnte sich beim besten Willen nicht vorstellen, welchen Beitrag er realistisch gesehen leisten konnte, der nichts mit Finanzen zu tun hatte, aber Kami schien sich sehr sicher zu sein. „Jeremy hat gestern angefangen, mir das Reiten beizubringen. Natürlich hat er heute etwas anderes zu tun."

„Ach, daher weht der Wind, ja?", fragte Kami. „Lass dich nicht von der Meinung deines Bruders über diesen Jungen beeinflussen. Ich kannte ihn und seine Familie schon, bevor er geboren wurde. Er ist das Beste, was diese Farm je hervorgebracht hat, im Gegensatz zu seinem schwachsinnigen Bruder."

„Ich weiß, dass Neil seine Macken hat", antwortete Sam. „Ich gebe mein Bestes, sie nicht zu teilen."

„Das ist gut, zu hören", sagte Kami. „Ich war nicht sicher, ob er es schaffen würde, als er alles über Caine und Macklin herausgefunden hat. Weiß er von dir und Jeremy?"

„Es gibt kein ´ich und Jeremy´", beharrte Sam und wurde rot. „Er war nur nett zu mir die letzten Tage, während Neil nicht auf der Farm war, das ist alles."

„Warum wirst du dann rot wie eine meiner Thai Chilis?", bohrte Kami. „Man wird nicht so rot wegen nichts."

„Er war nur nett zu mir", wiederholte Sam sich.

„Und es ist eine Weile her, dass jemand nett zu dir war, ist es das?", wollte Kami wissen. „Du strahlst so etwas aus."

„Warum sagen das nur alle?", fragte Sam. „Nur weil ich nicht aus jeder Pore vor Selbstbewusstsein triefe, bedeutet das nicht, dass ich eine gequälte Seele bin oder vernachlässigt wurde oder was auch immer jeder hier meint, dass ich es bin."

„Tut es nicht", stimmte Kami zu. „Aber ich weiß das eine oder andere darüber, ich habe es selbst durchlebt. Ich erkenne die Zeichen, wenn ich sie sehe und sie stehen dir förmlich ins Gesicht geschrieben, jeder selbstherabwürdigende Kommentar von dir, jede defensive Geste. Du bist hier sicher, Sam. Niemand wird die Hand oder die Stimme gegen dich erheben. Keiner wird dich fertig machen, nur weil du du bist. Ich weiß, dass du keinen Grund hast, dem Ganzen jetzt schon zu vertrauen, aber Lang Downs ist ein sicherer Ort. Michael Lang hat bei Gründung der Farm vor siebzig Jahren damit begonnen, Streuner aufzunehmen. Macklin, dein Bruder, ich … wir sind aktuell die ältesten Streuner in einer langen Geschichte von Menschen, die hierherkamen, um ihre Wunden zu lecken und realisierten, dass dies das geheiligte Land ist. Caine führt die Traditionen seines Onkels fort. Frag Chris, wenn du mir nicht glaubst. Du und Jeremy, ihr seid die Neuesten, aber ihr seid nicht die Ersten und ihr werdet nicht die Letzten sein. Nicht so lange Caine und Macklin diese Farm führen. Du kannst es also jetzt gleich akzeptieren oder weiter dagegen ankämpfen und dein Glück weiter vor dir herschieben."

„Das ist das erste Mal, dass ich dich überhaupt Onkel Michaels Namen sagen höre", sagte Caine, als er in die Küche trat. „Nein, ich habe nicht gelauscht. Ich wollte nur meine Kaffeetasse auffüllen, bevor ich zu Macklin zurückkreite, den ich draußen alleine gelassen habe."

„Als du hier ankamst, war er noch nicht einmal ein Jahr tot", erklärte Kami, „und es gilt als respektlos, die Namen der Toten auszusprechen, bevor ein Jahr vergangen ist. Mehr als ein Jahr ist jetzt vergangen. Also los, raus hier. Sam und ich haben gerade geredet."

Caine lächelte Sam an. „Jetzt weißt du, wer diese Farm wirklich leitet. Wir leben alle in Angst vor Kami."

„Ich kann genau sehen, warum", witzelte Sam, Caines Lächeln und Kamis Offenheit gaben ihm den Mut dazu.

„Ich lasse euch dann mal wieder weiterreden", sagte Caine. „Ach, hast du dir schon Gedanken zu dem Projekt gemacht, das wir neulich besprochen haben, Sam?"

„Ein paar", gab Sam zurück, „und ich habe die Versicherungspolice gefunden, über die wir auch sprechen sollten, wenn wir Zeit haben."

„Ich werde Macklin sagen, dass ich morgen im Büro bleiben muss", sagte Caine. „Dann können wir reden."

„Danke", sagte Sam als Caine ging.

„Mach dich fort", sagte Kami mit einem liebevollen Kopfschütteln, als er sah, wie Caine nach draußen ging. „Er mag vielleicht nicht so aussehen, aber er war genauso ahnungslos wie du, als er hier ankam, vielleicht sogar etwas mehr, da er ein Ami ist. Vergiss das nie, wenn du daran zweifelst hierherzupassen.

Vor etwas mehr als zwölf Monaten kam Caine hier an. Chris ist erst seit sechs Monaten hier. Es ist also nicht wichtig, wie lange du schon hier bist. Wichtig ist nur, wie sehr du dein Herz hier einbringst."

„Also meinst du, dass ich, wenn ich hier bleibe und dem Ganzen eine Chance gebe, genauso gut hierher passen werde wie Caine?", fragte Sam.

„Du wirst deinen eigenen Platz finden", korrigierte Kami ihn. „Du musst nur annehmen, was dir angeboten wird."

Sam dachte an Jeremys Angebot vom Vortag, sein Freund zu sein, bis die Scheidung durch war und danach vielleicht viel mehr zu werden. Er konnte nicht zulassen, dass er darauf hoffte, nicht so früh, aber es wäre nicht so schrecklich, einen Freund zu haben. Es war lange her, seit er jemanden für sich selbst gehabt hatte, nicht jemanden, der mit einem von Alisons Freunden verheiratet war und deshalb sein „Freund" zu sein hatte, sondern jemanden, der beschloss sein Freund zu sein. „Ich gehe besser zurück an die Arbeit. Ich möchte nicht bis nach dem Abendessen im Büro sitzen müssen. Ich habe viel zu tun."

Kami lächelte. „Mach, dass du wegkommst. Du bist mir hier eh nur im Weg."

Sam zuckte kurz zusammen, bevor die Güte in Kamis Stimme seine Betroffenheit wegfegte. Kami hatte mit Caine in genau demselben Ton gesprochen. Er grinste auf dem ganzen Weg zurück ins Büro, erwärmt von der Tatsache, dass er anscheinend einen weiteren Freund gewonnen hatte, ohne es überhaupt zu merken.

SAM TRAF Jeremy, Chris und Jesse beim Abendessen wieder. Er hatte erwartet, dass Neil und Molly wieder zurück sein würden, aber er konnte sie nirgends in der Kantine sehen. Demnach waren sie entweder später dran als erwartet oder aber sie aßen in ihrem eigenen Haus. Sam hatte dort eine Küche gesehen, auch wenn er noch nie gesehen hatte, wie einer von beiden diese nutzte, außer vielleicht zum Tee kochen oder zum Bier verstauen.

„Warum schaust du dich die ganze Zeit um?", fragte Jesse, als Sam sich zum fünften Mal in der Kantine umsah.

„Ich bin nur erstaunt, dass Neil und Molly noch nicht zurück sind", antwortete Sam. „Er hat gesagt, dass sie heute zurück sein würden. Ich weiß nicht, ob ich mir Sorgen machen sollte oder nicht."

„Es fühlt sich später an, als es ist", erinnerte Jeremy ihn. „Es wird früher dunkel, wenn der Winter naht. Ich würde mir noch keine Sorgen machen."

„Neil kennt die Gegend um die Farm genau", versicherte Jesse ihm. „Er würde nicht verloren gehen und er weiß, wann er der Situation nicht gewachsen ist. Sollte dies der Fall sein, dann wird er sich eine der Treiberhütten suchen und die Nacht dort verbringen. Er geht vielleicht Risiken ein, wenn es nur um ihn selbst geht, aber er würde niemals riskieren, dass Molly auch nur eins ihrer dunklen Haar gekrümmt wird."

„Das stimmt", stimmte Sam zu. „Er hat ein Telefon. Er würde anrufen, wenn er sich verspätet."

„Ich bin mir sicher, das würde er", sagte Jesse. „Du könntest nachfragen, ob Caine etwas von ihm gehört hat. Er würde wahrscheinlich zuerst den Chef anrufen."

„Das müsste er sogar", bekräftigte Sam. „Ich habe kein Telefon. Ich konnte mir keins leisten, als ich arbeitslos war und hier im Büro benötige ich nicht wirklich eins."

Jeremy runzelte die Stirn. „Wenn du das Tal verlässt, solltest du entweder ein Funkgerät mitnehmen oder dich vergewissern, dass du mit jemandem gehst, der ein Telefon hat. So vorsichtig wir auch alle sein mögen, manche Dinge passieren einfach, und du willst mit Sicherheit nicht, ohne eine Möglichkeit zu kommunizieren, dort draußen sein, wenn es zu Problemen kommt."

„Ist es wirklich so gefährlich?"

„Das kann es sein", antwortete Jeremy. „Es kann aber auch so unglaublich toll sein, dass du kaum glauben kannst, dass es wirklich real ist."

Das Geräusch einer zufallenden Autotür unterbrach sie. „Ich wette, das sind Neil und Molly", sagte Jesse. „Magst du nach ihnen sehen?"

„Nein, das brauche ich nicht", sagte Sam, obwohl er sich in Erwartung von Neils Reaktion, wenn der sah, mit wem er zusammensaß, verspannte. „Sie werden zum Essen reinkommen. Ich werde sie dann sehen."

Jeremy musste seine Anspannung gespürt haben, denn er lehnte sich zu Sam rüber und fragte: „Möchtest du, dass ich mich woanders hinsetze?"

„Nein!", schrie Sam, seine Stimme dabei aber kaum erhebend. „Du warst nett zu mir. Ich schäme mich nicht dafür, dein Freund zu sein. Ich freue mich nur nicht gerade auf Neils Reaktion."

„Ich möchte dich nicht in Schwierigkeiten bringen", sagte Jeremy.

„Neil ist derjenige mit dem Problem, wenn er nicht erkennen kann, dass du nicht dein Bruder bist", beharrte Sam. „Ich weiß nur, wie er sein kann, wenn es darum geht, ihn davon zu überzeugen, dass er derjenige mit dem Problem ist."

Neil betrat die Kantine mit demselben Selbstbewusstsein, das er bei den anderen Ganzjährigen bemerkt hatte, obgleich es bei Chris und Jesse etwas geringer war. Ein paar andere riefen ihm Begrüßungen zu, die Neil abwesend beantwortete, während er sich in der Kantine umschaute. Als er Sam erblickte und realisierte, wer da bei ihm saß, verfinsterte sich seine Miene und er stolzierte zu ihrem Tisch.

Sam seufzte. Er hatte gehofft, das in der Öffentlichkeit vermeiden zu können, aber Neil schien sich nicht darum zu scheren, was er für ein Spektakel veranstaltete, während Molly nicht in der Nähe war, um ihn zu stoppen.

„Was machst du hier?", fragte Neil Sam.

„Zu Abend essen", antwortete Sam, sich selbst daran erinnernd, dass er nicht mehr von Neils Großmut abhängig war. Er hatte hier einen Platz, an dem er bleiben konnte, unabhängig von seinem Bruder. „Das macht man normalerweise um diese Zeit in einer Kantine, oder nicht?"

„Sei kein Schwachkopf", fauchte Neil. „Das ist nicht das, was ich meinte. Warum isst du zusammen mit ihm?"

„Ich esse mit meinen Freunden zu Abend", gab Sam zurück, „denn sie haben mich eingeladen, mich zu ihnen zu setzen und ich habe keinen Grund gesehen, Nein zu sagen."

Neil sah aus, als hätte er etwas Widerliches gegessen, aber bevor er irgendetwas erwidern konnte, positionierte sich Molly neben ihm und legte ihm ihre Hand auf den Arm. „Neil, lass Sam in Ruhe. Er ist erwachsen und kann sitzen, wo immer er will. Wir sehen ihn nach dem Essen in unserem Haus."

Sam hatte das nicht wirklich vorgehabt, aber er wusste nicht, wie er es vermeiden sollte. „Ja, ich komme nach dem Essen rüber, dann können wir reden. Du hast Macklin versprochen, dass du nichts anfangen würdest, also tu's auch nicht, okay?"

Neil öffnete den Mund, um etwas zu sagen, möglicherweise etwas bissiges, aber Molly zog heftig an seinem Arm und er schloss den Mund wieder und ließ sich von ihr wegziehen.

„Verdammte Axt", brummte Sam. „Er ist mein Bruder und ich liebe ihn, aber es ist gut, dass er Molly hat, die ihn unter Kontrolle hält oder irgendjemand hätte ihn bestimmt schon vor einer ganzen Weile mundtot gemacht. Es tut mir leid, Jeremy."

„Keine Sorge, Kumpel", sagte Jeremy mit einem Lächeln, das aufrichtig aussah. „Ich bitte die Menschen darum, mich nicht für die Dummheiten meines Bruders zu verurteilen. Ich schulde dir dieselbe Rücksichtnahme."

„Ich denke, das ist wohl richtig. Ich muss unser Bier heute Abend leider verschieben. Ich habe so das Gefühl, dass die Unterhaltung mit Neil nicht wirklich kurz wird, erst recht, wenn er merkt, dass ich ausgezogen bin", sagte Sam.

„Oh, das hast du ihm noch nicht gesagt?", fragte Jesse und rieb sich dabei förmlich die Hände. „Kann ich mitkommen und zuhören, wie er explodiert?"

„Jesse", tadelte Chris ihn. „Sei nett."

„Ich habe großen Respekt vor Neil als Viehhirte", stellte Jesse klar. „Und ich habe eine Menge Respekt vor ihm, dass er so für Caine einsteht. Habe ich wirklich. Aber er kann etwas anmaßend werden. Vielleicht meint er es gar nicht so, aber ich kann mir nicht helfen – ich würde gerne sehen, wie er einen Dämpfer verpasst bekommt."

„Das ist immer noch privat", bemerkte Chris. „Ich möchte auch nicht, dass jemand Fremdes es mitbekommt, wenn ich mit Seth etwas zu bereden habe. Sam sollte auch kein Publikum bei einem Familienstreit haben müssen."

„Ist ja gut", beschwichtigte Jesse ihn, „aber ich möchte wissen, wie es ausgegangen ist."

„Es wird folgendermaßen ablaufen", sagte Sam. „Ich werde ihn daran erinnern, dass ich sein älterer Bruder bin und dass ich sehr wohl imstande bin, meine eigenen Entscheidungen zu treffen. Ich sage ihm, dass ich es zu schätzen weiß, dass er mich bei sich und Molly hat wohnen lassen, als ich hier angekommen bin, dass ich aber einen Platz für mich alleine brauche und sie ebenfalls. Und dann werde ich sie nach ihren Hochzeitsplänen fragen. Neil wird wahrscheinlich toben und protestieren, aber ich bin fast sechsunddreißig. Er kann mich nicht herumkommandieren. So funktioniert das einfach nicht."

„Wir können unser Bier heute Nacht in der Baracke trinken", unterbrach Jeremy ihn. „So kannst du dir sicher sein, dass Sam wieder heil nach Hause kommt."

„Das klingt, als wäre ich in Seths Alter", protestierte Sam.

„Es geht nicht darum, wie alt du bist", sagte Jeremy. „Es geht darum, wie schwer es ist, mit seinem Bruder zu streiten, egal wie alt du bist. Glaube mir, ich weiß das."

Sam konnte das nicht abstreiten. Er war dabei gewesen, als Jeremy das letzte Mal mit seinem Bruder gestritten hatte und es war nicht schön gewesen. „Okay, aber ich sage dir, es wird nicht so kommen."

Chris wechselte das Thema, indem er Jesse nach den Reparaturen fragte, die sie über den Winter an den Gerätschaften der Farm vorgenommen hatten. Sam wusste nichts über Maschinen, aber Jesse scheinbar schon, so fröhlich wie er über Traktoren und andere Maschinen erzählte.

Sam trödelte, so lange er konnte, mit dem Essen, aber letztendlich konnte er es nicht länger hinauszögern. „Ich rede später mir euch, Leute", sagte er, als er aufstand, um seinen Teller zu den benutzten zu stellen.

Neil wartete bereits im Flur auf ihn. „Du weißt, was ich von Taylor halte", platzte es aus ihm heraus, sobald Sam das Haus betrat.

„Das weiß ich", bestätigte Sam. „Ich weiß aber auch, was Caine und Macklin von ihm halten und zurzeit bin ich geneigt, dem Urteilsvermögen der zwei mehr Glauben zu schenken als dir."

„Ich bin dein Bruder!"

„Das bist du", stimmte Sam zu, „aber sie sind die Chefs hier und sie sind auch diejenigen, die die Entscheidung getroffen haben, den jüngeren Bruder ihres Rivalen anzuheuern. Sie sind diejenigen, die am Meisten zu verlieren haben, aber sie scheinen sich keine Sorgen zu machen, weil er hier ist. Ich sehe nicht, warum ich deiner Meinung mehr Gewicht geben sollte als ihrer, da Jeremy sich große Mühe gibt, hilfsbereit und freundlich zu mir zu sein."

„Er benutzt dich nur", warnte Neil ihn.

„Warum solltest du das auch nur denken?", wolle Sam wissen. „Wirklich, Neil, hörst du dir überhaupt zu? Wenn Jeremy wirklich einen versteckten Grund oder einen geheimen Plan hätte – und ich finde, das ist das Lächerlichste, was ich gehört habe, seit ich hier bin – dann wäre ich die letzte Person, der er versuchen würde näherzukommen, ich bin ja sogar noch kürzer hier als er. Abgesehen davon, als wir von der Versorgungsfahrt in Boorowa zurückkamen, sind wir in Devlin Taylor gerannt und er und Jeremy haben sich wieder gestritten. Taylor möchte Jeremy nicht in seiner Nähe haben, warum auch immer. Jeremy hat nicht gesagt, warum. Ich habe es selbst gesehen."

Neil wirkte nicht überzeugt, aber Sam ließ sich davon nicht aufhalten. „Sieh mal, Neil", sagte er etwas ruhiger. „Ich verlange nicht von dir, Jeremy zu mögen. Ich bitte dich auch nicht, mit ihm zu arbeiten. Aber ich mag ihn und ich würde gerne weiter von ihm lernen, deshalb bitte ich dich, das zu akzeptieren. Außerdem ist er die einzig andere Person, die zurzeit in der Schlafbaracke lebt, es ist also nicht so, als könnte ich ihm aus dem Weg gehen."

„Warte, andere Person in der Schlafbaracke? Warum solltest du in die Baracke ziehen?"

„Weil ich mich dir und Molly nicht ewig aufdrängen kann", sagte Sam. „Mir stehen Unterkunft und Verpflegung vertraglich gesehen zu, dann sollte ich das auch nutzen."

„Bei uns zu wohnen zählt als Zimmer auf der Farm", sagte Neil.

„Vielleicht, aber es bedeutet auch, von dir abhängig zu sein, obwohl ich es nicht muss. Ich weiß, das klingt, als würde ich kleinlich sein, aber ich war die letzten neun Monate völlig von Alisons Großzügigkeit abhängig, wenn man das so sagen kann. Ich habe endlich die Mittel und die Möglichkeiten, nicht von irgendwem wegen irgendetwas abhängig zu sein und das fühlt sich gut an. Bitte mich nicht, das aufzugeben."

„Ich …"

„Sag einfach ja", drängte Molly aus dem hinteren Teil des Flures. „Es ist nicht an dir, die Entscheidungen für ihn zu treffen, Neil."

„Okay", sagte Neil. „Ich brauche ein Bier. Willst du auch eins?"

„Klar", antwortete Sam und nahm das Friedensangebot an.

Neil verschwand in der Küche und Molly kam zu Sam rüber. „Setz dich. Ich muss dir nicht erzählen, wie stur dein Bruder ist."

„Nein, das musst du nicht", sagte Sam. „Er war schon immer so."

„Es hat seine Vorteile", sagte sie, „aber ich weiß, dass es heute nicht unbedingt danach aussieht. Er wird zurechtkommen. Er liebt dich und er sorgt sich um dich. Du bist hager und siehst müde aus, selbst nach vier Wochen hier. Er würde nicht so mit dir streiten, wen er sich nicht um dich sorgen würde."

„Ich hasse es nur, dass die Person, die am nettesten zu mir war, die Person ist, deren Wert er nicht erkennen kann", erklärte Sam.

„Es gilt Jahre der Feindschaft zu überwinden", erinnerte Molly ihn. „Ich weiß, dass das Meiste auf Devlins Konto geht, nicht auf Jeremys, aber Neil sieht es nicht auf diese Weise und du weißt warum, oder?"

„Warum?"

„Weil er sich eine Welt, in der er mit jemand anderem zusammen Partei gegen dich ergreift, nicht vorstellen kann", erklärte Molly ihm. „Er kann nicht begreifen, dass Jeremy und Devlin sich so sehr zerstritten haben, dass Jeremy tatsächlich hierher kommen würde, um zu bleiben. Er kann sich vorstellen, dass sie streiten, aber eben nicht auf Dauer. Und wenn es nicht dauerhaft ist, dann ist Jeremy, in Neils Vorstellung, nur hier, um sich alles anzusehen, Sachen abzuschauen und dieses Wissen mit zurück nach Taylor Peak zu nehmen, wenn er wieder geht. Dinge, die vielleicht verwendet werden könnten, um der Farm zu schaden."

„Seine Loyalität war schon immer seine größte Stärke", stimmte Sam zu.

„Das ist sie", sagte Molly. „Das hat ihm seinen Job gerettet, nachdem Caine sein Leben gerettet hatte. Sie half auch dabei, die Farm diesen Sommer zu retten, als so viele der neuen Jackaroos nicht wussten, was sie taten. Keiner hat härter als Neil gearbeitet, um sicher zu gehen, dass alles läuft, nicht einmal Macklin. Wahrscheinlich war das so, weil Neil hart gearbeitet hat und Macklin es deshalb nicht musste, aber am Ende ist es dasselbe. Er denkt, dass Alison ein Idiot sein muss, weil sie dich verlassen hat. Die Liste geht immer so weiter. Deshalb kann er nicht verstehen, wie Jeremy etwas anderes über seinen Bruder stellen konnte."

„Ich glaube, es war eher so, dass Devlin etwas über Jeremy gestellt hat", sagte Sam. „Zumindest danach zu urteilen, was ich so mitbekommen habe."

„Loyalität geht in beide Richtungen", sagte Molly, „aber es bleibt die Tatsache, dass Jeremy hier ist und nicht in Taylor Peak bei seinem Bruder und für Neil kann das nichts Gutes für uns bedeuten. Er wird einlenken. Er ist loyal, nicht blind. Er wird sehen, dass Jeremy keine Bedrohung ist. Es braucht nur Zeit."

„Ich vermute, ich ignoriere ihn so lange lieber?"

„Das habe ich nicht gesagt“, stellte Molly klar. „Du solltest genau das tun, was du heute Nacht getan hast und ihn darauf aufmerksam machen, was er für einen Mist erzählt. Er vertraut dir. Wenn er erst den Schock verwunden hat, wird er erkennen, dass, wenn du Jeremy magst und ihm vertraust, er es auch tun kann.“

12

„BIST DU dir sicher, dass du dir die Stallungen genauer ansehen möchtest?",
fragte Jeremy, als sie etwas später in der Woche die Farmstraße entlanggingen.
Sam hatte den Großteil des Tages im Büro verbracht und die Versicherungspolice
mit Caine durchgesprochen und ihm geholfen, Macklins Mutter zu suchen. Als
Caine den Arbeitstag früh beendet hatte, war Sam sofort aufgesprungen, um
noch eine Stunde vor dem Abendessen draußen zu verbringen.

„Ja, ich bin sicher. Ich muss verstehen, wie alles funktioniert, erinnerst
du dich?"

„Dann beschwer dich aber nicht über den Gestank", sagte Jeremy.

Sam grinste nur.

Die Ställe stanken, aber Sam war das egal. Jeremy erklärte ihm den
Zweck der einzelnen Boxen innerhalb der Ställe und zeigte ihm, wo die Lämmer
hinkommen würden, nachdem sie geboren waren und wofür all die Ausrüstung
da war. Sie hatten schon fast das Ende erreicht, als Sam ein jämmerliches
Quäken hörte.

„Ich dachte, die Schafe seien alle draußen", sagte Sam, sich nach dem
Lärm umschauend.

„Sind sie", antwortete Jeremy, „zumindest sollten sie es sein."

„Irgendetwas ist hier drinnen und schreit", stellte Sam fest. „Hörst du
das nicht?"

Sie suchten in der Richtung aus der das Geschrei kam, bis sie ein kleines
Kaliko-Kätzchen fanden, das zwischen dem Tor und dem Zaunpfahl einer der
Schafboxen gefangen war. „Ganz ruhig, Kleines", sagte Sam und streichelte
den Kopf des Kätzchens, während Jeremy den Riegel des Tores öffnete.
Das Kätzchen fiel kopfüber in Sams Hände und die jammernden Schreie
verwandelten sich in ein grollendes Schnurren, das etwas zu laut schien für den
kleinen Körper.

„Er mag dich", sagte Jeremy.

„Er ist nur froh endlich frei zu sein", sagte Sam, das Kätzchen auf den
Boden setzend. Es fing sofort wieder an zu schreien.

„Nein, er mag dich", beharrte Jeremy.

Sam ging einen Schritt zurück um zu sehen, was passieren würde und das
Kätzchen folgte ihm stark humpelnd. „Er ist verletzt", sagte Sam, das kleine
Kerlchen wieder auf den Arm nehmend.

„Lass mich mal sehen", sagte Jeremy.

Sam gab das Kätzchen vorsichtig rüber. Er schaute nervös dabei zu, wie Jeremy den kleinen Körper abtastete. Als Jeremys Finger über die Seite des Kätzchens strichen, protestierte es fauchend. „Sieht aus, als hätte sie sich an den Rippen verletzt, als sie dort eingeklemmt war."

„Sie?"

„Definitiv eine sie", bestätigte Jeremy und hielt das Kätzchen so, dass Sam seinen Bauch sehen konnte. Sam wusste nicht, wonach er eigentlich gucken sollte. Er wusste nichts über die Anatomie einer Katze, aber er akzeptierte Jeremys Aussage.

„Also, was machen wir jetzt?"

„Sie ist eine Stallkatze", sagte Jeremy. „Sie wird in ein, zwei Tagen wieder auf den Beinen sein."

Er wollte die Katze gerade runtersetzen, da schnappte Sam sie sich. „Du kannst sie nicht einfach sich selbst überlassen. Sie braucht jemanden, der für sie sorgt. Sie ist noch ein Baby."

„Ihre Mutter ist hier irgendwo", sagte Jeremy. „Ihr wird es wirklich gut gehen. Aber wenn du sie für ein paar Tage verwöhnen willst, dann ist das deine Sache. Komm nur nicht zu mir gerannt, wenn sie deine Kleidung durcheinanderbringt oder beschließt, deine Stiefel als Kratzbaum zu benutzen."

„Viele Menschen haben Katzen", sagte Sam. „Wie schwer kann das schon sein?"

„Das kann ich dir nicht sagen", antwortete Jeremy. „Ich habe immer nur Hunde gehabt."

„Ein Kätzchen kann nicht so viel andere Bedürfnisse wie ein Hundewelpe haben", wiederholte Sam sich. „Futter, Wasser, einen Platz für ihre Bedürfnisse, etwas zum dran kratzen, vielleicht etwas zum drauf rumkauen …"

„Wenn du sie verziehst, wird sie nie lernen, selbst zu jagen", warnte Jeremy ihn. „Dann hast du sie am Hals."

„Nur, bis sie nicht mehr humpelt."

Jeremy rollte mit den Augen, aber Sam ließ sich davon nicht abschrecken. Er drückte sie gegen seine Brust, als sie den Stall verließen und zurück zur Schlafbaracke gingen. „Was willst du fressen?", fragte er sie.

„Fleisch", antwortete Jeremy. „Sie ist ein Jäger oder sie wird es sein, wenn du sie es lernen lässt."

„Vielleicht gibt Kami mir ein paar Brocken von was auch immer es zum Abendessen geben soll", mutmaßte Sam. „Ich werde sie ihr möglicherweise in kleine Stückchen schneiden müssen."

„Sie hat Krallen und Reißzähne. Sie kann die Brocken zerreißen, genau wie sie es bei einer Maus oder etwas anderem tun würde, das sie gefangen hat", erinnerte Jeremy ihn.

„Ja, aber sie ist verletzt. Sie wird sich nicht danach fühlen, das jetzt zu tun", beharrte Sam.

Jeremy verdrehte erneut die Augen. „Gib einfach zu, dass du dir gerade eine Katze zugelegt hast. Du wirst sie niemals in den Stall zurückbringen. Das weiß ich jetzt schon."

„Ist das wirklich so schlimm?", wollte Sam wissen.

„Nein", lenkte Jeremy ein, seine Stimme sanfter werdend. „Es ist nicht schlimm. Behalte sie nur im Auge, wenn sie in der Nähe von Arrow ist, bis wir wissen, wie die beiden miteinander klarkommen. Er ist um einiges größer als sie und er ist nicht verletzt."

„Ich denke, sie braucht einen Namen", fuhr Sam fort.

„Möglicherweise", stimmte Jeremy zu, „aber du kannst noch ein oder zwei Tage warten und sehen, ob dir ein passender Name einfällt."

„Wo kommt Arrows Name her?", wollte Sam wissen.

„Eigentlich war das ein Witz", erzählte Jeremy. „Er war aus einem Wurf mit sieben Welpen. Die anderen sechs waren typische Hunde-Babies, sind übereinander gestolpert, wild umhergerannt, aber Arrow war immer anders. Er hat sich ein Ziel gesucht und gerade darauf zugehalten, kein wildes hin und her rennen, kein Stolpern und Rumspielen, nur gerade wie ein Pfeil auf sein Ziel zu."

„Das ist eine tolle Geschichte", sagte Sam.

„Ja, der Name blieb danach an ihm hängen. Ich bin mir sicher, dass seine Brüder und Schwestern aus der Welpen-Phase herausgewachsen und mittlerweile auch großartige Hütehunde sind, aber Arrow war ihnen damals definitiv einen Schritt voraus."

„Glaubst du, dass es ihn stört, eine Katze um sich rum zu haben?", wollte Sam wissen.

„Immer, wenn ich gesehen habe, dass Hunde und Katzen ein Problem damit hatten, zusammenzuleben, dann war das, weil die Katze bereits Angst vor Hunden hatte", sagte Jeremy. „Hunde stellen sich gewöhnlich besser um, da die Katze nicht wirklich eine Gefahr darstellt. Er wird sie möglicherweise einfach nur als etwas betrachten, das man hüten muss und auf das man aufpassen muss. Und sie ist jung genug, um sich daran zu gewöhnen, keine Angst vor ihm haben zu müssen."

„Sam, Jeremy, was habt ihr da?", wollte Jason wissen, als er zu ihnen rübergerannt kam.

„Sam hat ein kleines Kätzchen gefunden, das in einem der Ställe festhing", antwortete Jeremy. „Er ist der Meinung, dass sie nicht auf sich selbst aufpassen kann und deswegen mit zu ihm nach Hause kommen muss."

„Kann ich sie sehen?", fragte Jason.

Sam gab Jason vorsichtig das Kätzchen, aber der Teenager wusste genau, wie er sie halten musste. Er streichelte sanft ihren Kopf, während er sie untersuchte. „Es sieht nicht aus, als sei etwas gebrochen", stellte er fest. „Sie hat sich wahrscheinlich nur etwas geprellt. Und hungrig ist sie, wie es aussieht. Ich frage mich, wo ihre Mutter steckt."

„Ich weiß es nicht", antwortete Jeremy. „Wir haben keine andere Katze in den Ställen gesehen."

„Sie können frei auf der Farm rumlaufen", sagte Jason. „Sie gehen normalerweise nur in den Stall, wenn das Wetter schlecht ist oder sie Junge kriegen. Sie sieht noch nicht sehr alt aus. Ich sollte nachsehen, ob ich nicht den Rest ihres Wurfs finden kann. Da sie in schlechter Verfassung ist, wird es den anderen wahrscheinlich nicht besser gehen."

„Wir haben sie eingeklemmt im Stall rechts vom letzten Tor gefunden", sagte Jeremy. „Das gibt dir zumindest einen Anfangspunkt für deine Suche."

„Danke", erwiderte Jason. „Ich werde Seth suchen, damit wir gemeinsam nach ihnen suchen können. Polly sollte auch helfen können. Sie war schon immer eine gute Spürnase."

Jason rannte los und pfiff nach seinem Hund, als er zum Maschinenschuppen lief, wo Seth, wie Sam mittlerweile wusste, gewöhnlich seine freie Zeit verbrachte, wenn Patrick ihn nicht rauswarf oder Jason ihn mit auf ein Abenteuer nahm.

„Sollten wir ihnen helfen?", wollte Sam wissen.

„Nein, lass den beiden ihren Spaß", sagte Jeremy. „Wir werden die halbe Portion Arrow vorstellen und sie erst einmal unterbringen und dann sehen wir, was Kami für sie hat. Wenn du sie behalten willst, dann wirst du wahrscheinlich einige Dinge aus der Stadt benötigen. Katzenfutter, ein Katzenklo, so was halt. Selbst wenn sie viel Zeit draußen verbringt, sobald sie wieder gesund ist, wirst du alles haben wollen, was du brauchst, als ständig zu improvisieren, bis sie wieder gesund ist."

„Wer macht die nächste Versorgungsfahrt?", fragte Sam.

„Ich weiß es nicht, aber wir können es ja herausfinden", sagte Jeremy. „Hast du genug Geld dafür? Falls nicht, dann kann ich dir aushelfen, bis du Gehalt bekommst."

„Ich denke, ich kann mir eine Packung Katzenfutter und ein Katzenklo leisten", gab Sam steif zurück.

Jeremy seufzte. „Ich wollte dich nicht beleidigen oder so. Ich weiß nur, dass du einiges von deinem letzten Scheck für dich selber ausgeben musstest. Das ist ein Darlehen unter Freunden, nichts weiter."

„Ich weiß", sagte Sam. „Es tut mir leid. Geld ist ein sensibles Thema. Als Alison und ich uns auf eine Trennung auf Probe geeinigt haben, hatte ich keinen Job, weshalb sie versprach, für mein Apartment zu zahlen, aber der Betrag, den sie zu zahlen bereit war, war so gering, dass ich davon nicht mal die Miete für die günstigste Absteige zahlen konnte und es blieb mir kaum etwas für Essen übrig. Ich hatte ein paar Ersparnisse, aber die hielten nur ein paar Monate. Ich hatte immer das Gefühl, dass sie versuchte, das Geld als Druckmittel zu verwenden, damit ich zu ihr zurückgekrochen komme."

„Das klingt, als wärst du ohne sie besser dran", erklärte Jeremy. „Ich kann es dir nicht verdenken, dass du sie loswerden wolltest."

Sam lachte, aber es war ein bitteres Lachen. „Ich bin mir ziemlich sicher, dass es genau andersherum war. Es gab nicht viel, was ich richtig machen konnte, wenn es nach ihr ging."

„Dann war sie eine Idiotin", sagte Jeremy, „denn ich habe dich noch nichts falsch machen sehen."

„Naja, du musstest auch nicht mit mir zusammen leben", antwortete Sam.

„Ich muss nicht mit dir leben", stimmte Jeremy zu, „aber ich lebe mit dir. Nicht im selben Raum, aber wir leben unter demselben Dach. Und wir verbringen den Großteil unserer Freizeit miteinander. Hast du wirklich so viel mehr Zeit mit ihr verbracht, als ihr verheiratet wart?"

„Wir haben uns nur ein Bett geteilt", sagte Sam. „Bei ihrem Zeitplan haben wir es die Hälfte der Zeit nicht einmal geschafft, gemeinsam zu Abend zu essen."

„Ihr Verlust", sagte Jeremy. „Aber ich werde mich nicht beschweren, denn du bist jetzt hier."

Als sie sich der Schlafbaracke näherten, kam Arrow zu ihnen gesprungen und stieß mit seinem Kopf gegen Jeremys Bein. Jeremy kraulte ihm liebevoll die Ohren. „Lass sie uns draußen einander vorstellen", schlug Jeremy vor. „So können wir sie, wenn sie nicht miteinander klarkommen, leichter voneinander trennen."

„Okay", stimmte Sam zu.

Jeremy hielt Arrow gut am Halsband fest und ließ ihn Sitz machen. Arrow platzierte sein Hinterteil am Boden und himmelte Jeremy an. Sam konnte nicht anders, als zu grinsen. Er kniete sich hin, sodass Arrow das Kätzchen auf seinem Arm sehen konnte. Sie legte die Ohren an und fauchte, aber Arrow ignorierte die Warnung und stupste sie sanft mir der Nase an, aber nicht in der Nähe ihrer verletzten Rippen, wie Sam bemerkte. Sie fauchte ein zweites Mal, wenn auch mit etwas weniger Elan. Arrow antwortete ihr, indem er ihr das Gesicht ableckte. Sie schüttelte mehrmals den Kopf, um den Sabber zu entfernen, der ihr Fell durchnässte, aber als sie sich wieder in seine Arme legte, schnurrte sie.

„Ich glaube, er mag sie", sagte Jeremy.

„Ich denke, das beruht auf Gegenseitigkeit", sagte Sam, als Arrow sie erneut anstupste und sie ihren Kopf an ihn schmiegte.

„Lass uns schauen, was Kami für sie hat", schlug Jeremy vor.

Das Kätzchen wand sich, als Sam aufstand und Arrow jaulte unglücklich, sodass Sam sie runtersetzte, bereit, sie aufzufangen, wenn sie stolpern würde oder Schmerzen hätte, aber sie schlich um sein Fußgelenk und stapfte rüber zu Arrow. Der stand auf, als sie ihm zwischen die Beine lief. Sie strich ihm eine Weile um die Beine, während Arrow geduldig still hielt.

„Oder wir könnten die beiden hier alleine lassen und ohne sie zu Kami gehen", sagte Jeremy mit einem Lächeln.

„Vielleicht wird sie uns folgen, wenn Arrow mit uns kommt", sagte Sam. „Ich bin mir nicht sicher, ob wir sie jetzt schon alleine lassen sollten."

„Das können wir versuchen", sagte Jeremy. „Fuß, Arrow."

Arrow kam brav an Jeremys Seite, vorsichtig, damit er nicht auf das Kätzchen trat. Sie brauchte einen Moment, um aufzuholen, aber nach kurzer Zeit tapste sie schon wieder zwischen Arrows Beinen herum.

„In diesem Tempo schaffen wir es niemals zur Kantine", stellte Jeremy fest, nahm sie hoch und setzte sie auf Arrows Rücken. „Lass uns das stattdessen versuchen."

Das Kätzchen schien nicht zu wissen, was sie da oben anfangen sollte und drehte sich mehrmals, um ihr Gleichgewicht zu halten. Arrow stand ganz still und wartete geduldig darauf, dass sie zur Ruhe kam. Letztendlich setzte sie sich auf seinen Rücken. Sobald sie das getan hatte, schaute Arrow Jeremy an, als ob er sagen wollte, dass sie nun los konnten.

„Sie wird nicht meine Katze werden. Sie wird seine Katze werden", sagte Sam.

„Ich bin mir sicher, dass er gerne teilt", antwortete Jeremy mit einem Grinsen.

Sie schafften es ohne Zwischenfall zur Kantine. Das Kätzchen sah absolut zufrieden auf Arrows Rücken aus und es schien Arrow nicht zu stören, sie dort zu haben. Sam fand, dass Jeremy seinen Hund gut genug kannte, um zu wissen, ob der was dagegen hatte und im Fall der Fälle etwas zu sagen.

Sie ließen Arrow auf der Veranda der Kantine zurück, damit er auf das Kätzchen aufpasste und gingen rein, um nach Kami zu suchen.

„Was habe ich euch Jungs darüber gesagt, mich beim Essen machen zu stören?", sagte Kami bissig.

„Wir hatten gehofft, du hättest vielleicht ein paar Reste, die wir haben könnten", sagte Sam. „Ich habe ein Kätzchen im Stall gefunden und sie ist verletzt und hungrig. Ich werde ihr etwas Katzenfutter besorgen, wenn die nächste Versorgungsfahrt gemacht wird, aber bis dahin muss ich sie irgendwie versorgen. Es muss nichts Besonderes sein. Nur irgendwas, was übrig ist."

Kami kräuselte säuerlich die Lippen, aber Sam wusste bereits, was dieser Gesichtsausdruck bedeutete, also wartete er still, während Kami in der Küche umher lief. Er kam mit einer Thermosflasche und einer großen Schüssel zurück. „Halte das kalt, bis du es ihr gibst. Du willst bestimmt nicht, dass das Fleisch oder die Milch schlecht werden."

„Danke", sagte Sam. „Wir machen uns aus dem Staub, damit du das Abendessen fertig machen kannst."

„Wenn ich nicht rechtzeitig fertig werde, sage ich allen, dass es eure Schuld war, weil ihr mich gestört habt."

„Wenn du nicht rechtzeitig fertig wirst, nehmen wir das auf uns", antwortete Jeremy.

Sie gingen mit ihren Errungenschaften wieder nach draußen. Arrow hatte sich auf der Veranda niedergelassen und das Kätzchen kletterte munter auf ihm herum. „Sie wirkt nicht mehr so angeschlagen wie vorher", stellte Jeremy fest.

Sam nahm sie hoch, ihr protestierendes Miauen ignorierend. „Arrow kann nicht aufstehen, um dich zu tragen, wenn du auf ihm herumläufst", erklärte er ihr. „Gedulde dich nur eine Minute und ich lasse dich wieder gehen."

Arrow stand sofort auf und wuffte in Sams Richtung. Sam setzte das Kätzchen auf ihren Platz auf Arrows Rücken zurück und die kleine Karawane ging zur Schlafbaracke zurück. Sam fand eine Schüssel, in die er einen Teil der Milch füllte. Das Kätzchen sprang von Arrows Rücken herunter, um die Gegend zu erkunden und sich vielleicht hinzusetzen und die Milch mit ihrer kleinen rosa Zunge aufzuschlecken.

Sam schnitt die Hühnerinnereien in Stücke und legte sie auf einen Teller neben der Schüssel. Das Kätzchen schnüffelte zögerlich daran. „Ist schon okay, du halbe Portion", sagte Sam. „Das ist für dich zum Fressen. Ich weiß, dass du hungrig bist."

Sie maunzte ihn an und nahm einen kleinen Bissen. Sam konnte sich nicht vorstellen, dass das gut schmecken sollte, aber sie schien das zu finden, und fiel über ihr Futter her, als wäre sie am Verhungern.

Jeremy kam mit einem Pappkarton mit Zeitungspapier ausgelegt zurück. „Bis wir eine richtige Katzenbox für sie haben, sollten wir sie vielleicht hier drinnen lassen, wenn wir weg sind. Wäre nicht so toll, wenn wir nach Hause kämen und eine Sauerei überall in der Schlafbaracke vorfinden würden."

„Glaubst du, dass sie da drinnen bleibt?", wollte Sam wissen.

„Nicht für sehr lange", sagte Jeremy, aber wir sollten einige Tage haben, bevor sie gesund und stark genug ist, um aus ihr herauszuspringen und dann können wir uns immer noch etwas Besseres überlegen."

Sam war nicht überzeugt, aber er fand, dass es einen Versuch wert war, also setzte er sie, nachdem sie ihr Futter verschlungen hatte, in die Box. Sie fing sofort an zu schreien. Arrow jaulte aus Sympathie mit, steckte seinen Kopf in die Box und stupste sie an, als ob er so herausfinden könnte, was falsch lief. Das schien sie zu beruhigen. Sam tätschelte ihm den Kopf. „Pass ein bisschen auf unser Mädchen auf, ja, Arrow? Wir gehen zum Abendessen und wenn wir zurückkommen, lassen wir sie raus, damit ihr spielen könnt."

„Ich frage mich, ob Jason ihre Geschwister gefunden hat", sagte Jeremy, als sie zurück zur Kantine gingen, um zu Abend zu essen. Die Glocke hatte noch nicht geläutet, aber sie waren nicht die einzigen, die in diese Richtung unterwegs waren.

„Wir können ihn beim Essen fragen", sagte Sam. „Ich hoffe, dass sie in Ordnung sind und dass die Kleine nur aus Versehen von ihnen getrennt wurde."

„Das hoffe ich auch", stimmte Jeremy zu. „Ist ja nicht so, dass eine Katzenmama so einfach ein Junges verliert."

Als sie die Kantine betraten und Jasons Gesichtsausdruck sahen, wie er da in der Ecke hockte, ließ das nichts Gutes vermuten.

„Ich habe ihren Unterschlupf gefunden", sagte Jason, als er sie sah. „Ich weiß nicht, welches Raubtier sie erwischt hat, aber ihre Mutter sieht ziemlich zerrupft aus und es gab kein Anzeichen für andere Jungtiere. Ich weiß nicht einmal, wie viele sie hatte. Wir haben den ganzen Stall durchkämmt, konnten aber sonst nichts finden, daher befürchte ich, dass, was auch immer es war, sie alle weggeholt hat."

„Das ist ganz schön schamlos, oder nicht? Ich meine, einfach so in ein bewohntes Gebiet einzudringen?", fragte Sam. „Ich meine, ich weiß nicht gerade viel über wilde Tiere, aber das erscheint mir merkwürdig."

„Das kommt darauf an, was es war", antwortete Jason. „Wir hatten schon Eulen in den Ställen nisten und ein Wombat haben wir letzten Frühling in einer der Treiberhütten gehabt. Das ist zwar nicht alltäglich, aber man hat schon öfter davon gehört. Falls es eine Art Vogel war, ein Falke oder Habicht, dann hätte er rein und wieder raus fliegen können, ohne dass es jemand bemerkt hätte. Wilde Hunde kommen normalerweise nicht so weit ins Tal, aber es ist möglich, dass sie es dieses Mal getan haben. Jetzt, wo die Zucht vorbei ist, sind wir nicht mehr so oft in den Ställen."

„Wird es die Mutter schaffen?", wollte Jeremy wissen.

„Es ist zu früh, das zu sagen", erwiderte Jason. „Ich habe sie, so gut ich konnte, verbunden." Er hielt seine zerkratzte Hand hoch. „Caine hat gesagt, dass er den Tierarzt verständigt hat, aber der kann nicht vor morgen hier sein. Er hat einen Notfall und kann da nicht weg, ehe das geklärt ist. Ich sage Caine immer wieder, dass wir einen eigenen Tierarzt einstellen müssen, aber er meint, dass wir nicht ausreichend Bedarf haben, um zu rechtfertigen, dass ein Arzt permanent anwesend sein muss."

„Du weißt, dass er recht hat", sagte Jeremy sanft. „Es gibt Tage, da wäre ein zweiter Tierarzt in der Gegend wirklich nützlich, aber die meiste Zeit gibt es hier nicht einmal genug Arbeit für Doktor Walker. Er beschwert sich ständig darüber, dass es entweder zu viel oder gar nichts zu tun gibt."

„Wenn ich erwachsen bin, werde ich Tierarzt und dann komme ich wieder und arbeite hier", sagte Jason stur. „Caine kann mich als Jackaroo anheuern und mich anstelle eines zweiten Tierarztes bezahlen, wenn er mich braucht."

„Wenn du deinen Abschluss in der Tasche hast, für den du hart arbeiten musstest, dann wirst du nicht damit zufrieden sein, 90% deiner Zeit als Jackaroo zu arbeiten", sagte Jeremy. „Das ist ein großartiger Plan, aber versteif dich nicht darauf, bevor du nicht deinen Abschluss in der Tasche hast und Zeit hattest, darüber nachzudenken."

Jason schaute mürrisch drein, deshalb wechselte Sam das Thema und fing an, zu berichten, was sie bereits für das Kätzchen getan hatten und wie sie auf sie aufpassen wollten. Jason stimmte ihrem Vorhaben zu, was nicht hätte dazu führen sollen, dass Sam sich so gut fühlte, wie er es tat. Jason war ein Teenager und, um Himmels willen, kein Tierarzt, noch nicht.

Als sie mit dem Essen fertig waren, gingen Jeremy und Sam zurück zur Baracke. Sie öffneten die Tür und fanden Arrow vor der Feuerstelle sitzend mit dem tief schlafenden Kätzchen zwischen seinen Vorderpfoten eingerollt vor. Die Box, in der sie sie zurückgelassen hatten, lag verkehrt herum am anderen Ende des Raumes.

„Nun gut, das hat wohl nicht geklappt", seufzte Sam. „Ich befürchte, wir müssen uns etwas anderes ausdenken." Er beugte sich runter, um das Kätzchen hochzuheben, wurde aber von Arrows tiefem Grollen davon abgehalten. „Okay, vielleicht lasse ich sie lieber erst mal liegen."

„Arrow", schimpfte Jeremy, „lass Sam in Ruhe. Er hat nicht vor, der halben Portion etwas anzutun."

„Oh, ist das jetzt ihr Name?", witzelte Sam.

„Solange du keinen besseren parat hast", antwortete Jeremy. „Ich kann sie ja schlecht nur 'Kätzchen' nennen."

„Komm her, Arrow", sagte Jeremy. Arrow schaute auf das Kätzchen herunter und dann zu Jeremy hoch, offensichtlich zwischen dem Wunsch, das kleine Bündel zu beschützen und seiner Pflicht, seinem Herrchen zu gehorchen, hin und her gerissen.

„Lass ihn doch liegen", sagte Sam. „Sie tun doch keinem weh und es ist niedlich, wie er die Kleine beschützt."

„Sie wird eine Nervensäge werden", murmelte Jeremy. „Bereits völlig verzogen. Ich wette mit dir, sie hat die ganze Zeit kläglich gewimmert, so lange, bis Arrow es nicht mehr ertragen konnte und die Box umgeworfen hat, damit sie raus kann. Sie selbst ist noch nicht groß genug dafür."

„Vielleicht bewahrt er sie davor, dass, was immer auch ihre Geschwister erwischt hat, auch sie holt", sagte Sam. „Magst du ein Bier oder etwas anderes?"

„Gerne", sagte Jeremy.

Sam lächelte und ging in die Küche der Baracke. Außer, dass das Kätzchen neben Arrow bei der Feuerstelle schlief, war alles wie jede Nacht in der Woche, seit er in die Baracke gezogen war und Sam fand, dass er sich daran gewöhnen könnte.

13

CAINE STARRTE auf die Google-Suche direkt vor ihm. Sarah Armstrong war ein weiter verbreiteter Name, als er gedacht hatte. Als er Tumut zu der Suche hinzufügte, wurden ihm keine Treffer angezeigt. Er musste wohl jeden Namen einzeln checken und schauen, dass er so alles eingrenzen konnte. Er erinnerte sich selber daran, dass er Zeit hatte und an diesem kalten, tristen Maimorgen nirgendwo anders sein musste als hier, meldete sich an und begann auf Links zu klicken und jeden unter fünfundsechzig zu eliminieren. Er wusste nicht, wie alt Macklins Mutter gewesen war, als er geboren wurde, aber er fand, dass fünfundsechzig eine gute Obergrenze war. Das würde bedeuten, dass Macklins Mutter Anfang zwanzig gewesen war, als Macklin geboren wurde.

Zwei Stunden später waren noch sieben Namen übrig, die aufgrund des Alters und anderer Dinge passend schienen. Eine Dame ließ er weg, die zwar das richtige Alter hatte, aber eine Richterin war. Macklin hatte nie erwähnt, dass seine Mutter arbeitete und, wenn sie zu dieser Zeit eine Richterin oder eine Rechtsanwältin gewesen wäre, dann hätte sie ihre Kenntnisse und Kontakte mit Sicherheit dazu genutzt, von Macklins Vater wegzukommen. Eine andere hatte er ausgeschlossen, da sie eine Aborigine war und das Foto, das Macklin von ihr besaß, definitiv eine weiße Frau zeigte. Meist waren bei den Frauen dieses Alters kaum Informationen vermerkt. Name, Wohnort und sonst kaum etwas. Wenn er ihr Geburtsdatum kennen würde, selbst ohne das genaue Jahr, dann wäre er wohl in der Lage gewesen, alles etwas mehr einzugrenzen, aber er konnte Macklin nicht danach fragen, ohne sich selbst zu verraten und er wollte nicht, dass Macklin etwas davon erfuhr, solange er nicht mehr wusste.

Es dauerte weitere zwei Stunden, um die Telefonnummern der Damen auf seiner Liste herauszufinden, weshalb er alles bis nach dem Mittagessen ruhen lassen musste. Er versteckte das Papier zwischen einem Stapel Geschäftsbücher. Falls Sam sie fand, würde es keine Rolle spielen. Sam wusste, was Caine tat. Macklin würde die Bücher nicht anrühren, da er das System, was Sam und Caine sich ausgedacht hatten, seit Sam begonnen hatte im Büro zu arbeiten, nicht durcheinanderbringen wollte. Caine stand auf und streckte sich. Sam anzuheuern, war ein genialer Schachzug gewesen. Jetzt mussten sie nur noch herausfinden, wie sie ihn auch halten konnten.

SAM WAR im Büro, als Caine nach dem Mittagessen zurück kam, also nutzte Caine die Zeit, um seinen Prozess zu besprechen und die Fragen zu beantworten, die aufgekommen waren, als Sam daran gearbeitet hatte, eine neue Versicherungspolice zu verhandeln, um die zu ersetzen, die Onkel Michael vor dreißig Jahren oder mehr aufgesetzt hatte. Als das geschafft war, nahm Caine seine Liste mit Namen und ging rauf zu Macklins und seinem Schlafzimmer. Es würde schwer genug sein, die Telefonate zu führen, ohne dass jemand davon etwas mitbekam.

Er schaute noch einmal auf die Namensliste und seine Notizen und pickte sich dann die Frau heraus, von der er dachte, dass sie am wahrscheinlichsten Macklins Mutter war.

„Hallo?"

„Spreche ich mit Sarah Armstrong?"

„Ja, wer ist da?"

„Mein Name ist Caine Neiheisel. Ich leite eine Schafsfarm in New South Wales. Ich versuche, die Mutter meines Vorarbeiters, Macklin Armstrong, zu finden."

„Es tut mir leid, mein Junge, aber ich bin die falsche Sarah Armstrong. Mein Mann und ich hatten niemals Kinder."

„Tut mir leid, dass ich sie gestört habe", sagte Caine, bevor er das Telefonat beendete.

Das zweite Telefonat lief genauso ab wie das erste, nur dass diese Sarah Armstrong niemals geheiratet hatte.

Als auch das dritte Telefonat ergebnislos verlaufen war, fragte sich Caine ernsthaft, ob er den Verstand verloren hatte, das ohne weitere Informationen zu machen. Er versteckte die Liste in seiner Schublade unter den sauberen Socken und ging nach draußen, um Macklin zu finden. Er hatte bereits genug des Tages an dieses fruchtlose Unterfangen verschwendet. Er würde die anderen Damen ein anderes Mal anrufen.

„HEY, SAM", sagte Jeremy und steckte seinen Kopf durch die Bürotür. „Ich muss mit Arrow ein bisschen auf die Weiden raus. Macklin möchte eine Herde näher ans Tal herantreiben."

„Okay", sagte Sam, nicht sicher, warum Jeremy ihm das mitteilte. Nicht, dass es ihm was ausmachte, zu wissen, wo Jeremy war, aber es war seltsam, dass Jeremy ihn extra aufsuchte, um ihm das mitzuteilen.

„Du musst die halbe Portion holen", sagte Jeremy. „Die Beiden rasten aus, wenn ich sie trennen will. Es hilft vielleicht, wenn die halbe Portion bei dir ist."

„Ich muss mir einen besseren Namen für sie ausdenken", sagte Sam kopfschüttelnd, aber er stand von seinem Schreibtisch auf und folgte Jeremy nach draußen. Selbstverständlich hockte das Kätzchen auf Arrows Rücken und es sah für alle so aus, als ob sie beabsichtigte, mit Arrow und Jeremy an die Arbeit zu gehen.

Er nahm sie von Arrows Rücken runter, wobei sie direkt miauend protestierte und Arrow ihm einen Kopfstoß verpasste. „Hey, ihr zwei", sagte Sam. „Es ist nur für ein paar Stunden. Arrow, du kannst nicht auf sie aufpassen und deiner Arbeit nachgehen, und du, Missy, bist zu klein, um mit den großen, stinkenden Schafen zu spielen. Die würden dich niedertrampeln, ohne es auch nur zu merken. Du kannst im Büro sitzen und mit meinen Stiften spielen, während ich arbeite."

„Danke", sagte Jeremy. Er rief Arrow zu sich. Arrow folgte ihm widerwillig, was Sam zum Lächeln brachte, als er die zwei dabei beobachtete, wie sie die Straße runter zu der Pferdewiese liefen.

„Das ist mal ein hübsches Bild, nicht wahr?", fragte Caine hinter ihm.

Sam merkte, wie er bis in die Haarspitzen errötete. „Was meinst du?"

„Ein Mann und sein Hund", sagte Caine. „Dieser Bund hat etwas Besonderes."

„Ich glaube, Arrow ist neuerdings mehr an meinem Kätzchen als an Jeremy interessiert", sagte Sam.

„Was ist mit dir?", fragte Caine. „Woran bist du neuerdings so interessiert?"

„Versicherungsbeiträge", sagte Sam und verzog dabei das Gesicht.

„Das meinte ich nicht", stellte Caine klar. „So einnehmend der Anblick eines Mannes und seines Hundes an und für sich auch ist, der Ausdruck auf deinem Gesicht war eindeutig."

„Ich kann meine Scheidung in den nächsten sechs Wochen nicht einmal einreichen", sagte Sam, „ich befinde mich also zurzeit nicht in der Position, an jemandem interessiert sein zu können."

„Das Herz funktioniert nicht nach einem Zeitplan", sagte Caine. „Lass dir nicht etwas Gutes durch die Lappen gehen, weil es nicht die richtige Zeit ist."

„Das ist keine Frage der richtigen Zeit", erklärte Sam. „Ich möchte Alison nur keine Munition liefern."

„Ich dachte, du hättest gesagt, dass du schon allen Bedingungen zugestimmt hättest", hakte Caine nach.

„Habe ich", bestätigte Sam, „aber das war bevor ich diesen Job hatte. Wenn ich ihr keinen Grund gebe, Rache üben zu wollen, dann wird sie vielleicht nicht versuchen, sich das Geld, welches sie für mein Apartment ausgegeben hat, zurückzuholen. Wenn ich ihr einen Grund gebe, dann besteht sie möglicherweise auf eine andere Regelung und gewinnt diese im schlimmsten Fall. Sie war nicht dazu gezwungen, mich neun Monate lang zu unterstützen, bevor ich die Nase voll hatte und Neil um Hilfe gebeten habe und falls ich etwas Liebloses getan haben sollte, wie während unseres Trennungsjahres eine Affäre mit einem Mann zu haben, dann wird sich kein Anwalt auf meine Seite schlagen."

„Jeremy ist ein guter Fang", sagte Caine. „Er ist es wert zu warten. Stell nur sicher, dass er auch weiß, was auf ihn wartet."

„Wir haben bereits darüber gesprochen", sagte Sam. „Er hat gesagt, dass er es versteht."

„Dann werde ich nichts mehr sagen", sagte Caine, „aber falls du jemals jemanden zum Reden brauchen solltest, dann wäre ich froh, zuzuhören."

„Danke", sagte Sam. Das Kätzchen wand sich in seinen Armen. „Ich nehme sie lieber mit rein und gehe zurück an die Arbeit."

Sam trug das Kätzchen zurück ins Büro und schloss die Tür, sodass sie nicht auf Wanderschaft durch Caines und Macklins Haus gehen konnte. Sie kratzte unzufrieden an der Tür, aber als diese sich nicht öffnete und niemand kam, um ihr zu helfen, schnaubte sie und lief zu Sams Füßen zurück. Er beugte sich hinunter, um sie hinterm Ohr zu kraulen, wobei sie ihre kleinen Tatzen um sein Handgelenk schlang, sodass er sie, als er sich aufrichtete, mit hochzog. Sie sprang auf seinen Schoß, drehte sich ein paar Mal im Kreis, rollte sich schließlich auf seinen Oberschenkeln zusammen und begann sich zu putzen.

„Bequem?", fragte er mit einem Lächeln.

Sie schnurrte und stupste seine Hand an.

„Wie soll ich arbeiten, wenn du gestreichelt werden willst?"

Der Blick, den sie ihm schenkte, sagte ihm, dass ihr das ziemlich egal war. Sam grinste nur und ließ seine Hand auf ihrem kleinen Rücken ruhen, während er mit der anderen Hand damit fortfuhr, Daten in die Konten einzugeben. Falls er etwas langsamer war, als er es mit zwei Händen gewesen wäre, dann war da kein anderer im Raum, der es hätte bemerken können und das Schnurren des Kätzchens war die Verzögerung allemal wert.

„Siehst du", sagte er nach ein paar Minuten. „Wenn du mit mir an die Arbeit kommen würdest, anstatt die ganze Zeit mit Arrow zu verbringen, dann könntest du den ganzen Tag relaxen und gekrault werden."

Sie rollte sich auf die Seite und gab ihren Bauch frei. Er kraulte sie gehorsam. „Es ist jetzt Winter, da ist alles etwas ruhiger, aber wenn der Frühling kommt, dann hat Arrow viel mehr Arbeit. Du wirst dich dann daran gewöhnen müssen, dass er tagsüber nicht da ist."

Sie schnurrte lauter.

„Das heißt natürlich auch, dass ich mich daran gewöhnen muss, dass Jeremy auch nicht mehr so oft tagsüber da ist", seufzte Sam. „Wir sind schon zwei, oder? Sehnen uns nach einem Typen mit seinem Hund. Wenigstens können wir die Zeit, die die beiden fort sind, um Schafkram zu erledigen, miteinander verbringen."

Es fühlte sich gut an, die Worte auszusprechen, zuzugeben, dass Jeremy sein Interesse geweckt hatte und dass es über die Freundschaft hinausging, an die sie gebunden waren, bis Sams Scheidung überstanden war. Er konnte dem nicht nachgeben, aber er konnte die nächsten fünf Monate nutzen, um eine Basis zu schaffen, auf die man aufbauen konnte, wenn die Scheidung durch und er frei war.

Er schaute auf das Kätzchen auf seinem Schoß herab, sein Herz schlug heftig bei dem Gedanken daran. „Oh Gott, ich kann das nicht tun, oder? Ich muss den Verstand verloren haben."

Das Kätzchen wand sich unter seiner Hand heraus und stützte seine kleinen Tatzen auf seiner Brust ab, das Kinn gegen sein Brustbein stoßend. Er nahm sie hoch und drückte sie an sich. Sie schnurrte und rieb sich an seinem Kinn. „Bin ich verrückt, dass ich nach so kurzer Zeit so denke?"

Er atmete tief ein und aus, um die aufkommende Panik zu unterdrücken. Seine Ehe mit Alison war nun seit Monaten vorbei, und selbst wenn der juristische Prozess erst in einiger Zeit abgeschlossen sein würde, so war es nicht, als wäre das Singleleben neu für ihn. Er hatte die letzten neun Monate damit verbracht, so zu denken. Neun Monate, in denen er jede Chance genutzt hatte, sich mit namenlosen Männern zu vergnügen, nur damit er sich für ein paar Stunden nicht wertlos fühlte. Er war nun schon seit sechs Wochen auf Lang Downs, lang genug, um eine Routine in seiner Arbeit zu etablieren, ebenso wie in seiner Freizeit. Er war schon immer ein Mensch gewesen, der Gewohnheiten folgte, er bevorzugte es, zu wissen, wie die Dinge sich entwickeln würden, wann immer ihm das möglich war, deshalb gab eine neue Routine ihm wirklich das Gefühl von Sicherheit, etwas das ihm gefehlt hatte, seit er seinen Job verloren hatte. Sich von Alison zu trennen, war im Vergleich dazu einfach gewesen. Er hatte vier Wochen mit Jeremy verbracht und die meisten Abende davon zusammen mit ihm in der Schlafbaracke, auch wenn er einmal die Woche zu Neil und Molly ging, sodass Neil nicht denken würde, er habe Jeremy ihm vorgezogen. Sam hatte Neil des Öfteren in die Baracke eingeladen, aber dieser hatte immer abgelehnt.

In diesen vier Wochen war Jeremy alles gewesen, was Sam sich jemals von einem Freund erwartet hatte. Er war geduldig gewesen, was Sams Unwissenheit bei den Arbeiten auf der Farm anging, er war verständnisvoll, was seine Verpflichtung im Büro anging, es war spaßig, ihn um sich zu haben und definitiv gut für Sams Ego, wenn er flirtete oder Sam davon abhielt, sich selbst runterzumachen. Er war perfekt und das beunruhigte Sam etwas. Er hatte die Erfahrung gemacht, dass etwas, das zu gut war, um wahr zu sein, dies meist auch war.

Er wollte nichts mit Jeremy anfangen, nur um es enden zu lassen, denn anders als seine Heirat mit Alison war die Beziehung zu Jeremy keine Heuchelei, um seine Sexualität vor seinem Vater zu verstecken. Eine Beziehung mit Jeremy würde etwas Echtes sein und das zu verlieren, würde hundert Mal schlimmer sein, als die Ehe mit Alison zu beenden.

„Was soll ich nur tun, Schatz?", fragte er.

Das Kätzchen schnurrte ihn nur an.

MACKLIN WARTETE, während Jeremy das Tor hinter ihnen verschloss. Nach einem Sommer, bei dem die Jackaroos genauso gehütet werden mussten wie die Schafe, war es eine Erleichterung, jemanden zu haben, der wusste, was er tat.

„Lebst du dich gut ein?", wollte Macklin wissen, als Jeremy wieder neben ihm auftauchte.

„Ganz gut", antwortete Jeremy. „Es ist schön, Gesellschaft in der Baracke zu haben und Chris und Jesse laden mich die Woche über öfter zu sich ein."

„Das ist gut. Zeigen dir die anderen immer noch die kalte Schulter?"

„Nicht jeder", sagte Jeremy. „Patrick und Carley haben mich in ein paar Dinge mit einbezogen und Ian hat mich vorgestern um Hilfe gebeten, obwohl noch andere verfügbar waren. Ich wusste, dass es nicht leicht werden würde, hierherzukommen, aber ich bereue es nicht."

„Gut", sagte Macklin. „Ich kann mit Neil sprechen, wenn du willst."

„Nein, tu das nicht", sagte Jeremy. „Du kannst ihm auftragen, mit mir zu arbeiten, aber du kannst ihn nicht dazu zwingen, mich zu mögen und selbst, wenn du es könntest, würde ich das nicht wollen. Er muss von selbst kommen."

„Er kann stur sein", warnte Macklin ihn.

„Das kann ich auch", antwortete Jeremy. „Momentan lässt er mich in Ruhe und Molly sorgt dafür, dass er seinen Frust darüber, dass Sam und ich befreundet sind, nicht an ihm auslässt. Ich möchte nicht, dass Sam sich fühlt, als stünde er zwischen zwei Stühlen."

„Ach so ist das", grinste Macklin.

„Nein, so ist das überhaupt nicht", gab Jeremy zurück, aber Macklin sah, wie Jeremys Gesichtsfarbe dunkler wurde.

„Wirklich?", fragte Macklin. „Du weißt, dass ich nie etwas darüber sagen würde, schon gar nicht, da ich bei Caine gelandet bin."

„Das ist es nicht", stellte Jeremy klar. „Er ist einfach noch nicht soweit und ich werde ihn nicht unter Druck setzen. Seine Scheidung ist noch nicht einmal vorüber."

„Das ist nur ein Stück Papier", sagte Macklin. „Sie haben bereits eingewilligt, die Beziehung zu beenden."

„Das ist nicht der Punkt", erklärte Jeremy. „Sie ist eine Schlampe. Ich weiß, dass ich sie nie getroffen habe und nur Sams Seite der Geschichte kenne, aber hast du schon mal mit ihm gesprochen? Hast du mitbekommen, wie er über sich selber redet? Er zweifelt sich ständig selber an. Er glaubt, dass er unattraktiv sei. Er hat null Selbstbewusstsein. Sie hat ihm das angetan und ich werde ihr absolut gar nichts geben, was sie gegen ihn verwenden könnte, weder vor Gericht noch persönlich. Wenn die Scheidung über die Bühne gegangen ist und er niemals wieder mit ihr sprechen muss, dann wird es keine Rolle mehr spielen, aber jetzt haben wir keine Wahl. Sie würde alles zwischen uns gegen ihn verwenden und ihn zugrunde richten und das werde ich nicht zulassen."

„Glaubst du wirklich, dass sie so etwas tun würde?", hakte Macklin nach.

„Das Risiko werde ich nicht eingehen", sagte Jeremy, „und außerdem, Sam würde das nicht wollen. Ihm geht es nicht darum, dass sie ihn beschimpfen könnte. Ihm geht es um den finanziellen Aspekt. Sie hat ihn nach ihrer Trennung neun Monate lang finanziell unterstützt. Er hat Angst, dass sie das Geld zurückfordern würde, falls er ihr einen Grund gibt, sauer auf ihn zu sein."

„Dann zahlen wir sie halt aus und Sam zahlt uns dann alles von seinem Gehalt zurück", bemerkte Macklin mit einem Schulterzucken.

„Das würde er niemals machen", sagte Jeremy. „Er war so lange von ihr abhängig, dass allein der Gedanke daran, von jemandem abhängig zu sein, ihm Angst macht."

„Bist du dir sicher, dass du das auf dich nehmen willst?", fragte Macklin.

„Ich habe nicht vor, ihn von mir abhängig zu machen", sagte Jeremy. „Ich hoffe, dass er begreift, dass er sich auf mich verlassen kann, er aber niemanden braucht, der ihn unterstützt. Er braucht einen Partner. Das ist nicht dasselbe."

„Nein, ist es nicht", stimmte Macklin zu und dachte an Caine und die Farm und daran, worin der Unterschied zwischen dem Arbeiten für Caine in den ersten neun Monaten und dem Führen der Farm mit Caine zusammen seit Weihnachten lag. „Du kennst ihn besser als ich, aber wenn es irgendetwas gibt, das Caine und ich tun können, dann muss einer von euch den Mund aufmachen. Wir kümmern uns umeinander in Lang Downs."

„Das wird mir allmählich klar", sagte Jeremy. „Das ist der Teil beim Führen einer Farm, den Devlin niemals verstanden hat."

„Zu seiner Verteidigung, dein Vater war nicht unbedingt besser", sagte Macklin. „Devlin hatte nicht dasselbe Vorbild wie ich, wenn es um das Führen einer Farm geht."

„Caine hatte auch kein Vorbild", gab Jeremy zurück.

„Caine ist … Caine", sagte Macklin, unsicher, wie er seinen Geliebten sonst beschreiben sollte. „Er spielt nur nach seinen eigenen Regeln."

„Er ist ein super Typ", stimmte Jeremy zu. „Du bist ein verdammter Glückspilz."

Macklin lachte. „Als ob ich das nicht wüsste."

„Dann erzähl mir mal von deinem Pferd", sagte Jeremy. Der Themenwechsel kam Macklin gerade recht, denn das war einfacher, als über seine Emotionen zu sprechen. Das war Caines Fachgebiet, nicht seins.

„Was ist mit ihm?", wollte Macklin wissen.

„Ich höre ständig, dass ihn keiner außer dir reiten kann."

„Das ist so nicht ganz richtig", sagte Macklin. „Michael durfte auch auf ihm reiten, bevor er zu schwach wurde, um etwas auf einem Pferderücken verloren zu haben."

„Warum?"

„Warum er Michael auf sich reiten ließ? Oder warum er keinen anderen lässt?", fragte Macklin.

„Beides", antwortete Jeremy.

„Wir haben ihn auf einer Auktion ersteigert", sagte Macklin. „Eine Herde Wildpferde sollte zum Abdecker gebracht werden, falls sie nicht verkauft oder umgesiedelt werden könnten. Michael war stinksauer. Er wollte die ganze Herde umsiedeln, aber das konnten wir uns nicht leisten und andere Leute boten auf sie, also ließ er sie auf andere Farmen gehen. Dann kam Ned an die Reihe, er wieherte und kämpfte und es war mehr als deutlich, dass er nicht die Art von Pferd war, der man einen Sattel überwerfen und zur Arbeit nutzen konnte. Michael hat ihn quasi geschenkt bekommen. Für viel weniger, als er tatsächlich wert war."

„Wenn er nicht geritten werden kann, dann ist er auch nichts wert", sagte Jeremy.

„Wirklich?", wunderte sich Macklin. „Ist Sam wertlos, weil er gerade nicht frei ist oder weil er Probleme hat, an denen ihr gemeinsam arbeiten müsst?"

„Was? Nein, natürlich nicht!"

„Warum sollte das dann bei Ned anders sein?"

„Weil Ned eine geschäftliche Investition ist", sagte Jeremy.

„So wie Arrow eine geschäftliche Investition ist?"

„Er ist zumindest nützlich."

„Genau wie Ned", sagte Macklin. „Er ist das zuverlässigste Pferd, das ich je geritten habe."

„Also hast du ihn auf einer Auktion für Wildpferde gekauft, so wild, wie ein Pferd nur sein kann", sagte Jeremy. „Ich vermute, du hast ihn gebrochen, oder vielleicht Lang?"

„Weder noch", sagte Macklin. „Er war bereits gebrochen. Das siehst du an den Narben auf beiden Seiten seines Brustkorbes. Wir haben ihm geholfen, zu heilen und wir haben gewartet, bis er zu uns kam. Als er das tat, brachten wir ihm bei, was Freundlichkeit ist. Er vertraut uns, da wir niemals die Hand gegen ihn erhoben haben. Er vertraut niemand anderem, weil er keinen Grund dazu hat. Die meisten Ganzjährigen haben Pferde, die sie favorisieren, deshalb brauchen sie ihn nicht zu reiten. Caine reitet nicht gut genug, um so ein starkes Pferd wie Ned zu händeln. Und es hilft meinem Ansehen unter den saisonalen Jackaroos, wenn sie mich auf ihm reiten sehen, als wäre es nichts, während die Meisten von ihnen nicht mal auf seinen Rücken kommen, geschweige denn dort oben bleiben können."

Jeremy kicherte. „Okay, den Teil verstehe ich. Es wirkt nur riskant. Was ist, wenn jemand ihn mal reiten muss? Nicht, um etwas zu beweisen, sondern, wenn er es einfach muss."

„Ich weiß es nicht", gab Macklin zu. „Dann müssen wir auf das Beste hoffen."

14

CAINE MUSSTE fast eine Woche warten, bis er den Rest der von ihm identifizierten Frauen, wovon eine hoffentlich Macklins Mutter war, anrufen konnte. Macklin wollte Caines Meinung zu diesem und jenem und was anderem hören und Caine konnte sich darüber kaum beschweren, denn der einzige Grund, warum er Sam angeheuert hatte, war, dass er mehr Zeit für sich selbst haben wollte, um mit Macklin zusammen auf die Weiden zu gehen und an der Bio-Zertifizierung für die Farm zu arbeiten. Die Namensliste hatte ihn verfolgt und endlich war ein Tag gekommen, an dem Macklin Caine nicht für irgendetwas Spezielles brauchte, weshalb Caine vorgab, sich mit Sam zu treffen, um ein paar Stunden Zeit für sich zu haben.

Er machte zwei weitere Anrufe, die in einer Enttäuschung endeten. Er hatte noch zwei Namen übrig, danach musste er die Suche von vorne beginnen. Auf das Beste hoffend wählte er die vorletzte Nummer und wartete darauf, dass jemand abnahm.

„Hallo?"

„Kann ich bitte mit Sarah Armstrong sprechen?"

„Am Apparat."

„Frau Armstrong, mein Name ist Caine Neiheisel."

„Ist das ein Werbeanruf?"

„Nein, ich versuche nur jemanden zu finden und ich hoffe, dass Sie mir helfen können."

„Ich bin mir ziemlich sicher, dass ich das nicht kann", sagte die Frau. „Keiner würde mich finden wollen und ich kenne keinen, der es wert wäre, gefunden zu werden."

So schlimm, wie das klang, gab es Caine Hoffnung. „Bedeutet Ihnen der Name Macklin irgendetwas?"

„Nicht mehr."

Sie klang so traurig, dass Caine sich sicher war, dass er die richtige Frau gefunden hatte. „Er vermisst Sie, Frau Armstrong."

„Sie kennen Macklin?"

„Das tue ich", antwortete Caine. „Er ist mein Partner."

Frau Armstrong war für eine so lange Zeit still, dass Caine schon dachte, er hätte die Verbindung verloren.

„Welche Art von Partner?", fragte sie schließlich.

Caine hätte fast vor Erleichterung geweint. Er hatte aufgrund von Macklins Kommentaren geglaubt, dass seine Mutter über seine Sexualität Vermutungen angestellt hatte, aber er war sich nicht sicher gewesen. „Beide Arten", sagte er. „Wir besitzen eine Schaffarm in New Wales."

„Ist er … ist er glücklich?"

„I-ich mag es, das zu glauben", sagte Caine, sein Stottern leise verfluchend, aber seine Emotionen waren zu stark, um es zu kontrollieren. „Er ist ein w-wundervoller M-m-mann."

„Bin ich froh", sagte sie. „Sein Vater war ein Scheißkerl, der unser beider Leben zur Hölle gemacht hat. Macklin ist dem entkommen, Gott sei Dank, aber als sein Vater starb, hatte ich keine Möglichkeit, ihn zu finden."

„W-würden Sie ihn g-g-gerne wiedersehen?", fragte Caine.

„Sie wissen ja nicht, wie gerne", erwiderte sie und er konnte die Tränen in ihrer Stimme hören. „Ich habe mich um ihn gesorgt und für ihn gebetet. Ich hätte nie geglaubt, dass ich ihn je wiedersehen würde."

Caine überdachte kurz seine Möglichkeiten. Macklin länger von der Farm fernzuhalten, würde eine Herausforderung werden, aber je nachdem, wo seine Mutter lebte, könnte Caine sie auch abholen und sie für einen Besuch mit zur Farm nehmen. „Wo leben Sie jetzt?", fragte er, denn er hatte sich nicht die Mühe gemacht, die Adresse zusammen mit den Telefonnummern aufzuschreiben. „Vielleicht könnte ich vorbeikommen und Sie abholen und Sie könnten so die Farm besuchen."

„In Canberra", antwortete sie. „Ich habe Tumut verlassen, als mein Mann starb."

„Das ist nur eineinhalb Stunden von Boorowa entfernt", sagte Caine. „Unsere Farm ist nördlich gelegen. Wann würden Sie gerne kommen?"

„Ich arbeite noch", antwortete Frau Armstrong. „Ich habe kein langes Wochenende mehr bis zum Geburtstag der Queen im Juni."

Caine kontrollierte seinen Kalender, froh, dass die australischen Feiertage dort vermerkt waren, sonst hätte er nicht gewusst, dass der Geburtstag der Queen am zweiten Montag im Juni gefeiert wurde. „Ich werde den Freitag vorher da sein", antwortete Caine. „Wir fahren nach Ihrer Arbeit erst mal nach Boorowa und entscheiden dann, ob wir die Nacht noch weiter bis zur Farm fahren oder ob wir lieber in Boorowa bleiben und den Rest der Strecke am nächsten Morgen bewältigen."

„Gesegnet seist du, mein Junge", sagte Frau Armstrong. „Du lässt Wunder geschehen."

„Nein, nichts dergleichen, gute Frau."

„Bitte nenn mich Sarah."

Caine lächelte. „Ich sehe dich in einem Monat, Sarah." Er gab ihr seine Telefonnummer und E-Mail-Adresse, falls sie ihn früher erreichen musste und legte auf. Er lehnte sich an das Kopfende zurück und grinste. Das würde die perfekte Überraschung für Macklin werden.

SAM SAß auf der Veranda der Schlafbaracke und schaute seinem Kätzchen zu – er musste ihr wirklich bald einen Namen geben oder sie würde für immer die halbe Portion sein – wie es einem Blatt auf der Wiese zwischen der Schlafbaracke und der Straße nachjagte. Sie bewegte sich nicht mehr steif, aber da ihre Mutter immer noch nicht in der Verfassung war, sich um sie zu kümmern, hatte Sam es aufgegeben, sie zurück zu den Ställen zu bringen, was bedeutete, dass sie einen Namen brauchte. Einen richtigen Namen.

„Wie werden wir sie nennen?", fragte Sam, als Jeremy sich zu ihm auf die Veranda gesellte und ihm ein Bier reichte.

„Halbe Portion", antwortete Jeremy, als ob es das Offensichtlichste der Welt wäre.

„Das ist ein Kosename, kein richtiger Name", gab Sam zurück. „Sie braucht etwas Würdevolles."

Sie purzelte kopfüber über die Wiese und erntete Gelächter von beiden. „Ja, weil sie so würdevoll ist."

„Sie wird aus dem tapsigen Babyalter herauswachsen", sagte Sam, „und da du meinst, dass sie mit zehn Kilo auf den Rippen enden wird, würde der Name dann nicht dämlich klingen?"

Ein Kreischen direkt über ihnen ließ sie nach oben schauen. Ein Falke, der Größe nach zu urteilen, schwebte über das Tal.

„Ich habe mich noch immer nicht daran gewöhnt, sie zu sehen", sagte Sam. „Bei uns in Melbourne gibt es nicht viele Falken oder andere große Vögel."

„Kein Wunder", sagte Jeremy. „Sie brauchen Nagetiere und lieben es zu jagen und das ist hier bei uns einfacher als in der Stadt. Ich habe hin und wieder einen in der Uni gesehen, aber immer nur in der Nähe irgendeines Parks."

Der Falke schrie erneut und setzte zum Sturzflug auf das Gras in der Ferne an. „Er hat etwas gefunden", sagte Jeremy. „Ich frage mich, was es wohl ist."

Als der Falke mit leeren Klauen wieder gen Himmel flog, sagte Sam: „Nichts, scheinbar."

„Er wird es wieder versuchen", erklärte Jeremy. „Er jagt, da gibt es keinen Zweifel."

Der Falke kreiste noch ein paar Mal über ihren Köpfen und tauchte erneut ab, dieses Mal fast direkt auf sie zu. Sam konnte nicht sagen, wo Arrow hergekommen war, aber Fell und Federn kollidierten, als der Falke versuchte das Kätzchen zu schnappen. Arrow sprang auf den Falken zu, pflückte ihn aus der Luft und stieß ihn von dem Kätzchen weg. Er stellte sich beschützend über sie, bellte und knurrte das überrumpelte Raubtier an, bewegte sich aber nicht einen Zentimeter von seinem Posten weg.

Der Falke rappelte sich schnell wieder auf und schüttelte sein Gefieder. Er funkelte Arrow böse an, forderte ihn aber nicht weiter heraus. Arrow bellte erneut, genug, dass der Falke sich wieder in die Lüfte erhob und in Richtung des anderen Endes des Tales davonflog.

„Ich vermute, er dachte, sie sei leichte Beute", sagte Sam langsam, sein Herz kräftig in seiner Brust schlagend.

„Wenn er den Rest ihrer Familie auch geholt hat, dann hat er vermutlich keinen Grund gesehen, warum er nicht auch das Kätzchen holen sollte, das entkommen war", entgegnete Jeremy genauso langsam. „Komm her, Arrow."

Arrow drehte den Kopf in Jeremys Richtung, rührte sich aber nicht.

„Ist in Ordnung, Arrow", sagte Sam. „Der Falke ist jetzt fort."

Arrow schaute beide an, als hätten sie ihren Verstand verloren, trat aber zurück, sodass das Kätzchen vor ihm stand und nicht mehr zwischen seinen Beinen und schubste sie in Richtung der Veranda. Sie lief glücklich herumtollend, mit Arrow im Rücken, die Treppen hinauf.

Sam beugte sich herab und nahm sie hoch und kontrollierte, ob die Krallen des Falken sie nicht doch erwischt hatten, bevor Arrow dazwischengehen konnte, aber er konnte kein Blut auf ihrem Fell finden. „Ich weiß, wie wir sie nennen", sagte Sam.

„Wie?"

„Hawk."

Jeremy lächelte und kraulte ihren Kopf. „Wenn du das sagst."

Sam schaute auf ihr kostbares kleines Gesicht hinab und lachte ebenfalls. „Das tue ich."

„HEY, KUMPELS", sagte Seth, fast springend, als er in die Schlafbaracke rannte, eine Box im Arm.

„Kann ich die hier verstecken?"

„Was ist das?", wollte Jeremy skeptisch wissen. „Und warum versteckst du es?"

„Das ist eine Überraschung für Chris", erklärte Seth ihm. „Er hat heute Geburtstag und das hier ist für die Party heute Abend. Er weiß zwar von der

Party, aber er weiß nicht, dass ich ihm ein Geschenk besorgt habe. Patrick hat es mitgebracht, als er gestern in der Stadt war. Er kam gerade zurück."

„Was hast du ihm gekauft?", fragte Jeremy.

„Das verrate ich nicht", sagte Seth. „Wenn du wissen willst, was es ist, dann musst du zu der Party heute Abend kommen."

„Die anderen hätten mehr Spaß, wenn ich hierbleiben würde", gab Jeremy zu bedenken.

„Sam nicht", erwiderte Seth.

„Das ist nicht fair, Seth", schimpfte Sam. „Du solltest Jeremy kein schlechtes Gewissen dafür einreden, dass er nicht mit Leuten in einem Raum sein will, die nichts mit ihm zu tun haben wollen."

„Chris denkt nicht so", erinnerte Seth ihn. „Jesse und ich denken nicht so. Du kommst ständig bei uns vorbei. Patrick und Carley denken auch nicht so. Sie laden dich immer ein, wenn sie etwas unternehmen. Die einzigen, die so denken, sind Neil, Ian und Kyle. Und Ian und Kyle denken wahrscheinlich nur wegen Neil so."

„Trotzdem werden Neil, Ian und Kyle mich, wenn ich auch komme, den ganzen Abend mit düsteren Mienen anschauen und die Party deines Bruders ruinieren", bemerkte Jeremy.

„Nein, das akzeptiere ich nicht", sagte Seth. „Wenn sie die Party ruinieren wollen, dann müssen sie gehen."

„Ich weiß die Unterstützung zu schätzen, Seth, aber ich habe Macklin versprochen, dass ich seine Farm nicht in eine Kampfzone verwandeln werde."

„Dann tue es nicht", sagte Seth. „Komm zur Party, trink ein paar Bier und hab eine schöne Zeit. Wenn sie daraus eine große Sache machen, dann sind sie diejenigen, die Probleme machen, nicht du."

„Ich werde auf Neil achtgeben", sagte Sam, bevor Jeremy Widerworte geben konnte. „Er mag Chris. Wenn ihm jemand vorher die Konsequenzen seines Handelns klar macht, wird er sich benehmen, damit er Chris' Party nicht ruiniert. Molly und ich werden ihn in der Spur halten."

„Danke", sagte Jeremy.

„Ich werde ihn jetzt suchen gehen", sagte Sam, „und ich sehe euch beide später auf der Party."

Sam verließ die Schlafbaracke und ging los, um Neil zu suchen. Glücklicherweise wurde heute noch niemand zu den oberen Pferdekoppeln geschickt, sodass es nur begrenzte Möglichkeiten gab, wo Neil sein konnte. Sam fand ihn in den Ställen, wo er das abgenutzte Leder des Zaumzeugs der Farm flickte.

„Hi, Sam", sagte er, als er Sam reinkommen hörte.

„Hi", antwortete Sam. „Hast du eine Minute?"

„Sicher", gab Neil zurück. „Ich muss das hier zwar fertig machen, aber es ist nichts, was viel Konzentration bedarf. Was ist los?"

„Seth und Jesse haben heute Abend eine Geburtstagsparty für Chris geplant", sagte Sam.

„Ja, das weiß ich. Sie haben alle dazu eingeladen", sagte Neil.

„Ja", stimmte Sam zu. „Sie haben alle dazu eingeladen, auch Jeremy."

Neil runzelte die Stirn.

„Und deswegen bin ich hier", sagte Sam. „Ich wollte dich daran erinnern, heute Abend nicht auf diese Weise zu reagieren. Du musst nicht mit Jeremy reden, aber du wirst auch nicht den ganzen Abend damit verbringen, ihn böse anzustarren. An deinem Geburtstag kannst du frei darüber entscheiden, wen du einladen willst und wen nicht, aber Chris möchte Jeremy dabeihaben und du wirst dessen Party nicht ruinieren, nur weil du ihn nicht magst."

„Das würde ich nie tun", protestierte Neil.

„Nicht mit Absicht", stimmte Sam zu. „Ich weiß, dass du das niemals vorsätzlich tun würdest, aber wenn du vergisst darüber nachzudenken, dann verhältst du dich wie jeden Abend beim Abendessen und das würde den Abend völlig ruinieren. Versuch einfach, nicht so finster dreinzuschauen, ja?"

„Ich werde es versuchen", versprach Neil. „Wenn ich es vergesse, erinnere mich dran."

„Mach ich", sagte Sam, „und ich sage Molly, dass sie das ebenfalls tun soll." Bevor er fortfuhr, zögerte er kurz. „Weißt du, ich glaube wirklich, dass du ihn mögen würdest, wenn du ihm nur eine Chance gibst. Ihr habt so viel gemeinsam. Alles was zwischen euch steht, ist sein Nachname."

„Ich verstehe nur nicht, warum er hier ist", sagte Neil.

„Weil sein Bruder ihn aus Taylor Peak rausgeschmissen hat", antwortete Sam. „Du musst ihn selbst fragen, warum. Es ist nicht meine Aufgabe, dir das mitzuteilen, schon gar nicht ohne Erlaubnis. Ich weiß, dass du dir nicht vorstellen kannst, dass es etwas geben könnte, was uns beide dazu veranlassen könnte, uns so zu zerstreiten, und ehrlich, ich kann das auch nicht, aber Devlin ist nicht wie wir. Er ist mehr wie Dad, und ich kann mir zahlreiche Situationen vorstellen, die Dad dazu gebracht hätten, mit jedem von uns zu brechen."

„Das ist wohl wahr", sagte Neil. „Ich versuche, mich zusammenzureißen. Ich habe aber Gründe Taylor nicht zu vertrauen."

„Welchem Taylor?", drängte Sam. „Hattest du wirklich jemals ein Problem mit Jeremy? Oder immer nur mit seinem Bruder?"

Neil zögerte für einen Moment. „Ich glaube, das war immer nur mit Devlin oder seinen Jackaroos. Wenn ich jetzt so darüber nachdenke, kann ich mich nicht daran erinnern, dass Jeremy jemals in irgendwelche Auseinandersetzungen verwickelt war."

„Dann versuch bitte, ihm den Bonus eines Zweifels zu geben", bat Sam. „Er hat das und mehr auch für mich getan."

„Ich werde es versuchen", versprach Neil.

ALS SIE zum Abendessen zu der Kantine kamen, musste Sam grinsen. Seth und Jesse hatten sich selbst übertroffen. Die Kantine war in Luftschlangen und große Banner gehüllt, die deutlich zeigten, dass Chris einundzwanzig wurde. Kami hatte eine große Menge aufgetischt, mehr als die Ganzjährigen essen konnten, aber das schien keine Rolle zu spielen. Er hatte Chris' Lieblingsgerichte gekocht und sie als Buffet angerichtet. Sam war sich sicher, dass sie Chris' Geburtstagsessen noch eine Woche lang genießen konnten.

„Hast du mit Neil gesprochen?", fragte Jeremy sanft, als Sam sich zu ihm gesellte.

„Habe ich", antwortete Sam. „Er hat versprochen, dass er sich für Chris benehmen wird. Alles wird gut sein. Wirst schon sehen. Lass uns einen Teller schnappen, bevor die Frikadellen alle sind." Sam hatte bereits gelernt, dass Kamis Frikadellen jedermanns Lieblingsessen waren.

Patrick und Carley setzten sich zu ihnen, nachdem sie sich alle die Teller mit Essen vollgeschaufelt hatten. Sam hatte es aufgegeben, weniger zu essen, seit er auf der Farm war. Erstens war Kamis Essen zu gut und zweitens schimpften alle mit ihm, dass er nicht genug aß. Er hatte Angst gehabt, er würde an Gewicht zulegen, aber Jeremy hatte sein Wort gehalten und Sam das Reiten beigebracht, was genug Bewegung zu sein schien, um sein Gewicht zu regulieren, weshalb Sam aufgehört hatte, sich darüber Gedanken zu machen.

„Seth und Jason haben eine komplette Playliste für die Party zusammengestellt", erzählte Carley ihnen. „Sie haben in der letzten Woche zwischen ihren Stunden rege in unserem Haus darüber diskutiert, welche Songs in welcher Reihenfolge gespielt werden sollen, sodass sie sich sicher sein können, dass Chris und Jesse zusammen tanzen werden ... man hätte denken können, sie würden Raketenwissenschaften betreiben, nicht Musik auswählen."

„Wenn man sechzehn ist, ist Musik ein sehr ernstes Thema", sagte Sam.

„Fünfzehn und siebzehn, aber ich denke, du hast recht", sagte Carley. „Ich muss mich immer wieder selbst daran erinnern, wie viele Mix-Tapes wir in der Schule gemacht und geteilt haben."

Jeremy lachte. „Du kannst dich selbst da drüben daten, Carley."

„Ich habe einen fünfzehn Jahre alten Sohn. Keiner glaubt mir, dass ich aus einer anderen Zeit als der Steinzeit bin."

„Lügen", sagte Patrick. „Alles schamlose Lügen. Du kannst nicht wirklich auch nur einen Tag älter als zwanzig sein."

Carley warf ihrem Mann einen verliebten Blick zu und drehte sich wieder zu Sam und Jeremy. „Ihr solltet heute Abend auch tanzen."

„Du und Molly werdet heute Abend stark gefragt sein", antwortete Jeremy. „Ihr seid zahlenmäßig unterlegen."

„Oh, ich meinte nicht mit mir", sagte Carley. „Ihr solltet miteinander tanzen. Keinen hier wird das stören."

„Vielleicht nicht", gab Sam zurück, „aber ich bin mir nicht sicher, ob das eine gute Idee ist."

„Warum nicht?", wollte Carley wissen.

„Weil meine Scheidung noch nicht durch ist", sagte Sam.

„Das ist ein Tanz, kein Heiratsversprechen", spottete Carley. „Ihr brecht keine Gesetze, wenn ihr euch mit einem Freund vergnügt."

Alison würde es nicht genauso sehen, wenn sie es herausfand, aber Sam wollte das nicht laut sagen. Er wusste bereits, welche Meinung Jeremy von ihr hatte. Er brauchte nicht noch die anderer.

Als die Mehrheit der Leute fertig mit Essen war, standen Seth und Jason auf, machten die Musik an und forderten Chris und Jesse (und jeden sonst, der es ihnen gleichtun wollte) zum Tanzen auf. Chris sah nicht überzeugt aus, aber Jesse nahm seine Hand und zog ihn in die Mitte des Raumes, wo die Tische nur zu diesem Zweck an die Seite gestellt wurden.

Der Tanz war etwas ungelenk, da keiner der beiden wusste, wie man richtig tanzte, aber Sam konnte die Zuneigung zwischen den Beiden erkennen und die lächelnden Gesichter der anderen verrieten ihm, dass Carley recht hatte und sich keiner darum scherte, dass zwei Männer miteinander tanzten.

Der Song endete und Seth rief: „Wer ist der nächste, der mit dem Geburtstagskind tanzt?"

Für eine Minute rührte sich keiner, dann stand Kyle, einer der Jackaroos, der Macklin geholfen hatte Chris zu retten, auf. „Warum zur Hölle nicht?", sagte er. „Das *ist* sein Geburtstag."

Alle lachten und es dauerte nicht lange bis Ian Kyle ablöste und Chris mit mehr Stil durch den Saal wirbelte, als es Kyle und Jesse getan hatten. Als Neil ein paar Minuten später abklatschte, seufzte Sam erleichtert. Er konnte noch immer nicht glauben, wie positiv Neil sich entwickelt hatte. Molly war die nächste in der Reihe und sorgte dafür, dass Chris unbehaglich dreinschaute, bis sie sich erbarmte und ebenfalls die Führung übernahm. Nach nicht allzu langer Zeit hatte nahezu jeder im Raum mal mit Chris getanzt.

„Na los", sagte Jeremy, Sam in Richtung Tanzfläche stupsend. „Es ist sein Geburtstag."

„Du hast auch nicht mit ihm getanzt", sagte Sam.

„Tanz mit ihm und dann werde ich mit ihm tanzen", versprach Jeremy. „Und dann werde ich mit dir tanzen."

Sam zögerte kurz bei dem Gedanken, mit Jeremy zu tanzen, aber einige der anderen tanzten zusammen, auch wenn sie keine Pärchen oder schwul waren, soweit Sam wusste, demnach wäre es wohl okay. Alle würden denken, dass es genau das gleiche wäre wie bei Kyle und Ian oder wie bei allen anderen, die mit Chris tanzten. Er glaubte nicht wirklich, dass Alison Spitzel auf der Farm hatte, sie hätte nicht wissen können, dass er hier landen würde, ehe er es gewusst hatte. Seit er hier angekommen war, war auch niemand neues dazugekommen, aber, wenn Informationen über diesen Abend irgendwie bis zu ihr getragen werden würden, dann könnte er behaupten, dass der Tanz mit Jeremy nur ein weiterer Tanz war, nicht viel mehr.

Er schlängelte sich durch die tanzende Menge hindurch, bis er Carley und Chris erreichte, die gerade zusammen tanzten. Sie überließ ihm ihren Platz mit einem Schmunzeln und Gelächter. Chris grinste ihn an. „Ich habe mich schon gefragt, wie lange es dauern würde, bis du deinen Weg auf die Tanzfläche findest."

„Ich bin kein großer Tänzer", sagte Sam.

„Aber wir anderen sind es?", erwiderte Chris. „Es geht nicht ums Tanzen. Es geht darum, Spaß zu haben."

Es machte Spaß, das musste Sam zugeben. Er hatte erwartet, dass er sich unsicher fühlen würde überhaupt zu tanzen, insbesondere aber dabei, mit einem Mann zu tanzen, aber niemand starrte sie an. Keiner lachte oder grinste hämisch. Alle anderen hatten ebenfalls ihren Spaß, alle auf nahezu dieselbe Art und Weise. Sam entspannte sich und genoss das fröhliche Treiben. Jeremy klatschte viel zu früh ab.

Sam trat einen Schritt zurück und ließ Jeremy und Chris von dannen wirbeln. Bevor er sich merkwürdig vorkommen konnte so dazustehen, nahm Molly seine Hand. „Ich bin dran", sagte sie. „Wirst du noch mit Jeremy tanzen?"

„Du bist schon die dritte Person heute Abend, die mich das fragt", sagte Sam.

„Deine Art ihn anzusehen, ist nicht gerade subtil, Süßer", frotzelte Molly. „Es ist hier sicher, erinnerst du dich?"

„Nirgends ist es wirklich sicher", korrigierte Sam sie. „Nicht bis meine Scheidung durch ist."

„Wenn du mit ihm schlafen würdest, dann würde das vielleicht stimmen", sagte Molly, „aber du machst dir ja auch keine Gedanken darum, mit mir zu tanzen. Warum solltest du dir also Sorgen machen, mit ihm zu tanzen?"

„Weil ich mich nicht zu dir hingezogen fühle", erwiderte Sam.

„Das ist ein Tanz, Sam, nicht mehr. Nebenbei, wenn du deiner Ex nicht gerade die Wahrheit über dich erzählt hast, dann hat sie wohl eher ein Problem damit, dass du mit einer anderen Frau tanzt als mit einem Mann", stellte Molly fest. „Du siehst überall Probleme, weil du ein Geheimnis hast, aber die meisten Menschen sehen die Welt nicht durch ein Prisma."

„Du hast es herausgefunden."

„Nein, Neil hat es mir erzählt", sagte Molly. „Ich habe es bei Jeremy herausgefunden, aber nur, weil ich danach gesucht habe. Caine hat es wahrscheinlich gemerkt, weil er die Dinge durch dasselbe Prisma sieht und weil er ein hoffnungsloser Romantiker ist, der möchte, dass jeder so glücklich ist wie er selbst. Seth und Jason haben es wohl bemerkt, weil sie frühreife Früchtchen sind, aber ich wette, keiner der anderen hat es herausgefunden, nicht, wenn Jeremy nichts zu ihnen gesagt hat."

„Ich glaube nicht, dass er das hat", antwortete Sam. „Er geht damit genauso wenig hausieren wie ich."

„Wäre es für ihn okay, wenn es anders wäre?", fragte Molly scharf.

„Ich glaube schon", erwiderte Sam. „Er hat gesagt, dass er es Macklin am ersten Tag erzählt hat und ich bin mir ziemlich sicher, dass sein Bruder es weiß, auch wenn ich mir nicht sicher bin, ob Devlin es herumerzählen wird, da er meint, dass alles auf ihn zurückfällt."

Molly rollte mit ihren Augen. „Erspar mir die Dummheit der australischen Viehhirten."

„Hey, sie sind nicht alle schlecht", protestierte Sam. „Du wirst einen heiraten, erinnerst du dich?"

„Und der ist der schlimmste der ganzen Bande", murmelte sie, „obwohl er heute Abend mit Chris getanzt und nicht einmal finster zu Jeremy geblickt hat."

„Das würde er, wenn ich zustimmen würde, mit Jeremy zu tanzen", gab Sam zu bedenken.

„Du wirst mit Jeremy tanzen. Ich kümmere mich um Neil", versprach Molly. „Da, er ist frei. Geh und schnapp ihn dir, bevor es ein anderer tut."

Sam holte tief Luft und ging auf Jeremy zu. Er hätte schwören können, dass jedes Augenpaar in diesem Raum auf ihn gerichtet war, aber als er wagte sich umzusehen, schien es, als hätte niemand bemerkt, dass er quer durch den Saal lief.

Keiner außer Jeremy. Jeremy hatte ihn beobachtet, seit er Molly gehen gelassen hatte. Sam wusste nicht, ob er zu Jeremy rennen oder lieber davonlaufen sollte. Die Intensität, mit der Jeremy ihn ansah, machte ihn nervös. Er hatte sich daran gewöhnt, mit Jeremy rumzuhängen, sein Kumpel zu sein, aber Jeremy sah ihn gerade nicht wie einen Kumpel an. Jeremy schaute ihn an, als sei er ein Leckerbissen, den er mit einem Haps verschlingen wollte.

Sam schluckte und zwang seine Füße in Jeremys Richtung. Keiner hatte ihn jemals auf diese Weise angesehen und er wusste beim besten Willen nicht, wie er mit den Emotionen umgehen sollte, die sich in ihm breitmachten. Sie konnten das nicht tun. Er hatte immer noch einen Monat vor sich, bevor er die Scheidung überhaupt beantragen konnte und dann immer noch drei Monate, bevor die Scheidung rechtskräftig war.

Er wäre fast umgekehrt und in die andere Richtung gerannt. Er konnte das nicht tun. Nicht jetzt, vielleicht niemals, aber bevor er in Panik geraten konnte, lächelte Jeremy ihn an und Sam lächelte einfach so zurück. Dann war er an Jeremys Seite, der ihn in eine Umarmung zog und zur Tanzfläche geleitete.

Sie waren nicht gerade gleich groß. Jeremy war ein paar Zentimeter größer als Sam, aber nicht genug um das Tanzen merkwürdig aussehen zu lassen, nicht wie bei Macklin und Jason, der seinen Wachstumsschub noch nicht gehabt hatte. Es bedeutete auch, dass Jeremys blau-grüne Augen direkt in Sams Blickfeld waren – und durch den Mix der Farben faszinierend. Sam blinzelte ein paar Mal, aber der zentrale Ring in einer leicht anderen Farbe war keine Einbildung. Auch die Art und Weise, wie Jeremy ihn ansah, war es nicht. Sam strauchelte fast, aber Jeremy hielt ihn mit seinen großen Händen fest, von denen Sam nicht zu träumen wagte. Die Hand, die seine zwischen ihren Oberkörpern hielt, war sanft, der Griff bestimmt, aber nicht schmerzhaft, die Hornhaut auf Jeremys Handfläche offensichtlich, mit seinen Fingern um Sams gewunden. Die andere Hand ruhte auf seiner Taille, ihn nicht wirklich an ihn drückend – sie waren letztendlich kein Paar – aber ihn dennoch haltend. Sam konnte die Wärme spüren, die von Jeremys Hand aus durch sein Hemd drang. Und der Ausdruck auf Jeremys Gesicht, heiß und besitzergreifend, als ob er Sam in seine Arme nehmen und ihn niemals wieder loslassen wollte … Sam zitterte vor Verlangen, als er den Blick sah, der nur ihm galt.

„Das ist eine schlechte Idee", sagte Sam heiser.

„Nein, ist es nicht", antwortete Jeremy. „Das ist die beste Idee, die ich je hatte. Lauf nicht vor mir weg, Sam. Ich frage nach nichts außer einem Tanz, bis du bereit dazu bist, aber verweigere uns das nicht."

Sam schluckte und Hitze stieg in ihm auf. Er war sich sicher, dass seine Wangen die Farbe einer Tomate hatten, aber er nickte und tanzte weiter. Ihre Schenkel berührten sich, als sie tanzten, weshalb Sam sich nicht sicher war, ob er Jeremy von sich wegdrücken oder ihn näher an sich ranziehen sollte. Er hatte gesehen, wie Jeremy ritt, er wusste, welche Muskeln sich unter seiner Jeans verbargen. Er wollte, dass sich diese Beine gegen seine eigenen, zwischen seine eigenen, drückten. Er wollte sich vorbeugen und sich an ihm reiben, bis er an nichts anderes mehr denken konnte. Er war es so leid, sich zusammenzureißen, sich ständig um alles zu sorgen. Der Drang, sich für ein paar Stunden in Jeremys Armen zu verlieren und zu vergessen, war stark und Sam wusste, Jeremy würde ihm dies nicht verwehren. Es bedürfte nur eines Wortes von ihm und Jeremy würde übernehmen, ihn zurück zur Schlafbaracke bringen und ihn auf eine Weise glücklich machen, wie es keines der Stelldicheins in Melbourne je vermochten. Besser noch, Jeremy wäre am Morgen danach noch immer da und würde ihn mit der gleichen Inbrunst in seinen Augen ansehen, derselben Freundschaft und Kameradschaft und vielem mehr.

Es wäre so einfach und würde sich so gut anfühlen, aber am Morgen würde Jeremy mehr wollen, und gerade jetzt konnte Sam es sich nicht leisten, ihm mehr zu geben. Er musste dieses Verlangen unterdrücken, seine Sehnsüchte begraben, bis er frei von Alison war. Wenn Jeremy ihn dann noch wollte, würde Sam alles nehmen, was er kriegen konnte und dankbar dafür sein. Er musste nur vier weitere Monate abwarten.

Als das Lied zu Ende war trat er einen Schritt zurück und widerstand dem Drang, nach draußen zu gehen, um sich abzukühlen. Es war nur ein Tanz gewesen, also warum fühlte er sich, als sei er zersplittert und neu zusammengesetzt worden? „Danke für den Tanz", sagte er verlegen und in dem Wissen, dass er davonrannte, sich aber nicht davon abhalten konnte.

„Immer gerne", sagte Jeremy und ließ ihn gehen.

Sam war in seinem Leben niemals dankbarer gewesen.

„Alles klar bei dir?", fragte Neil, als er Sam ein paar Minuten später in der Ecke sitzen sah.

„Ja."

„Wirklich? Du siehst nämlich aus, als hättest du entweder einen Geist gesehen oder als ob der Falke deine Katze geholt hätte", stellte Neil fest.

„Nein, es ist nur …"

„Nur was?", ermutigte Neil ihn.

„Lass uns eine Runde spazieren gehen", schlug Sam vor. Er wusste nicht, wie Neil reagieren würde und er wollte auf Chris' Party keine Szene machen.

Neil nickte und folgte ihm nach draußen. Der Wind in der Hochebene war kalt und Sam zitterte, sich wünschend, er hätte sich seine Jacke geschnappt, bevor er zur Party gekommen war. Jetzt war es zu spät.

„Versprich mir, dass du mich ausreden lässt, bevor du irgendetwas sagst", bat Sam.

„Ich werde das nicht mögen, stimmt's?", fragte Neil.

„Wahrscheinlich nicht", sagte Sam, „aber ich möchte, dass du mir wirklich zuhörst, anstatt mir nur eine Standpauke zu halten."

„Okay, ich höre."

„Du bist so verliebt in Molly", begann Sam. „Du kannst dir nicht vorstellen, dass das jemals in die Binsen geht und ich hoffe, dass es das niemals wird. Du kannst dir nicht vorstellen, wie es sich anfühlt, wenn die Person, die dir auf der Welt am nächsten stehen sollte, sich gegen dich stellt und dir Dinge sagt, die dich an dir selbst zweifeln lassen. Und diese dann so oft auf so unfreundliche Weise wiederholt, dass du nicht anders kannst, als ihr zu glauben."

„Alison –"

„Bitte unterbrich mich nicht", presste Sam hervor. „Das ist so schon hart genug. Sie brachte mich dazu, dass ich glaubte, ich sei für nichts gut genug. Sie gab mir das Gefühl, dass mich niemals jemand lieben könnte und sie mir einen Gefallen täte, indem sie mich in ihrer Nähe sein ließ. Sie ließ mich denken ..." Er atmete tief ein. „Es spielt keine Rolle, was sie mich glauben ließ. Der Punkt ist, meine Ehe war die Hölle und als ich hierher kam, wollte ich mich nur in einer dunklen Ecke einrollen und alleine gelassen werden. Nur, dass das keiner zugelassen hat, besonders Jeremy nicht."

Neil öffnete seinen Mund, aber Sam starrte ihn an, bis er ihn wieder schloss.

„Jeremy hat die letzten sechs Wochen damit verbracht, mir ein Freund zu sein, hat mich in den Hintern getreten, wenn ich wieder anfing, mich selbst zu bemitleiden und hat alles ihm Mögliche getan, damit ich mich besser fühle. Und das tat er, ohne etwas von mir zu erwarten, außer meiner Freundschaft", sagte Sam. „Er drängt mich zu nichts anderem, denn er weiß, dass ich noch nicht bereit bin und die Scheidung noch nicht durch ist."

„Warte –"

„Halt die Klappe", fuhr ihm Sam über den Mund. „Ich weiß, dass du ihn nicht magst, aber ich tue es, Neil. Ich mag ihn verdammt gerne und, warum auch immer, scheint er dasselbe für mich zu empfinden und das lässt mich etwas die Fassung verlieren. Ich weiß nicht, wie ich damit umgehen soll. Die einzige echte Beziehung, die ich je hatte, hatte ich mit Alison, und du weißt, was daraus geworden ist."

„Heilige Scheiße, du willst von mir, dass ich einen Taylor als Teil unserer Familie akzeptiere, richtig?", entfuhr es Neil.

Sam erstickte ein Lachen. „Von allem, was ich dir erzählt habe, ist es das, was hängengeblieben ist?"

Neil zuckte mit den Schultern. „Das ist der Teil, mit dem ich umgehen kann. Alles andere weckt in mir den Wunsch, jemanden zu schlagen."

„Solange es nicht Jeremy oder ich sind, kannst du jeden schlagen, den du willst."

„Alison war mein Kandidat Nummer eins", sagte Neil. „Also ist Taylor auch schwul? Ist er deswegen hier?"

„Ja", bestätigte Sam. „Ich weiß nicht, ob sein Bruder es herausgefunden hat oder ob Jeremy es nur leid war, ihm zuzuhören, aber das ist der Grund, weswegen er ging."

„Und du bist dir sicher, dass er derjenige ist, den du willst?"

„Neil –"

„Nein, ich schwöre, ich sage das nicht, weil er ist, wer er ist", fügte Neil schnell hinzu. „Du hast selbst gesagt, dass du niemals eine ernsthafte Beziehung hattest, außer jene mit Alison. Deine Scheidung ist bis jetzt nicht mal rechtskräftig, auch wenn das nicht schnell genug gehen kann nach allem, was du mir eben erzählt hast. Hierbei geht es nicht um Taylor oder was für Gefühle ich ihm gegenüber habe. Ich möchte nur sichergehen, dass du dich nicht in etwas reinstürzt, das du später bereuen wirst. Rebound-Beziehungen und all so was."

Sam überdachte Neils Frage einen Moment lang, bevor er antwortete. „Das Leben kommt nicht mit Garantien, aber ich weiß, wie sich eine schlechte Beziehung anfühlt. Ich weiß genau, was ich nicht will. Viele Kerle – die Kerle, mit denen ich in Melbourne zusammen war – würden sich einen Scheiß darum scheren, dass ich rein rechtlich noch verheiratet bin, auch wenn wir getrennt leben. Eine Menge Kerle hätten keine Geduld, um mit meinen Ängsten, was Alison tun wird, wenn sie herausfindet, dass ich schwul bin und mit einem anderen zusammen war, bevor die Scheidung durch ist, umzugehen. Eine Menge Kerle –"

„Du warst nicht mit den richtigen Kerlen zusammen", unterbrach Neil ihn. „Erzähl mir von Taylor."

„Du könntest damit anfangen, ihn bei seinem Namen zu nennen", sagte Sam. „Er ist gütig. Vielleicht klingt das nicht nach viel, aber für mich bedeutet es viel. Er ist geduldig und lustig und er bringt mich zum Lachen. Er hilft mir, zu vergessen, dass ich nicht Teil dieses Ortes bin, nicht so wie ihr."

„Was meinst du damit, dass du kein Teil von Lang Downs bist so wie der Rest von uns?"

„Ich bin kein Jackaroo", sagte Sam. „Und ich werde niemals einer sein. Ich bin nicht naiv. Jeremy scheint das nicht zu stören. Er redet mit mir, als wüsste ich genau, wovon er spricht und als ob ich eine eigene Meinung dazu hätte. Er erklärt mir alles, wenn ich danach frage. Er bringt mir bei, wie man reitet. Er lässt mich mit seinem Hund arbeiten."

„Das sind alles tolle Dinge", sagte Neil. Sam schaute ihn böse an. „Nein, ich meine das so. Wirklich. Aber nach Lang Downs zu gehören, hat nichts damit zu tun, ein Jackaroo zu sein. Patrick ist keiner. Sicher, er kann ein Pferd reiten, wenn er muss, aber er ist ein Mechaniker, kein Schafhirte."

„Ja, aber die Farm braucht einen Mechaniker."

„Die Farm braucht auch einen Buchhalter, der sicherstellt, dass wir bezahlt werden", erinnerte Neil ihn. „Caine hat den Job nicht für dich erfunden."

„Jeremy schaut mich an, als sei ich etwas wert", sagte Sam sanft. „Er schaut mich an, als sei er froh, mich zu haben."

„Das ist er."

„Du bist mein Bruder. Du bist voreingenommen", sagte Sam, lächelte aber dabei. „Kein anderer hat mich je so angesehen. Alison hat nicht einmal so gedacht, als ich einen Job hatte und etwas zum Haushalt beigesteuert habe. Als ich meinen Job erst verloren hatte, war ich ihre Zeit nicht mehr wert, es sei denn, es ging darum, mich anzuschreien. Die Männer in Melbourne haben mich nicht einmal wahrgenommen. Nicht wirklich. Ich war nur ein Instrument, um Druck loszuwerden. Zu ihrer Verteidigung: Ich habe auch keinen von ihnen wirklich wahrgenommen. Aber Jeremy, er nimmt mich wahr und er schaut mich trotzdem auf diese Weise an."

„Verdammt, ich sollte mich besser daran gewöhnen, ihn Jeremy zu nennen, habe ich recht?"

15

NEIL GING nach ihrem Gespräch zurück zur Party, aber Sams Stimmung hatte sich geändert. Er wäre jetzt keine gute Gesellschaft mehr und wollte die anderen auch nicht mit seiner Grübelei belästigen. Er ging zurück zur Schlafbaracke und fand seinen Driza-Bone. Es war eine wundervolle Nacht mit einem klaren Sternenhimmel, weshalb Sam zurück auf die Veranda ging und sich an das Geländer lehnte, als er zum Nachthimmel hochschaute. Der Mond war noch nicht aufgegangen oder bereits wieder untergegangen – Sam wusste nicht, was es war, aber so konnte er den vollen Glanz der Sterne bewundern. Der majestätische Anblick raubte ihm den Atem.

„Hallo da drüben", rief Jeremy, während er von der Kantine kommend über die Straße schlenderte. „Du bist nicht zurück zur Party gekommen, da habe ich mir Sorgen gemacht."

„Mir geht es gut", versicherte Sam ihm. Ein Lächeln huschte über sein Gesicht, als er realisierte, dass das wahr war. „Ich hatte eine Unterhaltung mit Neil. Er hat uns zum Abendessen bei ihm und Molly am Sonntag eingeladen."

„Dein Bruder, der mich hasst, lädt uns ein mit ihm zu Abend zu essen? Was hast du ihm erzählt?"

„Ich habe ihm von Alison erzählt, von dir, von allem eigentlich", gestand Sam. „Ich habe ihm erzählt, dass du mich angesehen hast, als sei ich etwas wert."

„Du bist etwas wert", korrigierte Jeremy.

„Ja, da stimmt er mit dir überein", sagte Sam, „aber die Tatsache, dass du so denkst, hat ihn von dir überzeugt oder besser, hat den Anfang dazu gemacht."

„Ich dachte, wir wollten warten, bis deine Scheidung endgültig ist, bevor wir etwas miteinander anfangen", hakte Jeremy nach.

„Das tun wir", stimmte Sam zu, „aber ich muss ja keine weiteren vier Monate warten, um Neil daran zu gewöhnen, dass er dich um sich haben wird."

„Ich dachte wir warten bis zum Ende deiner Scheidung, um zu sehen, wo wir stehen", ergänzte Jeremy.

„Das war der Plan", gab Sam zu, „aber ich habe heute Nacht realisiert, dass ich keine vier Monate mehr brauche, um zu verstehen, was ich will. Ich muss vielleicht warten, um es zu bekommen und du wirst vielleicht deine Meinung ändern oder nicht bereit sein, dich zu entscheiden, aber ich bin es und das musste ich Neil mitteilen."

Jeremy ging einen Schritt auf Sam zu, jede Bewegung übermittelnd, bevor er sie ausführte, aber Sam hatte nicht das Bedürfnis ihn fernzuhalten. Wenn überhaupt, dann kam er dem Kuss entgegen. Jeremys Lippen waren im Gegensatz zu Sams spröde und rau, aber der Kuss selbst war unsagbar zärtlich, so als ob Sam Jeremy die Erfüllung jedes Wunsches auf einem Silbertablett präsentiert hätte und dieser nur nicht wusste, wie er sich selbst helfen sollte. Jeremy hob eine Hand, um Sams Kinn zu halten, seine Finger lehnten warm an seiner kalten Wange. Sam konnte Jeremys Schwielen auf dessen Haut spüren, die Berührung erinnerte ihn daran, mit wem er zusammen war und wie unglaublich glücklich er sich schätzen konnte, hier zu sein. Bei dem Gedanken daran erzitterte er.

Jeremy unterbrach seinen Kuss und hielt inne, seine Stirn an Sams gelehnt. „Ist alles in Ordnung, Kumpel?"

Sam wollte nicken und Jeremy versichern, dass er in Ordnung war, aber er konnte nicht. Er bebte förmlich, konnte aber nicht sagen, warum. Jeremy neigte seinen Kopf zur Seite und rieb ihre Nasen aneinander. „Kein Druck, Sam. Ich schwöre. Aber nach dem, was du gesagt hast ... Es tut mir leid, dass ich zu weit gegangen bin."

Sam holte tief Luft. Er wollte ihn nicht abweisen. Die Art und Weise wie Jeremy ihn hielt, wie ihre Nasen aneinander rieben und ihr Atem sich vermischte, war unerträglich vertraut, intimer, als aller Sex in den Hinterzimmern der Bars oder schäbigen Hotelzimmern gewesen war, selbst mehr als die Jahre, die er mit Alison verbracht hatte. Auch noch bevor alles in die Brüche ging, war es niemals so gewesen wie mit Jeremy jetzt.

„Ich ... weiß nicht, wie ich das machen soll", brachte Sam stockend hervor.

„Was machen?", hakte Jeremy nach.

„Alles. So fühlt es sich zumindest an", sagte Sam und lachte bitter.

„So sieht es von meiner Warte aus nicht aus", sagte Jeremy und zog Sam in die Baracke, wo es wärmer war. Anstatt Sam zu dem Stuhl an der großen Steinfeuerstelle zu lassen, wo er sonst immer saß, zog er ihn mit sich auf die Couch. „Du hast deinen Bruder davon überzeugt, keine Szene auf Chris' Party zu machen. Du hast ihm von uns erzählt. Du bist für dich selbst eingestanden, auch wenn er, da bin ich mir sicher, nicht gerade erfreut über die Neuigkeiten war."

„Eigentlich war es sogar seine größte Sorge, dass ich mich in etwas reinstürzen könnte, bevor ich bereit dazu wäre", erklärte Sam, „nicht, mit wem ich mich in etwas stürze."

„Das ist ... überraschend", sagte Jeremy langsam. „Ich hätte eine andere Art Reaktion von ihm erwartet."

„Entweder hast du ihn von dir überzeugt, ohne es zu merken oder er ist mir gegenüber weitaus loyaler, als ich dachte", sagte Sam.

„Also, was jetzt?", fragte Jeremy.

„Was meinst du?"

„Deine Scheidung wird vor September immer noch nicht rechtskräftig sein und wir haben erst Ende Mai, egal wie sehr ich mir etwas anderes wünsche", gab Jeremy zu bedenken. „Ich konnte den Moment nicht einfach so verstreichen lassen, ohne dich zu küssen, aber ich habe dir ein Versprechen gegeben und ich habe nicht vor, es zu brechen."

„Gut", bemerkte Sam, dessen Kopf sich immer noch drehte. „Ich weiß nicht, was jetzt passieren wird. Ich würde vorschlagen, wir machen einfach so weiter wie bisher, außer vielleicht, dass wir etwas mehr Zeit mit Neil und Molly verbringen werden. Ich glaube wirklich, dass ihr Freunde werden könntet, wenn ihr euch gegenseitig eine Chance gebt."

„Für dich würde ich dem Teufel persönlich eine Chance geben", versprach Jeremy. „Neil ist ein Hitzkopf. Als ich noch auf Taylor Peak gelebt habe, habe ich immer geglaubt, er sei ein hitzköpfiger Idiot und habe mich gewundert, warum Macklin sich mit ihm abgegeben hat, aber ich habe ihn, seit ich hier bin, arbeiten sehen und ich habe ihn mit dir gesehen. Er ist ein Hitzkopf, aber er ist kein Idiot."

„Nein, das ist er nicht", stimmte Sam zu. Er lehnte sich gegen Jeremys Schulter. „Ich denke nicht, dass wir uns allzu oft küssen sollten, denn aus einem Kuss wird so leicht das Verlangen nach mehr, aber hier so mit dir zu sitzen, das ist schön."

„Es ist schön", bestätigte Jeremy und drehte sich so, dass er seinen Arm um Sams Schultern legen konnte. Sam rutschte näher an ihn heran, bis sie sich berührten. „Es gibt viel mehr in einer Beziehung als Sex. Wir können die nächsten drei oder vier Monate damit verbringen den Rest aufzubauen und, wenn deine Scheidung durch ist, dann können wir Sex haben. Das Warten darauf wird es nur noch besser machen."

„Warum fühle ich mich wie eine Jungfrau, die auf ihre Hochzeitsnacht wartet?", wollte Sam wissen.

„Ich habe keine Ahnung", antwortete Jeremy schulterzuckend und grinsend, „aber ich werde mich nicht darüber beschweren, dass ich derjenige bin, den du auserkoren hast."

„Du weißt, dass ich nicht wirklich eine Jungfrau bin."

„Ich habe nie gedacht, dass es so wäre", erklärte Jeremy. „Aber ich mag den Gedanken, dass ich derjenige bin, mit dem du zusammensein willst."

Sam lächelte und rutschte noch näher. Ein Teil von ihm wünschte sich, dass die Scheidung bereits vorüber wäre, sodass sie sich keine Gedanken darüber machen müssten, was als nächstes käme, aber selbst mit diesem Schatten, der über ihnen lauerte, konnte Sam sich nicht vorstellen irgendwo anders zu sein, als da wo er jetzt war.

JEREMY LAG die Nacht erst spät im Bett – in seinem kalten, einsamen Bett, vielen Dank auch – und versuchte die Erregung, die sich langsam ausgebreitet hatte, seit er Sam auf der Veranda stehend fand, zu vergessen. Leider war seine Vorstellungskraft größer als seine Willenskraft. Er warf sich auf seiner schmalen Pritsche ruhelos hin und her, dankbar dafür, dass Lang Downs eine Schlafbaracke mit separaten Räumen für jeden Jackaroo besaß. Sie waren nicht supermodern, aber sie hatten Wände und eine Tür und boten zumindest die Illusion von Privatsphäre. Noch besser war: Sam hatte sich einen Raum gesucht, der auf der anderen Seite des Gemeinschaftsraumes lag, sodass die Chance, dass er Jeremy hörte, wenn er sich seinem Problem annahm, nur gering war.

Er schloss die Augen und rief sich das Bild von Sam auf der Veranda wieder in den Kopf, so offen und unschuldig, als Jeremy ihn das erste Mal geküsst hatte. Die ganze Jungfrauengeschichte mal beiseite, war Sam auf so viele Arten unschuldig. Das Leben hatte ihm teilweise übel mitgespielt, aber er war deshalb nicht kalt und verbittert geworden. Und er hatte Jeremy geküsst, als sei es die erstaunlichste Sache der Welt. Das war gut für Jeremys Ego, aber es bestätigte auch seinen Standpunkt. Dieser reine, zärtliche Kuss hätte nichts Besonderes sein sollen, und dennoch war er das gewesen. Jeremy konnte nicht anders, als sich zu wundern, was wohl sonst noch neu und speziell sein würde.

Er wusste auch sehr genau, dass er Sam niemals zu etwas zwingen würde, nicht zu einem zweiten Kuss, nicht zum Rummachen oder gar zum Sex. Was auch immer zwischen ihnen am Entstehen war, war zu wertvoll, um es durch unüberlegtes Handeln kaputt zu machen und Sam zu etwas zu drängen, was er noch gar nicht wollte. Er musste nur geduldig sein. Er war kein Teenager mehr. Er konnte warten.

JEREMY TRAT ungeduldig von einem Fuß auf den anderen, während sie darauf warteten, dass Molly oder Neil die Tür öffneten. Sam wäre ohne anzuklopfen reingegangen, aber Jeremy fühlte sich nicht wohl dabei. Irgendwann würde er es vielleicht so machen, aber nicht dieses Mal. Nicht, wenn er zum ersten Mal eingeladen war. Das war auch der Grund gewesen, warum er Arrow und Hawk in der Baracke gelassen hatte, obwohl Sam im versicherte, dass die beiden ruhig mitkommen könnten. Ein anderes Mal womöglich, aber nicht beim ersten

Mal, auch wenn Arrow sich mit Max, Neils Hund, genauso gut verstand wie mit Hawk.

„Sam, Jeremy, kommt rein", begrüßte Molly sie, als sie an die Tür kam. „Ihr braucht doch nicht zu klingeln."

„Das habe ich ihm gesagt", triumphierte Sam und lehnte sich vor, um seine zukünftige Schwägerin auf die Wange zu küssen. „Er bestand darauf, dass es beim ersten Besuch unhöflich wäre nicht zu klingeln."

„Ich akzeptiere es dieses Mal", sagte Molly mit einem Grinsen, als sie die Tür weiter aufmachte, damit die beiden eintreten konnten. „Neil, Sam und Jeremy sind hier!"

Jeremy hörte eine gedämpfte Stimme aus dem anderen Raum, konnte aber keine Worte verstehen. Sich an die Erziehung seiner Mutter erinnernd zog er die Stiefel aus und ließ sie im Flur bei den anderen Schuhen und Stiefeln stehen. Dann folgte er Molly und Sam ins Haus. Es war kleiner als das Haupthaus, aber von dem, was Jeremy sagen konnte, wurde es nach demselben Plan errichtet, wie das Haus in dem Macklin und Caine nun lebten: Wohnzimmer und Küche im Erdgeschoss und ein Treppenhaus, das nach oben zu den Schlafzimmern führte. Es schien für Jeremy so zu sein, dass alle Häuser auf der Farm, die mehr als ein Schlafzimmer hatten, nach diesem Plan gebaut waren, von daher war es nicht verwunderlich, dass auch das Haus des Vorarbeiters so gebaut war.

„Ich habe Carlton Old und Toohey's", verkündete Neil, als er ins Wohnzimmer kam. „Molly hat darauf bestanden, dass wir Wein zum Essen trinken, aber ich dachte, ihr würdet ein Bier vorneweg bevorzugen."

Jeremy grinste in sich hinein, als er Neils triumphierenden Gesichtsausdruck sah. „Ich nehme ein Carlton. Danke."

„Du könntest Hallo sagen, Neil", tadelte Molly ihn.

„Das habe ich", protestierte Neil. „Ich habe ihm ein Bier angeboten und so!"

„Du hast ihm ein Bier angeboten. Du hast nicht Hallo gesagt", korrigierte Molly ihn.

Neil rollte mit den Augen und drehte sich wieder zu Sam und Jeremy um. „Hallo Jeremy", sagte er.

Jeremy konnte nicht anders, als zu kichern. „Hi Neil. Danke für die Einladung."

„Jeder Freund meines Bruders und so weiter", fing Neil an und winkte mit der Hand ab. „Lasst mich das Bier holen. Sam, du nimmst ein Toohey's, richtig?"

„Ja, bitte."

„Komm rein und setz dich", sagte Molly. „Hast du dich gut eingelebt? Ist die Baracke komfortabel genug?"

„Alles gut", versicherte Jeremy ihr. „Nichts Besonderes natürlich, aber es ist warm und trocken und seien wir mal ehrlich, was kann ich sonst noch verlangen?"

„Da fallen mir einige Sachen ein", gab Molly mit einem Lachen zurück, „aber ich bin Dekorateurin. Ich möchte, dass alles eine persönliche Note hat."

„Ja, die Schlafbaracke ist nicht gerade sehr persönlich", gab Jeremy zu, „aber es ist besser als all die anderen Alternativen, die ich zu dieser Jahreszeit habe."

„Hat dein Bruder dich wirklich von Taylors Peak geworfen?", wollte sie wissen. „Es tut mir leid, das geht mich wirklich nichts an."

„Ist schon gut", sagte Jeremy. „Und ja, um deine Frage zu beantworten, er hat mir gesagt, dass ich nicht zurückkommen soll, bis ich bereit bin, zu spuren und zu heiraten. Er hat womöglich ein paar wenig schmeichelhafte Dinge über Caine und Macklin gesagt. Ich habe nie so gedacht wie er, aber ich habe das alles wohl ignoriert. Ich konnte den Rest aber nicht ignorieren."

„Nein, natürlich nicht", stimmte Molly zu. „Du hast alles richtig gemacht, indem du hergekommen bist. Neil, du solltest mit Macklin darüber sprechen, dass er ein Haus für die Beiden fertig macht."

Jeremy hustete vor Überraschung. „Die Schlafbaracke ist in Ordnung", sagte er. „Wirklich."

„Das mag jetzt in Ordnung sein", gab Molly zu bedenken. „Aber wie wird es im August sein, wenn die Baracke wieder voll ist und alle euch komisch anschauen, wenn ihr Zeit miteinander verbringen wollt?"

„Dann kommen wir einfach zu euch", erklärte Sam.

„Ihr seid hier immer willkommen", sagte Neil, „ihr beide, aber unser Wohnzimmer bietet nicht gerade mehr Privatsphäre als die Schlafbaracke. Wenn ihr dieses Pärchen-Ding wirklich durchziehen wollt, sobald Sams Scheidung durch ist, dann braucht ihr einen Platz für euch allein. Es sei denn, du denkst daran, auf eine andere Farm zu gehen."

„Nicht, wenn Macklin mich nicht feuert", antwortete Jeremy. „Ich muss mir hier keine Gedanken darüber machen, dass ich zusammengeschlagen werde oder dass man auf mich herabsieht oder sich über mich lustig macht. Überall anders endete es damit, dass ich ständig über meine Schulter schauen musste. Das bedeutet jedoch nicht, dass wir Caine und Macklin wegen eines Hauses belästigen müssen. Ich möchte keine Belastung für die Farm sein."

„Behalte im Hinterkopf, dass es einfacher ist, ein Haus im Winter zu bauen als im Sommer, weil da weniger los ist", sagte Neil. „Wenn wir es jetzt nicht tun, dann könnte es noch einen ganzen Sommer dauern, bevor wir wirklich Zeit haben, daran zu arbeiten."

„Ich denke darüber nach", versprach Jeremy.

SAM ZITTERTE, als er zu Bett ging. Der Juni war unerwartet kalt geworden und heute war es bei Weitem am Schlimmsten. Selbst mit seiner langen Unterwäsche war es ihm den ganzen Tag über kalt gewesen. Er konnte sich kaum vorstellen, wie es für die Jackaroos auf den Weiden gewesen sein musste. Er zog die Decke hoch und versuchte, sich warme Gedanken zu machen, aber der Wind pfiff durch den Dachvorsprung der Schlafbaracke und Sam schwor, dass er jede Böe durch die Wände und seine Decke spüren konnte. Hawk hatte sich neben ihm eingerollt, aber obwohl ihr Körper warm war, war sie nicht groß genug, um mehr als ein paar Finger vor dem Erfrieren zu schützen. Er wusste, dass es lächerlich war. Die Baracke war wasserdicht und beheizt, aber Sam wurde einfach nicht warm. Er dachte sehnsüchtig an Neils Vorschlag, dass er und Jeremy sich ein eigenes Haus auf der Farm bauen sollten, ein Haus, in dem sie die Heizung soweit aufdrehen konnten, wie sie wollten oder sich zusammen unter die Decke kuscheln konnten, ohne sich darüber Gedanken zu machen, was andere dachten. Das war eine tolle Idee, aber es würde ihm heute Nacht nicht helfen.

„Das ist verrückt", murmelte er. „Hier gibt es Dutzende von anderen Räumen. Ich werde mir einfach eine Decke aus den anderen Zimmern holen." Er zog sich seine Jeans und sein Hemd wieder an, damit er nicht in seiner Unterwäsche durch die Gegend lief, selbst in der langen nicht, falls Jeremy noch wach war, und ging in das Nebenzimmer. Er stöberte durch die untere Kiste auf der Suche nach einer Decke. Er kramte die Decke heraus und schüttelte sie aus. Eine Plastiktüte fiel zwischen den Falten heraus und landete auf seinem Fuß. Er hob die Tüte stirnrunzelnd auf und versuchte herauszufinden, was sie enthielt. Es dauerte eine Weile, bis er die besondere Form der Blätter erkannte. „Oh, Scheiße. Jeremy!"

„Was ist los?", hörte er Jeremy aus dem anderen Zimmer fragen.

Mit der Tüte zwischen zwei Fingern, als könnte sie ihn beißen, rannte Sam in Richtung des Gemeinschaftsraumes. „Ich, ähm … Ich habe das gefunden, als ich auf der Suche nach einer zweiten Decke war. Ich denke nicht, dass so etwas hier sein sollte."

Jeremy nahm Sam die Tüte aus der Hand. „Nein, sollte es nicht, aber ich bin nicht überrascht. In meiner ersten Nacht hier dachte ich, ich hätte Marihuana im Tabakrauch gerochen, aber danach nicht wieder und so dachte ich, ich hätte es mir nur eingebildet. Offensichtlich nicht."

„Was tun wir jetzt?", wollte Sam wissen.

„Wir sagen es Macklin gleich morgen früh", sagte Jeremy. „Wenn es nur die eine Tüte ist, dann entsorgen wir sie. Wenn es mehr als eine Tüte ist, dann weiß ich auch nicht, aber Macklin wird es wissen."

„Sollen wir jetzt nachsehen?", fragte Sam.

„Nein", antwortete Jeremy. „Du solltest ins Bett gehen. Deine Lippen sind blau. Wir reden morgen früh mit Macklin und durchsuchen die Schlafbaracke mit Caines und seiner Hilfe."

„Das wird sie aufregen", stellte Sam fest.

„Hey", sagte Jeremy, griff Sams Arm und schüttelte ihn ein wenig. „Solange das nicht dein Gras ist, bist du auch nicht derjenige, der dafür verantwortlich ist. Das geht auf wen auch immer, der das Zeug auf Caines Eigentum geschleppt hat. Du hilfst, indem du das Ganze Caine berichtest. Sie werden herausfinden, wessen Zimmer das war sicherstellen, dass der Vogel im nächsten Frühling nicht wieder eingestellt wird. Wir werden beim Ausreiten ein Auge offen halten, um sicherzugehen, dass der Bastard keine versteckten Plantagen auf Caines Eigentum angelegt hat und wir werden uns darum kümmern, falls es doch so sein sollte. Wenn du das nicht gefunden hättest, dann hätte der Jackaroo jeder Zeit zurückkommen und alles ins Chaos stürzen können."

„Ich hasse es, der Überbringer schlechter Nachrichten zu sein", sagte Sam.

„Das ist verständlich", lenkte Jeremy ein und zog Sam etwas näher an sich heran. Sam ließ es geschehen, Jeremys Wärme wie Balsam für Körper und Seele. „Keiner mag es, den Menschen, die er liebt, schlechte Nachrichten zu überbringen, aber es könnte viel schlimmer sein, wenn du es ihnen nicht sagst."

Sam dachte eine Minute darüber nach. Er hatte Berichte in der Zeitung gelesen und in den Nachrichten davon gehört, dass Menschen ins Gefängnis mussten, da sie Marihuana angebaut und verkauft hatten und, wenn die Behörden Plantagen auf Lang Downs entdecken würden, dann wäre es schwer für Caine und Macklin zu beweisen, dass sie diese nicht gepflanzt hatten und auch nichts davon wussten. Es war besser, das Problem zu beseitigen, bevor es so weit kam. „Ja, du hast recht. Wir reden morgen früh mit ihnen."

„Lass die Tüte einfach auf dem Tisch liegen", sagte Jeremy. „Es ist sonst niemand hier. Da wird es keiner klauen."

Sam nickte, aber er stand nicht auf. Es fühlte sich zu gut an, in Jeremys Armen zu liegen. Und zu Sams Erleichterung löste auch Jeremy sich nicht aus der Umarmung.

„Gehst du ins Bett?", wollte Jeremy mit einem Grinsen wissen.

„Es ist kalt", beklagte sich Sam. „Mir will einfach nicht warm werden, selbst mit Hawk eingerollt neben mir."

„Hast du deshalb nach einer weiteren Decke gesucht?", fragte Jeremy.

Sam nickte. „Aber irgendwie glaube ich, dass auch das nicht wirklich helfen wird, denn ich fühle mich, als hätte ich keine Wärme mehr übrig, um sie an die Decke abzugeben."

„Bist du krank?", wollte Jeremy wissen.

„Nein, mir ist nur kalt", beharrte Sam. „Das war schon den ganzen Tag lang so. Kamis Eintopf zum Abendessen hat geholfen, aber dann bin ich rausgegangen, um hierherzukommen und das hat alles wieder zunichtegemacht."

„Wenn es September wäre, dann hätte ich da einige Vorschläge für dich gehabt", sagte Jeremy mit den Augenbrauen wackelnd.

„Wenn es September wäre, dann wäre es jetzt nicht kalt", gab Sam zurück. „Nicht so kalt zumindest. Das ist Juniwetter, nicht Septemberwetter."

„Man weiß ja nie", sagte Jeremy. „Das Wetter hier ist unvorhersehbar. Es wäre zwar kein typisches Septemberwetter, aber ich kann mich daran erinnern, dass wir einige Jahren lang für die Saison untypisch kalte Temperaturen hatten, die bis in den Oktober anhielten."

Sam zitterte erneut. „Also irgendwelche Ratschläge für Mitte Juni anstatt für September?", wollte er wissen.

„Wer hat das größere Bett?", fragte Jeremy. „Du oder ich?"

„Keine Ahnung. Warum?"

„Weil wir uns dann zusammen hinlegen können, bis du dich aufgewärmt hast", schlug Jeremy vor. „Wenn du erst mal aufgewärmt bist, werden dich die Decken warm halten und ich kann in das andere Zimmer gehen, um zu schlafen."

„Das ist dir gegenüber nicht wirklich fair", stellte Sam fest.

„Ich bin mir nicht mal sicher, ob überhaupt eins unserer Betten groß genug für zwei ausgewachsene Männer ist", bemerkte Jeremy. „Sie sind nur für eine Person gedacht."

„Ich weiß", antwortete Sam, „aber mir gefällt die Vorstellung, mit dir zusammen zu schlafen. Neben dir zu schlafen, meine ich!"

Er wurde puterrot.

Jeremy rieb seine Nase an Sams. „Ich persönlich finde beide Vorstellungen reizvoll, aber ich bin auch nur ein Mensch, Sam. Es kostet mich die meiste Zeit wirklich viel Kraft, dich nicht zu bespringen. Neben dir zu schlafen und aufzuwachen, das würde es nur noch schwerer machen. Ich sage nicht, dass ich es nicht machen würde, wenn es das ist, was du willst. Ich sage nur, dass du darüber nachdenken sollst, was du verlangst und was es bedeuten könnte."

Sam *hatte* bereits darüber nachgedacht. Er hatte *viel* darüber nachgedacht. Dieser eine Kuss, den sie auf der Veranda geteilt hatten und all die Abende, die sie biertrinkend und über den Tag und ihre schönsten Kindheitserinnerungen aus der Winterzeit redend vor dem Kaminfeuer verbracht hatten, hatten Sam keine

Zweifel daran gelassen, was er wollte und mit wem er es wollte. „Zweieinhalb Monate noch", sagte er. „Alison hat die Papiere am ersten Juni eingereicht. Die Gerichtsverhandlung ist für Ende Juli angesetzt. Und einunddreißig Tage danach bin ich ein freier Mann."

„Und wenn du frei bist, dann entscheiden wir, was wir tun wollen", sagte Jeremy. „Aber heute Abend müssen wir dich erst einmal aufwärmen. Das bedeutet, entweder nimmst du mich für ein paar Minuten oder ein Heizkissen."

„Ich möchte, dass du mich aufwärmst", sagte Sam und zitterte bei dem Gedanken, dass er und Jeremy gemeinsam Hand in Hand durch den Flur und in eines der Zimmer gehen würden, sich Jeans und Hemd ausziehen würden und dann gemeinsam unter die Bettdecke krochen wie Liebende, wie Partner. „Aber ich denke, dass es sicherer wäre, wenn ich das Heizkissen nehme."

„Ich habe eins in meinem Zimmer", sagte Jeremy. „Ich hol es dir."

Sam nickte, löste seine Arme aber nicht von Jeremys Taille. Jeremy schmunzelte und tippte auf Sams Handgelenke. „Du musst mich schon loslassen, wenn ich dir das Kissen holen soll."

„In einer Minute", sagte Sam. Er konnte nicht sagen, warum er heute Nacht so anhänglich war, außer wegen der Kälte, aber er würde sich nicht selbst verleugnen, wenn es sich so gut anfühlte und niemandem schadete.

„Okay", lenkte Jeremy ein und legte seine Arme um Sams Taille. „Sag mir einfach Bescheid, wenn du soweit bist."

Sam lehnte sich an Jeremy und atmete tief ein. Jeremy musste vor dem Abendessen geduscht haben, denn er roch nach Zedernholz und Minze, nicht nach Staub und Tieren. Er strich mit einer Hand über Jeremys Nacken und spielte gedankenverloren mit seinen kurzen Haaren. „Sam, Schatz", sagte Jeremy, sein Atem an Sams Ohr kitzelnd, „falls du nicht vorhast, deine Meinung darüber zu ändern, wo du heute Nacht schläfst, dann solltest du damit aufhören, mich zu reizen. Ich bin nicht aus Stein."

Sam atmete scharf ein und trat einen Schritt zurück. „Tut mir leid. Das war nicht meine Absicht –"

Jeremy brachte ihn mit einem Kuss zum Schweigen.

„Entschuldige dich niemals dafür, dass du mich berühren willst", sagte Jeremy, als er den Kopf hob. „Ich würde nichts lieber tun, als dich zurück zu meinem Bett zu bringen und dich die ganze Nacht lang warmzuhalten. Ich will nur, dass du weißt, was es mit mir macht, wenn du mich berührst und dass du das im Hinterkopf behältst, wenn du es tust, okay?"

„Okay", sagte Sam zittrig. „Ich weiß, dass das dir gegenüber nicht fair ist."

„Hey, ich wusste worauf ich mich einlasse, als ich mich auf dich eingelassen habe, erinnerst du dich? Du hast mir von Anfang an gesagt, dass deine Scheidung nicht vor September durch sein würde. Nur weil es schwerer ist, als ich dachte, bedeutet das nicht, dass ich meine Entscheidung bereue. Wenn erst mal alles geregelt ist, fahren wir ein Wochenende irgendwohin, wo uns keiner kennt und verbringen das ganze Wochenende im Bett."

Sam zitterte dieses Mal vor Verlangen, nicht vor Kälte. „Das klingt wundervoll. Wenn du weiter so redest, werde ich das Heizkissen wohl nicht mehr brauchen."

„Wenn ich weiter so rede, dann werde ich vergessen, dass es noch nicht September ist", gab Jeremy ihm zu verstehen. Und als er sich dieses Mal aus der Umarmung löste, gab Sam ihn frei.

Jeremy verschwand im Flur und kam eine Minute später mit einem elektrischen Heizkissen zurück. „Steck das ein und leg es zwischen die Decken, dann sollte es dich gut aufwärmen", sagte Jeremy und gab Sam das Kissen.

„Danke", sagte Sam. Er stellte die Marihuana-Tüte auf den Tisch und ging, mit dem Heizkissen in der Hand, wieder in Richtung seines Zimmers. Als er die Tür erreicht hatte, drehte er sich um, um Jeremy anzuschauen. „Der September kann gar nicht schnell genug kommen."

Jeremy verkrampfte sich, als ob er gegen sich selbst ankämpfen musste. Sam nahm das als Signal, sich zurückzuziehen. Er ging in sein Zimmer und schloss die Tür hinter sich.

Zwischen dem Heizkissen, Hawk und der Extradecke war es ihm endlich möglich die Kälte zu vergessen, aber seine Träume waren voll mit schemenhaften Bildern von muskulösen Körpern, die ihn von hinten umarmten, ihn eng an sich drückten und ihn warm hielten.

16

„HAST DU eine Minute, Macklin?", fragte Sam nach dem Frühstück am nächsten Morgen.

„Natürlich", antwortete Macklin. „Gibt es ein Problem?"

„So etwas in der Art", fuhr Sam fort. „Ich wollte mit Caine darüber reden, aber ich habe ihn heute noch nicht zu Gesicht bekommen."

„Er ist mit Patrick nach Boorowa gefahren", erklärte Macklin ihm. „Er sollte heute Abend wieder zurück sein. Sollen wir auf ihn warten?"

„Nein, ich denke, das ist schon okay", meinte Sam. „Könntest du mit zur Schlafbaracke kommen?"

Macklin nickte und Sam ging mit ihm über die Hauptstraße bis zur Schlafbaracke.

„Es war kalt letzte Nacht", begann Sam zu berichten, „also bin ich in eines der anderen Zimmer gegangen, um mir eine zweite Decke zu holen. Ich dachte mir, ich könnte sie ja waschen und zurücktun, bevor wir neue Leute im Frühling anheuern würden, von daher sah es nicht aus, als würde dies ein Problem sein."

„Ist es nicht, was mich betrifft", antwortete Macklin. „Wenn du sie weiterhin benötigst, können wir auch jederzeit eine Extradecke kaufen."

„Nein, schon gut, ich bin mir sicher, dass ich sie nicht mehr brauchen werde, aber das ist nicht das Problem", fuhr Sam fort, während sie reingingen. Er nahm die Tüte hoch und gab sie Macklin. „Ich habe das hier in die Decke eingewickelt gefunden."

Macklins Züge wurden hart. „Welcher Raum?"

Sam zeigte es ihm.

„Jenkins", presste Macklin hervor. „Ich hätte es wissen müssen. Er hat den gesamten Sommer damit verbracht, so wenig wie möglich zu arbeiten. War das alles?"

„Ich weiß es nicht", sagte Sam. „Ich habe Jeremy gerufen und er meinte, wir sollten warten und es dir am Morgen zeigen, um dann gemeinsam suchen zu können."

„Alles klar", sagte Macklin, als er das Zimmer betrat, das Jenkins genutzt hatte. „Lass uns die Suche beginnen."

Sie verbrachten die nächsten zwanzig Minuten damit, den gesamten Raum auf den Kopf zu stellen. Sie öffneten Schubladen und kontrollierten sowohl die Böden als auch den Inhalt, durchsuchten die Schränke und die Wäsche, sogar die Matratze wurde umgedreht, um sicherzustellen, dass sie nicht aufgeschnitten und repariert wurde, aber sie fanden keine weiteren Anzeichen für Marihuana oder andere Drogen im Zimmer.

„Wir müssen auch die anderen Zimmer durchsuchen", sagte Macklin, als sie fertig waren. „Wir müssen sicher sein, dass er es nicht irgendwo anders versteckt oder ein anderer etwas davon bekommen hat."

„Im Büro gibt es heute nichts zu tun, was meiner Aufmerksamkeit bedarf", sagte Sam. „Ich kann hier drinnen suchen, falls du andere Dinge zu tun hast."

Macklin dachte einen Moment darüber nach. „Wenn es dir wirklich nichts ausmacht, dann würde ich kontrollieren, wo er das Zeug her hatte. In Cowra gab es vor ein paar Jahren einen Viehzüchter mit einem ähnlichen Problem. Sie haben Pflanzen auf seinem Land gefunden und er wäre dafür beinahe in den Knast gewandert, hätte nicht einer seiner Jackaroos noch zugegeben, dass er sie selbst angepflanzt hat. Ich würde mich um einiges besser fühlen, wenn ich mir sicher sein könnte, dass das nicht auch bei uns passiert ist."

„Tu, was du tun musst", sagte Sam. „Ich werde hier drinnen suchen und, wenn ich noch etwas finde, dann werde ich mir notieren, wo es war. Reite nicht allein raus. Nimm dir jemanden mit."

Macklin lächelte, auch wenn es etwas gekünstelt wirkte. „Ich werde Jeremy mitnehmen, da er sowieso schon weiß worum es geht. Erzähl niemandem außer Caine hiervon, bis ich dir das Okay dazu gebe."

„Werde ich nicht", versprach Sam.

„JEREMY, SATTEL auf!", ordnete Macklin an, als er den Stall betrat, in dem Jeremy und ein paar der anderen Jackaroos die Ausrüstung pflegten.

„Was ist los, Boss?", wollte Jeremy wissen, als er von seinem Platz aufstand.

Macklin antwortete nicht, aber ein leichtes Kopfnicken in Richtung der Paddocks, wo die Pferde standen, war Antwort genug für Jeremy. Macklin wollte vielleicht nicht in Anwesenheit der anderen darüber reden, aber Jeremy konnte es erahnen. Er nahm sich einen Sattel und Zaumzeug aus der Sattelkammer und folgte Macklin nach draußen, Arrow bei Fuß.

Ein paar Minuten später waren sie bereits in Richtung Talausgang aufgebrochen. „Glaubst du wirklich, dass er hier etwas angepflanzt hätte?", fragte Jeremy.

„Zu gefährlich", antwortete Macklin. „Im Tal selbst hätte er riskiert, dass es jemand entdeckt. Um etwas anzubauen, hätte er die Pflanzen auf einer der oberen Weiden ansiedeln müssen, vermutlich außerhalb der Straßen und den direkten Verbindungen zwischen den Treiberhütten."

„Also reiten wir einfach so drauf los oder hast du eine Ahnung, wo wir suchen müssen?", hakte Jeremy nach.

„Jenkins hat sich meist freiwillig für das Team gemeldet, das in Richtung der südlichen Weiden geritten ist", erklärte Macklin. „Vielleicht ist das nur Zufall und ich habe auch nichts, was diese Vermutung untermauert, aber eine Überprüfung ist es definitiv wert."

Jeremy nickte und folgte Macklin durch das Tor.

Zwei Stunden später, als sich ein Sturm am Horizont zusammenbraute und die Temperatur fiel, stellte Jeremy die Klugheit ihrer Suche in Frage. „Wir müssen zurück", sagte er. „Wir können morgen weitersuchen, falls du nicht davon überzeugt bist, dass du alles kontrolliert hast."

Macklin sah aus, als wollte er darüber streiten, aber er betrachtete den Himmel und lenkte ein. „Ich werde heute Nacht mit Caine sprechen, wenn er zurück ist." Er schaute erneut nach oben. „Oder morgen, wenn es so schlimm wird, dass er die Nacht in Boorowa verbringen muss. Ich weiß, dass keiner der Ganzjährigen involviert ist. Wir können ihnen vertrauen, dass sie uns helfen und ein Auge offen halten. Ich möchte nur vorher mit Caine darüber reden."

Jeremy nickte und ritt mit seinem Pferd auf dem Weg zurück, den sie gekommen waren. Er hatte sein Pferd in den Galopp gebracht, als ein Donnerschlag krachend niederging und ihn erschreckte. Als sein Pferd vor Schreck scheute, dachte er für einen Moment, dass er den Halt verlieren würde, konnte letztendlich aber die Kontrolle behalten. Er drehte sich um, um nach Macklin zu sehen, nur um den Vorarbeiter auf dem Boden liegen zu sehen, sein Pferd über ihm stehend.

„Scheiße", fluchte Jeremy und lenkte sein Pferd zurück in Macklins Richtung. „Bist du in Ordnung?"

„Ich denke nicht", antwortete Macklin. „Ich bin mir ziemlich sicher, dass ich gespürt habe, wie etwas in meinem Knie sich verabschiedet hat, als ich gefallen bin."

Jeremy runzelte die Stirn und stieg von seinem Pferd. Er kniete sich neben Macklin und tastete sein Bein vorsichtig ab. Macklin zischte vor Schmerzen. „Ja, hier stimmt definitiv etwas nicht."

„Wo ist das Funkgerät?", wollte Jeremy wissen.

Macklin gab es ihm. Jeremy schaltete es ein und funkte die Farm an. Keiner antwortete. Er wechselte den Sender und versuchte es erneut.

„Nichts", sagte er.

„Es könnte daran liegen, dass der Sturm den Empfang stört oder an den Batterien. Ich habe das Funkgerät die letzte Nacht an der Ladestation gehabt, aber es könnte sein, dass es nicht funktioniert hat."

„Also, was tun wir jetzt?", wollte Jeremy wissen. „Glaubst du, dass du reiten kannst, wenn ich dir helfe?"

„Nicht weit", sagte Macklin. „Da ist eine Hütte hinter dem nächsten Anstieg. Wenn ich bis dahin komme, kannst du zurückreiten, um den Ute zu holen. Selbst wenn der Sturm ausbricht, werde ich dort sicher sein, bis du zurückkommst."

„Ich mag die Vorstellung, dich alleine zurückzulassen, nicht."

„Ich werde es nicht auf einem Pferd zurück ins Tal schaffen", sagte Macklin. „Und schon gar nicht auf Ned. Vielleicht, wenn du Titan genommen hättest, dann hätten wir wechseln können, aber es gibt keine Möglichkeit, wie ich mit einem kaputten Knie auf Ned oder Cloudy reiten könnte."

Jeremy kräuselte die Lippen. „Okay, lass sehen, ob wir dich auf Cloudy kriegen. Ich kann Ned zu der Treiberhütte führen und ihn im Stall dort unterbringen."

Sie schafften es, mit etwas Gefluche, Macklin auf Cloudys Rücken zu hieven, aber es war genug, um Jeremy zu zeigen, dass Macklin recht hatte. Wie ungern Jeremy Macklin auch allein in der Treiberhütte zurückließ, er würde es in diesem Zustand nicht zurück zur Farm schaffen, selbst wenn Jeremy Ned reiten konnte. Sie schafften es bis zur Hütte und begannen, Macklin mit viel Mühe vom Pferd zu holen, ohne ihn dabei noch schwerer zu verletzen. Jeremy ließ Cloudys Zügel los, um Macklin zu stabilisieren, als das Pferd seine Chance davonzugaloppieren nutzte, sobald es konnte. Arrow rannte hinterher, bellte böse, aber der Kelpie war kein Gegner für ein Pferd. Jeremy pfiff, damit er zurückkam. Es würde ein langer, elender Weg zurück zur Farm werden.

„Reite auf Ned", schlug Macklin vor und humpelte nach drinnen.

„Ich dachte, du hättest gesagt, dass kein anderer Ned reiten kann", wunderte sich Jeremy.

„Welche Wahl haben wir?", fragte Macklin. „Das Funkgerät kommt nicht durch. Wenn du gehst, selbst wenn der Sturm nicht ausbricht, würde es Stunden dauern, bis du zurück wärst. Reite auf Ned."

„Wenn er mich abwirft und ich mir das Genick breche, dann mache ich dich dafür verantwortlich", drohte Jeremy.

„Sprich … sprich einfach mit ihm, bevor du aufsitzt", riet Macklin ihm. „Sag ihm, wer du bist und was du von ihm willst. Ich weiß, das klingt, als wäre ich ein Idiot, aber das ist es, was ich tue. Jedes Mal, wenn ich ihn reite, erinnere ich ihn daran, dass ich es bin und sage ihm, was wir heute machen werden.

Die Schwachköpfe, die versuchen ihn zu reiten, um sich selbst zu beweisen, interessiert das nicht."

„Okay", sagte Jeremy. „Wenn es das ist, was ich tun muss, dann versuche ich es. Brauchst du noch irgendetwas, bevor ich gehe?"

Macklin schüttelte den Kopf. „Ich mach mir ein Feuer an und wickle mich in einer Decke ein. Du wirst nicht lange genug weg sein, als dass ich mehr als das brauchen würde."

Jeremy hoffte, dass Macklin recht damit hatte. „Okay, aber ich werde das Feuer anmachen. Du kannst es am Brennen halten, während du auf einem der Stühle sitzt, aber dich zu bücken, um es zu entfachen, wäre schlecht für dein Knie."

Macklin schaute finster drein, aber Jeremy ignorierte ihn. Er zündete schnell ein Feuer auf dem Kaminrost an und wartete bis es brannte. Währenddessen holte sich Macklin eine Decke von den Pritschen und positionierte sich selbst auf einem Stuhl nahe der Feuerstelle. Jeremy nahm sich eine Flasche Wasser und platzierte sie gut erreichbar für Macklin. „Du hast das Funkgerät, stimmt's?"

„Ja", sagte Macklin.

„Versuche weiter, durchzukommen. Nur für den Fall, dass Ned nicht kooperiert und ich doch noch zurücklaufen muss", sagte Jeremy.

„Werde ich", versprach Macklin, „aber er wird kooperieren."

„Arrow, bleib bei Macklin", befahl Jeremy dem Kelpie. Es würde ein schneller, harter Ritt zurück zur Farm werden, vorausgesetzt, Ned würde ihn auf sich reiten lassen und das wollte er seinem Hund nicht antun.

Jeremy wünschte sich, er könnte so sicher sein, aber er unterdrückte seine Nervosität, als er wieder nach draußen ging, dorthin, wo Ned geduldig wartete. Er streichelte die Nase des großen Pferdes, erleichtert, dass er nicht versuchte, ein Stück aus Jeremys Hand zu beißen. „Hey du, Ned", sagte er. „Ich bin Jeremy. Ich bin ein Freund von Macklin. Er ist in der Hütte und er ist verletzt. Er braucht uns, damit wir Hilfe für ihn holen können, was bedeutet, dass ich darauf angewiesen bin, dass du mich auf dir reiten lässt, in Ordnung? Wir reiten zurück zur Farm. Wir finden Neil oder Ian oder einen der anderen und fahren mit dem Ute zu Macklin zurück, damit wir ihn zurück zum Haus schaffen und ihn wieder zusammenflicken können. Wirst du mir dabei helfen?"

Jeremy kam sich etwas albern vor auf diese Weise mit einem Pferd zu sprechen, aber Ned stupste mit seiner Nase gegen Jeremys Brust und Jeremy fand, dass dies am ehesten ein Zeichen war, dass es losgehen könnte. Er streifte die Zügel über Neds Kopf und stellte sich neben ihn. „Ich werde mich jetzt in den Sattel schwingen, okay? Ich werde nichts tun, um das du dir Sorgen machen musst. Genau wie bei Macklin, richtig?"

Ned bewegte sich etwas, aber er kämpfte nicht dagegen an, als sich Jeremy auf seinen Rücken schwang, sich auf dem Stocksattel niederließ und die Steigbügel auf die richtige Länge brachte. Macklin war um einige Zentimeter größer und hatte längere Beine. „Okay, bist du bereit, mich zurück zur Farm zu bringen?", fragte Jeremy Ned.

Ned schüttelte den Kopf, die Bewegung sich über seinen gebogenen Nacken bis zu seinem Widerrist ausbreitend. Jeremy lehnte sich ein Stück nach vorne und klopfte mit einer behandschuhten Hand leicht auf die zuckende Schulter. „Entspann dich, Kumpel", sagte er. „Ich weiß, ich bin nicht Macklin, aber ich werde dir nicht wehtun. Alles, was ich von dir will, ist, dass du mich zurück zur Farm bringst, damit ich deinem Freund helfen kann. Lass uns gehen, ja?" Er nahm die Zügel auf, um Ned zurück zur Farm zu leiten.

Dieses Mal verstand Ned das Zeichen und bewegte sich in einem leichten Handgalopp Richtung Farm. Jeremy stimmte mit der Leichtigkeit eines erfahrenen Reiters seine Bewegungen mit denen des Pferdes ab. Er mochte dieses Pferd nicht kennen, aber er ritt bereits seit er laufen konnte und Neds Gangart war geschmeidig und leicht. Er verstand nun, weshalb Macklin so gerne auf ihm ritt.

Ned scheute etwas, als ein Blitz den dunkler werdenden Himmel erhellte, aber nach kurzer Zeit hatte er sich wieder gefangen. Jeremy seufzte vor Erleichterung. Er wollte nicht riskieren, von Ned zu stürzen und seine schnellste Transportmöglichkeit zur Farm zu verlieren.

Am Hinweg hatten er und Macklin sich Zeit gelassen, sie hatten auf ihrem Weg nach Marihuanapflanzen gesucht, aber Jeremy hatte jetzt keine Zeit gemütlich zu reiten und Ned spürte seine Dringlichkeit und ging in einen schnellen Galopp über. Die Art von Geschwindigkeit, die er für einige Zeit aufrechterhalten konnte, ohne dabei zu erschöpfen. Auf Taylor Peak, wo er Pferde hatte, die er besser kannte als Ned, wäre er wohl schneller geritten, sich ihres Durchhaltevermögens sicher, aber obwohl er Neds Fähigkeiten keinesfalls anzweifelte, war dies immer noch Macklins Pferd und Jeremy würde keine unnötigen Risiken mit ihm eingehen.

„Wo ist Macklin?", rief Neil, sobald er nah genug war, um zu erkennen, dass Jeremy auf Ned ritt.

„Er ist verletzt", sagte Jeremy, sprang von Neds Rücken herunter und drückte die Zügel dem nächstbesten Jackaroo in die Hand. Er bemühte sich nicht einmal, zu schauen, wer es war. Falls Ned sich losreißen würde, dann wäre es nur innerhalb des Paddocks und der relativen Gemütlichkeit, die er bereithielt. „Cloudy ist abgehauen. Ich habe Macklin zu einer der Hütten geschafft und bin auf Ned zurückgeritten."

„Du bist entweder ziemlich mutig oder verdammt dumm", sagte Neil. „Welche Hütte?"

„Ich bring dich hin", sagte Jeremy, „aber irgendjemand muss den Doktor verständigen. Macklins Knie ist verletzt. Ich glaube nicht, dass es gebrochen ist, aber es sollte jemand drübergucken. Bis wir wieder zurück wären, wäre der Doc auch hier."

„Ian, ruf Doktor Peters. Sag ihm, dass Macklin ein verletztes Knie hat. Jeremy und ich bringen ihn zurück. Und ruf Caine an. Ich weiß nicht, was er heute gemacht hat, aber er wird es so schnell wie möglich erfahren wollen, auch wenn er nicht vor dem Doktor hier sein kann."

„Hab's verstanden", rief Ian zurück, als er ins Haus lief. Einen Moment später erschien er wieder und warf Neil die Schlüssel zu.

„Lass uns gehen", sagte Neil. Jeremy kletterte auf die andere Seite des Ute und teilte Neil mit, welche Straße er nehmen musste.

„Was habt ihr da draußen gemacht?", fragte Neil. „Der Wetterbericht hat Sturm vorhergesagt. Macklin hat allen gesagt, dass sie nahe ihrem Zuhause bleiben sollen."

„Sam hat letzte Nacht Gras in der Schlafbaracke gefunden", erzählte Jeremy. „Macklin wollte sichergehen, dass es keine Plantagen auf der Farm gibt."

„Schwachkopf", murmelte Neil. „Und das hätte keinen weiteren Tag warten können?"

„Scheinbar nicht", sagte Jeremy. „Er und Sam haben die Schlafbaracke auf der Suche nach mehr auf den Kopf gestellt. Gott sei Dank haben sie sonst nichts weiter gefunden."

„Habt ihr etwas gefunden, als ihr draußen wart?"

„Nein", antwortete Jeremy, „aber wir haben auch nicht das ganze Gebiet, das Macklin kontrollieren wollte, absuchen können, bevor die Wolken bedrohlich genug aussahen, sodass wir uns entschieden umzukehren."

Und wie auf Geheiß öffnete der Himmel seine Schleusen.

„Scheiß Wetter", fluchte Neil. „Ich weiß nicht, ob es Doktor Peters möglich sein wird, unter diesen Bedingungen zu uns zu kommen. Falls er von Cowra aus fahren muss, dann wird er es heute wohl nicht mehr hierher schaffen."

„Wir können Macklins Knie kühlen und ich kann es verbinden", sagte Jeremy. „Doktor Peters wird es sich trotzdem anschauen müssen, aber so können wir ihn durch die Nacht bringen. Es war nur sein Knie, soweit ich beurteilen konnte."

Der Ute taumelte und schlitterte über die matschige Straße, aber Neil fuhr wie jemand, der mit dem Gebiet vertraut war. Er fuhr häufig über das Gras, um besseren Halt zu haben.

Jeremy schlug die Kapuze seines Driza-Bones jedes Mal hoch, wenn sie zu einem Tor kamen und rannte durch den Regen, um es für Neil zu öffnen, damit er durchfahren konnte. Die Tatsache, dass Neil jedes Mal direkt vor dem Zaun stoppte, ohne diesen zu berühren, brachte Jeremy zum Lächeln. Sie waren zwar noch keine Freunde, aber Neil strengte sich für Sams Wohl sehr an und Jeremy schätzte das.

„Wie gut kennst du Sams Ex?", fragte Jeremy als er zurück in den Ute gestiegen war und seine Hände vor der Heizung wärmte.

„Bis er hierherkam, hätte ich gesagt, ziemlich gut", sagte Neil. „Jetzt bin ich mir nicht mehr sicher. Warum?"

„Er ist sich sicher, dass sie unsere Beziehung gegen ihn verwenden würde, wenn sie es herausfindet", sagte Jeremy. „Ich bin bloß neugierig, ob er damit recht hat oder ob er nur vorsichtig ist."

„Gibst du ihm die Schuld?"

„Nicht im Geringsten", sagte Jeremy schnell. „Nach allem, was er gesagt hat, traue ich ihr alles zu. Ich wollte nur deine Meinung dazu hören."

„Des Wartens schon müde?"

„Müde im Sinne von, dass ich mir wünschte, es sei bereits September", antwortete Jeremy. „Nicht müde im Sinne von ihn aufgeben, falls es das ist, worüber du dir Sorgen machst."

„Das kam mir nicht in den Sinn", sagte Neil. Jeremy konnte nicht sagen, ob das die Wahrheit war oder eine praktische Notlüge, aber er akzeptierte es als bare Münze.

„Ich möchte, dass er frei von ihr ist", sagte Jeremy. „Nicht nur, weil ich es hasse, dass ich ihn nicht einmal küssen kann, ohne dass wir uns ständig umgucken müssen oder uns schuldig dafür zu fühlen. Bevor du fragst, das ist alles, was wir gemacht haben und auch nur ein paar Mal und es ist alles, was wir tun werden, bis er ein freier Mann ist. Ich möchte nicht der Grund dafür sein, dass er sich schuldig fühlt. Ich möchte nicht, dass unsere Beziehung dadurch belastet wird."

„Ich hätte nicht danach gefragt", gab Neil zurück. „Ich schätze deine Ehrlichkeit, aber wirklich, ich brauche keine Details aus dem Sexleben meines Bruders. Ich wollte keine, als er verheiratet war und es noch etwas war, was für mich Sinn gemacht hat. Und ich brauche sie sicherlich nicht jetzt."

„Immer noch etwas überfordert mit dem ganzen Schwulenkram?", wollte Jeremy wissen.

„Ja", gab Neil zu. „Ich bin nicht sauer. Ich werde mich nicht gegen ihn stellen oder diesbezüglich etwas zu ihm sagen, aber das heißt nicht, dass ich darüber *nachdenken* werde. Auch bedeutet es nicht, dass ich zulassen werde, dass du ihm genauso wehtust, wie Alison es getan hat. Solltest du das tun, mach ich dich fertig."

„Ich weiß nicht, was die Zukunft bringt", begann Jeremy langsam, „aber ich verspreche, dass ich ihn niemals so behandeln werde, wie Alison es getan hat, selbst, wenn es aus irgendeinem Grund nicht zwischen uns klappen sollte und wir am Ende getrennte Wege gehen."

„Das ist gut zu wissen", sagte Neil. „Das Problem ist nicht, dass sie Schluss gemacht haben. Das Problem ist, was die Beziehung zu ihr mit ihm gemacht hat."

17

CAINES TELEFON piepte, als er sich den Außenbezirken von Canberra näherte. Irgendjemand musste angerufen haben, als er in dem Funkloch zwischen Boorowa und Canberra steckte. Eine Minute später piepte es noch einmal. Stirnrunzelnd nahm er das Telefon in die Hand und schaute nach.

Nicht eine Nachricht. Vier Nachrichten. Das war nicht gut.

Er fand eine Parkmöglichkeit und stellte den Wagen ab, damit er die Nachricht abhören konnte.

„Caine, hier ist Ian. Jeremy kam eben auf Ned zurückgeritten. Er hat gesagt, Macklin sei verletzt worden. Wir haben den Doc angerufen, aber ich dachte, du wüsstest vielleicht gerne Bescheid."

Caine spürte, wie es ihm das Herz in der Brust zusammenschnürte. Der Gedanke daran, dass Macklin etwas passiert sein könnte, zerriss ihn innerlich. Macklin hatte nicht einmal geplant, heute auszureiten. Caine hatte gefragt. Und jetzt hatte ihn irgendetwas dazu bewogen, raus in die Hochebene zu reiten und er war verletzt worden.

„Caine, Ian wieder. Ich habe gerade gemerkt, wie meine Nachricht geklungen haben muss. Jeremy hat gesagt, dass er sein Knie verletzt hat. Schlimm genug, dass er nicht mehr zurückreiten konnte, aber nichts Lebensbedrohliches oder so. Ruf mich an, wenn du die Nachricht bekommen hast."

Dann: „Caine, hier ist Kyle. Doc Peters fliegt her, um sich Macklins Knie anzuschauen. Jeremy und Neil sind ihn holen gefahren. Das Knie ist übel angeschwollen, aber es sieht nicht danach aus, als sei etwas gebrochen."

Und letztendlich: „Caine, wo steckst du?" Der Klang von Macklins verärgerter Stimme zerstreute den Großteil von Caines Sorgen. Wenn Macklin angepisst war, dann konnte er nicht allzu große Schmerzen haben. „Ruf mich an, wenn du meine Nachricht erhalten hast. Ich brauche noch ein paar Sachen aus Boorowa, bevor du die Heimreise antrittst."

Um sich zu beruhigen, atmete Caine tief ein und aus, wählte die Nummer der Farm und wartete darauf, dass jemand den Hörer abnahm.

„Wo steckst du?", wollte Macklin wissen. „Du bist nicht ans Telefon gegangen."

„Ich habe deine Nachricht gerade erst erhalten", entschuldigte Caine sich und vermied so die Antwort auf Macklins Frage. Er war zu weit gekommen, um die Überraschung jetzt noch zu verderben. „Du hast gesagt, dass du noch ein paar Dinge aus Boorowa brauchst. Wenn du mir eine Liste gibst, dann sorge ich dafür, dass ich sie besorgen kann, bevor ich nach Hause fahre."

Macklin diktierte ihm eine Liste mit Medizin, die er vom Doktor erhalten hatte und Caine schrieb alles pflichtbewusst auf. Er hatte nicht geplant, noch mal in Boorowa zu stoppen, nachdem er Macklins Mutter aufgesammelt hatte, aber das Rezept würde dort in der Apotheke liegen, nicht in Canberra, weshalb er keine Wahl hatte.

„Bist du dir sicher, dass du nicht schwerer verletzt bist, als du es mir sagst?", fragte Caine, als er merkte, dass Macklin es nicht eilig hatte, ihr Telefonat zu beenden.

„Doktor Peters hat mich sehr gründlich durchgecheckt", antwortete Macklin. „Er sagte, es sei nur mein Knie. Ich mag es nur nicht eingesperrt und hilflos zu sein. Wenn du hier wärst, könnten wir gemeinsam im Büro sitzen und die Bücher kontrollieren oder den Antrag für die Bio-Zertifizierung bearbeiten, dann müsste ich nicht alleine auf der Couch rumsitzen und nichts tun."

„Lies ein Buch", schlug Caine vor. „Guck Fernsehen. Arbeite alleine an dem Antrag für die Bio-Zertifizierung. Wenn du willst, schauen wir uns das gemeinsam an, wenn ich nach Hause komme."

Macklin brummte.

„Ich werde so schnell es geht nach Hause kommen", versprach Caine. „Bevor ich gefahren bin, hast du gesagt, dass du heute nicht ausreiten würdest, also mache mich nicht dafür verantwortlich, dass ich nicht da bin, obwohl du deine Pläne geändert hast."

„Es kam etwas dazwischen", sagte Macklin. „Wir reden darüber, wenn du wieder hier bist."

Das klang nicht gut, aber Caine hakte nicht nach. Wenn Macklin am Telefon nicht darüber reden wollte, dann würde es ihn nur verärgern, wenn er nach Details fragte und das war das Letzte, was Caine im Moment wollte. Er rechnete sowieso damit, dass Macklin mit fünfzigprozentiger Wahrscheinlichkeit sauer auf ihn war, wenn er ihm seine Überraschung präsentieren würde. Kein Grund, diese Quote noch zu erhöhen.

„Ich komme so schnell nach Hause, wie ich kann", versprach Caine. „Ich liebe dich."

„Ich liebe dich auch", erwiderte Macklin. „Wir hören uns später."

Mit einem flauen Gefühl im Magen legte Caine das Handy weg und fuhr den Rest der Strecke zum Wohnblock, an dem er Sarah Armstrong treffen sollte. Es war nicht wirklich eine Sozialwohnung, aber es war auch nicht gerade viel besser. Er grinste, als er an das Haus auf Lang Downs dachte und die dortigen Gästezimmer. Wenn das Wochenende gut verlief, würde er zusehen, dass Sarah auf die Farm zog. Macklins Mutter hatte besseres als das verdient. Er parkte und ging hinein, sich nach ihrem Apartment umschauend. Als er es gefunden hatte, klopfte er an die Tür und wartete mit klopfendem Herzen darauf, dass sie geöffnet wurde.

Er hatte ihr von sich und Macklin erzählt und ihre einzige Reaktion darauf war gewesen, dass sie froh war, dass Macklin glücklich war, dennoch traf er die Mutter seines Freundes zum ersten Mal ohne ihn (was es vermutlich einfacher machte, da sie sich die letzten dreißig Jahre nicht mehr gesehen hatten). Er glaubte nicht, dass sie negativ auf ihn reagieren würde, aber er konnte seine Nerven nicht vollständig beruhigen.

Die Tür öffnete sich und Caine erblickte zum ersten Mal seine zukünftige Schwiegermutter. Er wusste nicht, wie alt sie war, aber es schien, als ob jedes einzelne Jahr in ihr Gesicht geritzt worden wäre. Sie lächelte, als sie ihn sah, was sie um ein Jahrzehnt jünger werden ließ. „Du musst Caine sein."

„Ja, g-g-g-ute Frau", sagte er, sein Stottern leise verfluchend, aber die Kombination zwischen Sorge um Macklin und der Aufregung, Sarah zu treffen, war zu stark, um es zu kontrollieren.

„Komm ruhig einen Moment rein", bot sie ihm an. „Ich habe alles schon gepackt. Es sei denn, du möchtest noch schnell einen Tee trinken, bevor wir fahren?"

„Ich würde v-vorschlagen, dass wir direkt f-fahren", bemerkte Caine. „M-Macklin hat sich heute verletzt, während ich hierherg-g-gefahren b-bin und ich würde g-gerne so sch-schnell wie möglich zu ihm zurück."

„Oh, natürlich!", sagte Sarah. „Ich hole nur schnell meine Tasche."

Sie verschwand in den anderen Raum und kam mit einem kleinen Rollkoffer wieder. Caine nahm ihn ihr ab und trug ihn raus in den Flur. Sie verschloss die Tür und folgte Caine nach draußen. „Ich hoffe, es ist nichts Schlimmes."

„Er ist vom Pferd gefallen", erklärte Sam ihr. „Er hat sich sein Knie verdreht. Er wird wieder, aber ich möchte trotzdem so schnell wie möglich nach Hause."

Er verstaute den Koffer im Kofferraum (und grinste dabei, da ihm hierbei immer noch dieses Wort in den Sinn kam und nicht der Gepäckraum. Er hatte viele umgangssprachliche Begriffe übernommen, aber dieser gehörte nicht dazu) und setzte sich zu Sarah ins Auto.

„Erzähl mir von dir", forderte Sarah ihn auf, als er zurück nach Boorowa fuhr. „Wie bist du auf einer Schaffarm in New South Wales gelandet?"

Caine lächelte. Mit dieser Antwort konnte er dienen. „Mein Großonkel war der Besitzer von Lang Downs", erklärte er, sein Stottern weniger werdend, als er sich beim Erzählen entspannte. „Er hatte keine Kinder, also ging alles an meine Mutter, als er starb. Sie wollte die Farm verkaufen. Sie hatte schließlich keine Verwendung für eine Schaffarm, aber ich konnte sie davon überzeugen, mich die Farm leiten zu lassen. Letztes Jahr an Weihnachten hat sie mir und Macklin die Farm überschrieben."

„Das war sehr mutig von dir, alle zu verlassen und hierherzukommen", sagte Sarah.

Caine zuckte mit den Schultern. „Um ehrlich zu sein, gab es nicht viel zu verlassen. Du hast mein Stottern gehört. Es ist hart, sich im Geschäftsleben durchzusetzen, wenn man so spricht und ich hatte auch keinen festen Partner. Die Farm war eine von Gott gesandte Chance, um neu anzufangen."

„Es war trotzdem eine mutige Entscheidung", beharrte Sarah. „Viele Menschen hängen in einem miserablen Leben fest, weil sie nicht den Mut haben etwas zu ändern."

Caine fragte nicht nach, ob sie über sich selbst sprach. „Es war riskant, aber es hat sich in vollem Maße gelohnt."

„Und Macklin?"

„Macklin ist der Vorarbeiter der Farm", erklärte Caine ihr. „Er hat mir dabei geholfen, Fuß zu fassen und ich habe mich in ihn verliebt."

„Und ich weiß, dass es nicht so einfach war, wie du es klingen lässt", lachte Sarah.

Caine lachte mit. „Nein, war es nicht, aber wie bei allem, das zu haben es sich lohnt, war es die Mühe wert. Er ist ein starker, sturer, manchmal dickköpfiger Mann, aber darunter versteckt sich ein weiches Herz."

„Das freut mich. Sein Vater hat sein Bestes getan, das aus ihm herauszuprügeln, als er noch ein Kind war, aber er hat es nie geschafft. Es ist gut zu wissen, dass sich das nicht geändert hat."

Macklin hörte, wie sich die Haustür öffnete und Caine seine Stiefel auszog. Er wollte aufstehen und seinen Geliebten begrüßen, aber er sollte nicht ohne die Krücken aufstehen und er hasste diese Mistdinger.

„Ich bin im Wohnzimmer, Caine", rief er.

Caine kam rein und setzte sich zu ihm auf die Couch und küsste ihn entschieden, bevor er mit seiner Hand an Macklins Bein entlangfuhr. „Wie schlimm ist es?"

„Es ist verstaucht, aber Doktor Peters glaubt nicht, dass etwas gerissen ist. Ein paar Tage auf der Couch und dann ein paar Wochen mit einer bescheuerten Schiene und ich bin so gut wie neu. Warum hat das so lange gedauert?"

„Ich habe eine Überraschung für dich", erwiderte Caine.

Macklin schaute ihn finster an. Er mochte Überraschungen nicht, auch wenn er Caine genug vertraute, dass er davon ausging, dass es eine gute war.

„Du hättest mir nichts kaufen brauchen", sagte Macklin.

„Habe ich auch nicht", antwortete Caine. „Ich habe dir stattdessen jemanden mitgebracht."

Das machte keinen Sinn, aber bevor Macklin fragen konnte, was Caine meinte, hörte er weitere Schritte im Flur und eine Frau, die er nicht kannte, betrat den Raum. Er schaute von ihr zu Caine und wieder zurück bis es ihm dämmerte. „Mom?"

„Hallo Macklin", sagte sie ruhig. „Ich hoffe … Ich hoffe, es macht dir nichts aus, dass ich gekommen bin, um dich zu sehen."

„Wie hast du mich gefunden?", fragte Macklin.

„Habe ich nicht", antwortete Sarah. „Caine hat mich gefunden. Ich weiß, dass du allen Grund hast, mich zu hassen, aber ich wollte dich nur einmal sehen, um zu wissen, was für ein Mann aus dir geworden ist."

„Nein", sagte Macklin und reckte sich nach den Krücken. Er hievte sich auf die Beine und wies Caines Hilfe zurück. „Ich hasse dich nicht. Mein Gott, Mom, das ist…"

Die Worte fehlten ihm, genauso wie sein Gleichgewicht, deshalb streckte er einfach die Arme aus. Tränen schimmerten in Sarahs Augen, als sie in seine Umarmung trat. Er vergrub sein Gesicht in ihrem dünner werdenden Haar, ungemein erleichtert, dass sie immer noch nach Rosen roch. All die Jahre, die vergangen waren, hatten dies nicht geändert. „Ich kann nicht glauben, dass du hier bist."

Sie drückte ihn fest an sich. „Ich habe jeden einzelnen Tag an dich gedacht", sagte sie, ihre Stimme von seinem Hemd gedämpft. „Ich habe dafür gebetet, dass du einen sicheren Ort finden würdest, an dem du aufwachsen könntest und glücklich wärst. Ich hätte mir niemals träumen lassen …" Sie trat zurück und schaute sich in dem Zimmer um. „… so etwas hier."

„Hat Caine dir von der Farm erzählt?", wollte Macklin wissen.

„Ein wenig", sagte Sarah. „Setz dich. Er hat gesagt, dass du dir dein Knie verletzt hast." Macklin tat, was sie sagte. „Caine hat mir ein paar Dinge erzählt, aber ich möchte es von dir hören. Ich habe so vieles verpasst."

Genau wie er.

„Ich werde dir alles erzählen, was du wissen willst, aber was ist mit dir?"

„Da gibt es nicht viel zu erzählen", sagte Sarah. „Dein Vater starb vor acht Jahren. Ich habe alles verkauft und bin nach Canberra gezogen. Ich helfe dort in der Küche eines kleinen Restaurants aus, um mir etwas zum Sterbegeld dazuzuverdienen. Es ist nichts Besonderes, aber für mich alleine brauche ich auch nichts Ausgefallenes."

Macklin zog sie in eine enge Umarmung und schaute Caine fragend an. Caine lächelte und nickte, als er sich neben Macklin setzte.

„Vielleicht möchtest du stattdessen lieber bei uns bleiben?", fragte Caine sanft, seine Hand auf Macklins Rücken ruhend, als er sprach. „Wir haben eine Menge Platz."

„Oh, Ich … nein, das kann ich nicht."

„Du musst nicht gleich antworten", unterbrach Caine sie. „Das ist ein unbegrenztes Angebot. Nimm dir das Wochenende Zeit, schau dich um. Verbring etwas Zeit mit den Anderen. Ich werde dich Montag, wie geplant, zurückbringen, aber wir würden uns sehr freuen, wenn du über unser Angebot nachdenken würdest."

„Vielen Dank", erwiderte Sarah und lächelte Caine über Macklins Schulter hinweg an. Sie beugte sich etwas nach hinten und schaute Macklin an. „Er ist ein Hüter."

„Glaub mir, Mom, ich weiß."

„Ich lasse euch beide alleine, damit ihr euch austauschen könnt", ließ Caine verlauten. „Ich muss kurz mit Kami sprechen. Ich werde euch das Abendessen bringen, damit ihr nicht in die Kantine müsst."

Caine stand auf, aber Macklin nahm seine Hand, bevor er gehen konnte. „Danke", sagte er, all seine Liebe in dieses Wort packend.

„Gerne", antwortete Caine und drückte Macklins Hand.

Als Caine gegangen war, spürte Macklin wie sein Selbstvertrauen schwand. Er hatte seine Mutter seit fast dreißig Jahren nicht gesehen. Er wusste nicht, wo er anfangen sollte.

„Wie lange bist du schon auf dieser Farm?", fragte Sarah.

„Eigentlich, seit ich weggegangen bin", erzählte Macklin. „Ich habe ein paar Monate auf Taylor Peak gearbeitet, die Farm, an der ihr auf dem Weg hierher vorbeigekommen seid, aber das lief nicht so gut. Danach kam ich direkt hierher und bin geblieben."

„Und jetzt gehört sie dir."

„Sie gehört Caine", sagte Macklin bestimmt. „Ich helfe ihm nur dabei, sie zu führen."

„Da hat er mir aber etwas anderes erzählt", sagte Sarah. „Auch wenn er meinte, du würdest das sagen."

Macklin schmunzelte. „Er kennt mich gut."

„Das ist nichts Schlechtes."

„Nein, das ist etwas Gutes. Caines Großonkel und sein Partner haben die Farm aus dem Nichts aufgebaut", sagte Macklin. „Als Michael gestorben ist, ging die Farm an Caines Mutter. Und die hat sie wiederum Caine an Weihnachten überschrieben und der bestand darauf, dass mein Name mit in der Urkunde steht."

„Dann solltest du sein Geschenk nicht herabsetzen", sagte Sarah. „Wie viele Leute arbeiten für euch?"

„Circa zwanzig Ganzjährige", sagte Macklin, „und wir heuern mehr im Sommer an, wenn es mehr zu tun gibt. Im Winter ist es hier ruhiger."

„Ich bin so stolz auf dich", sagte Sarah und drückte ihn noch einmal. „Es tut mir leid, dass ich nicht hier sein konnte."

„Du bist jetzt hier", sagte Macklin. „Caine hat dich gefunden."

„Dein Vater hätte das niemals verstanden, aber ich finde, dass Caine wundervoll ist. Ich finde es wundervoll, dass du einen Mann und einen Ort gefunden hast, der dich glücklich macht."

„Er macht mich glücklich", stimmte Macklin ihr zu, „und er tut, was er kann, um andere genauso glücklich zu machen. Ich weiß, dass das Angebot hierzubleiben, für dich sehr plötzlich kommt, aber ich würde mich freuen, wenn du es annehmen würdest. Es ist die richtige Zeit, um das zu entscheiden. Der Winter ist die Zeit, in der gebaut wird, denn da gibt es wenig für die Schafe zu tun. Wir könnten dir vor dem Frühling ein kleines Haus gebaut haben. Es wäre nichts Besonderes, aber es wäre deins."

Sarah beobachtete ihn für einen Moment aufmerksam. Dann schlang sie mit einem leisen Schluchzen ihre Arme um ihn. „Oh, mein Sohn, mein wunderschöner, süßer Junge. Ich habe dich so vermisst."

Macklin hielt sie fest, während sie weinte. Er tätschelte ihr unbeholfen den Rücken, nicht wirklich sicher, was er wegen ihrer Tränen unternehmen sollte.

„Ich sollte dir dein Zimmer zeigen", sagte Macklin, als die Tränen versiegten. „Du kannst auspacken und dich etwas ausruhen, bevor es Abendessen gibt. Es ist ein langer Weg von Canberra."

Sarah schüttelte den Kopf. „Du solltest dich mit deinem Knie nicht bewegen. Ich werde hier mit dir sitzen und warten, bis Caine zurückkommt. Ich bin schließlich nicht gekommen, um die Farm zu sehen. Ich bin gekommen, um dich zu sehen."

„BRAUCHST DU irgendetwas?", fragte Caine später am Abend, nachdem sie Sarah in ihr Zimmer geführt hatten und selbst ins Bett gegangen waren. „Ein Glas Wasser? Noch eine Decke?"

„Ich würde es begrüßen, wenn du aufhören würdest, hier herumzuschwirren", brummte Macklin. „Ich habe mit das Knie verdreht. Ich bin in ein paar Tagen wieder obenauf."

„Doktor Peters hat gesagt, dass es zwei Wochen dauern wird, bevor du die Krücken los bist", beharrte Caine.

Macklin grummelte etwas mehr. „Setz dich hin und hör auf hier herumzurennen", wiederholte er mürrisch. „Ich bin kein Invalide."

Caine legte sich zu ihm aufs Bett. Macklin streckte die Arme nach ihm aus und zog ihn an sich heran. „Danke. Ich habe es zwar schon gesagt, aber ich konnte dir vorhin nicht richtig danken, nicht vor Mom."

„Sie weiß, dass wir zusammen sind …"

„Ich weiß", sagte Macklin. „Sie wusste über mich Bescheid, noch bevor ich von zu Hause abgehauen bin, aber es gibt einen Unterschied zwischen wissen und sehen."

„Und du bist ein Mensch, dem seine Privatsphäre von Natur aus wichtig ist", beendete Caine seinen Satz. „Ich war nicht verärgert, dass du mich nicht geküsst hast."

„Komm näher. Dafür küsse ich dich jetzt", knurrte Macklin.

Caine grinste und sank in Macklins Arme. „Dazu würde ich niemals Nein sagen."

Macklin hielt Caines Kopf mit seinen Händen und führte ihre Lippen in einem zärtlichen Kuss zusammen. Caine musste gewusst haben, wie sehr die Hilflosigkeit den Tag über an Macklin genagt haben musste, denn er machte keine Anstalten, die Führung bei dem Kuss zu übernehmen, wie er es sonst oft tat. Stattdessen versank er in Macklins Armen und in seinem sanften, süßen Kuss.

„Du verblüffst mich", sagte Macklin, als er sich endlich in der Lage dazu fühlte, den Kuss zu beenden.

„Ich?", fragte Caine überrascht.

„Ja, du", erwiderte Macklin. Er platzierte einen schnellen Kuss auf Caines Nasenspitze. „Du lässt … Dinge einfach geschehen. Du hast meine Mutter gefunden und sie davon überzeugt, mir noch eine Chance zu geben."

„Ich habe niemanden überzeugen müssen", sagte Caine. „Sie hat sich auf die Möglichkeit, dich wiederzusehen, gestürzt."

„Vielleicht, aber du bist derjenige, der sie gefunden und hierhergebracht hat", betonte Macklin.

„Du hast sie vermisst", antwortete Caine mit einem bescheidenen Schulterzucken, als ob er keinen anderen Grund brauchen würde, um das zu tun, von dem Macklin gefürchtet hatte, dass es nach all der Zeit unmöglich war. Aber vielleicht hatte er keinen anderen Grund gebraucht. Caine hatte immer schon großen Wert auf das Glück anderer gelegt.

„Und jetzt muss ich das nicht mehr", sagte Macklin. Er ließ sie beide wieder aufs Bett fallen und wollte sich auf Caine rollen, um ihm angemessen zu danken, aber als sein Knie das Bett berührte, schoss ein heftiger Stich von seinem Knie herauf. Keuchend fiel er auf die Seite.

Caine setzte sich sofort auf, die Hände über Macklins Knie haltend. „Was kann ich tun, um dir zu helfen?"

„Gib mir eine Minute", sagte Macklin. Der Schmerz war bereits am Abklingen. „Ich werde nicht in der Lage sein, dich so durchzuvögeln, wie ich es mir vorgenommen hatte."

„Dann machen wir es eben anders", sagte Caine. „Ich kann dich reiten – ich weiß, wie sehr du das magst – oder wir legen uns auf die Seite. Du weißt, dass es für mich keine Rolle spielt, wie wir uns lieben. Es ist genug, zu wissen, dass du mich willst."

Caines Worte waren nicht zum Anheizen gedacht. Seine Stimme konnte Macklin in den Wahnsinn treiben, ohne dass Caines Hände ihn auch nur berührt hätten, aber das war weder Caines verführerische Stimme noch war er am Stottern, etwas dass Macklin ebenfalls total erregend fand. Nein, Caine legte ihm nur nüchtern seine Optionen dar, aber die Wirkung war unbestritten dieselbe. Auf sein Knie achtend drückte Macklin Caine zurück aufs Bett, bevor er sich, so gut es ging, über ihn beugte und seinen Nippel zwischen die Zähne nahm. Caine atmete scharf ein, was ein Lächeln auf Macklins Lippen zauberte. Er hob seinen Kopf und grinste seinen Geliebten an. „Ich werde mir etwas überlegen", sagte er nur, bevor er seinen Kopf senkte und sich wieder seiner Lieblingsbeschäftigung zuwandte – Caine den Atem zu rauben.

18

CAINE WACHTE am Montagmorgen alleine auf, was so ungewöhnlich war, dass er kurz befürchtete, dass in der Nacht etwas passiert wäre. Macklin war die Nacht davor brummig gewesen, was Caine Sarahs Rückkehr nach Canberra heute zuschrieb. Sie hatten sie über das Wochenende mehrfach gebeten, auf die Farm zu ziehen und hier zusammen mit ihnen zu leben, aber sie hatte ihnen bislang noch keine endgültige Antwort gegeben. Caine erwartete, dass Macklin auf der ganzen Rückfahrt nach Canberra versuchen würde, sie zum Bleiben zu überreden.

Stöhnend streckte er sich und kletterte aus dem Bett. Er zog sich etwas an und ging in Richtung Kantine. Macklin würde entweder dort oder auf der Veranda sein, aber zu dieser Tageszeit schien die Kantine wahrscheinlicher. Als er ins Wohnzimmer kam, sah er, dass im Büro Licht brannte und ging stattdessen dort hinüber. „Woran arbeitest du so früh am Morgen?"

Macklin schaute hoch und lächelte abwesend. „Pläne."

Über die kurze, wenig hilfreiche Antwort leicht schnaubend, betrat Caine den Raum und schaute über Macklins Schulter. Auf dem Papier vor ihm waren detaillierte Zeichnungen zu sehen, komplett mit vermerkten Maßeinheiten. „Was ist das?"

„Moms Haus", antwortete Macklin. „Vielleicht ist sie noch nicht bereit, zu uns zu ziehen. Vielleicht wird sie es auch nie sein, aber wenn sie bereit dazu ist, wird ihr Haus fertig sein." Er sah mit einem verletzlichen Ausdruck zu Caine hoch. „Das macht dir doch nichts aus, oder?"

„Natürlich nicht!", erwiderte Caine. „Ich habe sie ebenfalls eingeladen, falls du dich erinnerst. Wir können morgen anfangen, daran zu arbeiten, zumindest können wir das Land schon einmal aufräumen, während wir Baumaterialien bestellen. Falls sie sich entschließen sollte, nicht hierherzuziehen, können wir jederzeit jemand anderen finden, der es nutzt. Seth kommt langsam in das Alter, in dem er nicht mehr mit Chris und Jesse zusammenleben möchte."

„Du gehst davon aus, dass er bleiben will", gab Macklin zu bedenken.

„Wenn er nicht bleibt, wird es jemand anderen geben, der es haben will. Sam könnte es wollen, oder Jeremy."

„Oder Sam und Jeremy", grinste Macklin.

„Oder das", stimmte Caine zu. Er beugte sich runter und küsste Macklin sanft. „Zeig ihr die Baupläne. Lass sie dabei helfen. Das könnte ihr einen

Extranreiz geben, doch hierherzuziehen. Es wäre nicht nur ein Haus für sie alleine, es wäre ein Haus, das sie mitgestaltet hat."

„Das ist eine gute Idee", sagte Macklin. „Wir können auf unserem Weg zurück nach Canberra darüber reden. Es macht dir doch nichts aus, wenn ich mich zu ihr auf den Rücksitz setze, während du fährst, oder?"

Caine lächelte und küsste Macklin erneut. „Natürlich nicht. Du kannst auf dem Heimweg vorne neben mir sitzen. Natürlich nur, wenn du sie nicht doch davon überzeugen kannst, mit uns zurückzukommen. Dann würdest du wohl auf dem Hin- und Rückweg hinten sitzen wollen."

„Ich bezweifle, dass sie direkt mit uns zurückkommen kann, selbst wenn wir sie überzeugen können", sagte Macklin. „Sie müsste ihren Job und ihren Mietvertrag und alles andere kündigen. Ich denke, das Beste, worauf wir hoffen können ist, dass wir zurückfahren und sie nächstes Wochenende abholen können."

„Dann fahren wir zurück und holen sie", sagte Caine. „Oder du bleibst bei ihr in Canberra. Mit der Schiene um dein Knie kannst du sowieso nicht viel auf der Farm machen."

„Wir werden sehen", sagte Macklin. „Du setzt voraus, dass sie sich auf der Rückfahrt dazu entschließt, hierherzuziehen. Das ist eine ziemlich gewagte Annahme."

Caine zuckte mit den Schultern. „Das war nur ein Vorschlag, das ist alles. Du weißt, dass ich mich nicht darüber beschweren werde, dich hierzuhaben, auch mit einem kaputten Bein, aber wenn es für dich in Ordnung ist, mit ihr zusammenzusein, dann hast du dreißig Jahre mit ihr aufzuholen. Ich komme auch ein paar Tage ohne dich klar."

„Ich liebe dich. Ich kann es gar nicht oft genug sagen."

Caine drückte Macklins Schulter. „Du sagst es mir oft genug. Aber jetzt bin ich hungrig und ich glaube, du auch, außerdem haben wir eine lange Fahrt vor uns, also lass uns schauen, wo deine Mutter ist und uns etwas zu essen holen."

Macklin brummte, als Caine darauf bestand, dass er die Krücken benutzen sollte, um zur Kantine zu gehen – Caine lehnte es ab, Macklins Gesundheit aufs Spiel zu setzen. Er brauchte seinen Vorarbeiter zu hundert Prozent fit, bevor sie im August saisonale Jackaroos anheuern würden.

Caine rief das Treppenhaus hoch nach Sarah, aber sie antwortete nicht, weshalb Caine davon ausging, dass sie bereits in der Kantine war. Als sie die Kantine erreichten, wo sich alle zum Essen trafen, fanden sie Sarah in der Küche in direkter Konfrontation mit Kami. Caine hatte ein Jahr damit verbracht zuzusehen, wie jeder in Angst vor Kami, dem großen Aborigine, davonlief, aber Macklins Mutter schien von seiner Größe oder seinem mürrischen Gesichtsausdruck völlig unbeeindruckt.

„Ich sage dir, die Eier werden viel fluffiger, wenn du einen kleinen Schuss Milch dazu tust. Nur einen Schuss."

„Ich leite diese Küche seit dreißig Jahren", knurrte Kami, „und niemand hat sich je über meine Eier beschwert."

„Dann beweise mir, dass deine besser sind", forderte Sarah ihn heraus. „Mach sie heute auf meine Weise und schau dir an, welche sie lieber mögen."

„Was ist, wenn ich recht behalte?", hakte Kami nach.

„Dann gebe ich dir das Scones-Rezept meiner Großmutter", antwortete Sarah. „Aber wenn ich recht behalte, dann lässt du mich das Abendessen für die Männer kochen, wenn ich das nächste Mal zu Besuch komme."

Caine hielt den Atem an, während er auf Kamis Antwort wartete. Der Aborigine hatte Chris' Hilfe geduldet, als er hier ankam und sein gebrochener Arm ihn davon abhielt, mit den anderen Jackaroos zu arbeiten, aber Chris war immer nur eine Hilfskraft gewesen und hatte alles getan, was Kami ihm aufgetragen hatte, nicht mehr. Sarah hingegen sprach davon, das Steuer zu übernehmen.

„Du kannst mir dabei helfen, das Abendessen zuzubereiten", schlug Kami vor. Caine wollte Sarah sagen, dass sie dieses Angebot annehmen sollte, da sie kein besseres kriegen würde, aber er wollte den Moment nicht zerstören.

„Abgemacht", erwiderte Sarah und streckte Kami ihre Hand entgegen. Kami schaute diese an wie die Jackaroos eine tote Natter über die sie im Gebüsch stolperten. Nach einer Weile schüttelte er ihre Hand, aber der verdutzte Ausdruck in seinem Gesicht blieb.

Caine deutete mit dem Kopf in Richtung des Essbereichs der Kantine. Macklin nickte und sie verschwanden so leise wie möglich aus der Küche. Caine hatte so den Verdacht, dass Kami ihnen von Sarah und ihrem „Eingreifen" erzählen würde, wenn sie die Wette gewann. Caine interessierte das nicht. Das würde er gerne in Kauf nehmen, wenn er dafür sehen konnte, wie jemand Kamis in Stein gemeißelte Küchenregeln infrage stellte.

„Ich habe noch nie gesehen, wie sie sich so gegen jemanden behauptet hat", sagte Macklin sanft, als sie außer Hörweite waren.

„Sie hat lange genug mit deinem Vater zusammengelebt, um zu erkennen, wann einer gewalttätig ist", sagte Caine. „Kami grummelt zwar rum und schreit auch schon mal, aber er würde niemals die Hand gegen jemanden erheben. Ich bin mir sicher, dass sie das spürt. Anders als bei deinem Vater stellt ein Streit mit Kami keine Gefahr für sie dar."

„Ich würde ihm den Kopf abreißen, wenn es anders wäre", brummte Macklin.

Caine legte sanft seine Hand auf Macklins Arm. „Dann müsste ich seinen Job machen, was zweifellos schlimmer wäre, aber das ist nicht der Grund, warum er so etwas nie tun würde. Er ist einfach nicht der Mensch dafür."

„Ich weiß", sagte Macklin und schüttelte den Kopf, als ob er seine Gedanken ordnen müsste, „aber ich habe fünfzehn Jahre damit verbracht, ihm dabei zuzusehen, wie er sie geschlagen hat. Es ist schwer, den Drang, sie zu beschützen, loszulassen."

„Das habe ich nie gesagt", korrigierte Caine ihn. „Du wirst sie immer beschützen wollen und das ist etwas Wundervolles. Du musst nur lernen, zu unterscheiden, was eine Bedrohung ist und was nicht. Beschütze sie vor wirklichen Gefahren, nicht vor jedem, der ihr vielleicht etwas zu nahe kommt."

Macklin stöhnte. „Du willst mich dazu bringen, mir vorzustellen, dass meine Mutter jemanden datet, stimmt's?"

„Man kann nie wissen", antwortete Caine. „Onkel Michael ist über neunzig geworden. Wenn deine Mutter genauso lange lebt, dann würde sie sich vielleicht über Gesellschaft freuen. Sie ist gerade mal wie alt? Siebzig?"

„Fünfundsechzig", korrigierte Macklin ihn. „Sie hat mich bekommen, da war sie zweiundzwanzig Jahre alt."

„Dann könnte sie noch locker dreißig Jahre ihres Lebens vor sich haben. Warum sollte sie diese Zeit alleine verbringen, wenn sie jemanden trifft, der ihr gefällt?"

„Sie könnte zu uns ziehen. Dann wäre sie nicht alleine", brummte Macklin.

„Dann würde sie zumindest nicht alleine in einem leeren Apartment leben", stimmte Caine zu, „aber das ist nicht dasselbe wie jemanden zu haben, mit dem sie ihr Leben teilen kann. Da *gibt* es einen Unterschied."

„Mag sein, aber sie ist immer noch meine Mutter. Ich möchte nicht darüber nachdenken."

Caine lachte. „Okay, aber sag nicht, ich hätte dich nicht gewarnt, wenn es passiert."

MACKLIN WARTETE bis sich alle zum Essen versammelt hatten, er bat Jason sogar extra darum, seine Eltern diesen Abend mit in die Kantine zum Essen zu bringen. Als jeder etwas zu essen hatte, hüpfte er, seine Krücken bei jedem Atemzug verfluchend, nach vorne.

„Setz dich hin", regte Caine sich auf und zog einen Stuhl an die Stelle, an der Macklin beschlossen hatte, zu stehen. „Sie können dich sehr gut hören."

Macklin widerstand dem Drang, mit den Augen zu rollen. Sein Knie war ziemlich angeschwollen seit der Fahrt nach Canberra und zurück und auf ihm zu stehen, würde es nicht besser machen, ganz gleich wie sehr er es hasste, Schwäche zu zeigen.

„Ich habe gute und schlechte Neuigkeiten", verkündete Macklin, nachdem er sich auf den Stuhl gesetzt hatte, den Caine ihm hingestellt hatte. „Sam hat eine Tüte mit Gras in der Schlafbaracke gefunden, als er vor ein paar Nächten nach einer Extradecke suchte. Es befand sich in dem Raum, den Jenkins bewohnt hat, weshalb er nicht mehr zu uns stoßen wird, wenn wir im August in die Stadt gehen, aber wir wissen noch nicht, woher er seine Vorräte bezogen hat. Er war nicht öfter in der Stadt als jeder andere und ich vertraue euch allen, sodass ich mir sicher bin, dass ihr mir mitgeteilt hättet, wenn er euch darum gebeten hätte, illegale Substanzen zu besorgen. Wir befürchten, dass er es geschafft haben könnte, Marihuanapflanzen auf der Farm anzubauen, um die Vorräte immer zur Hand zu haben."

„Es versteht sich von selbst, dass wir so etwas nicht tolerieren", fuhr Caine fort. „Wie Macklin gesagt hat, vertrauen wir euch allen hier, weshalb wir euch das erzählen. Macklin und Jeremy haben bereits damit begonnen, die südlichen Weiden zu kontrollieren, da Jenkins dort regelmäßig freiwillig gearbeitet hat, aber die Farm ist nicht gerade klein und es ist auch nicht die richtige Jahreszeit, deshalb wollten wir euch alle bitten, uns zu unterstützen, indem ihr eure Augen offen haltet. Da es ehrlich gesagt sinnlos ist, direkt danach zu suchen." Macklin ignorierte den Blick, den Caine in seine Richtung warf. „Die Farm ist dafür zu groß, aber wenn ihr etwas seht, während ihr am Arbeiten seid, dann müssen wir das wissen, damit wir die Pflanzen vernichten können."

Zu Macklins Erleichterung nickten alle zustimmend und keiner von ihnen schien sich damit unwohl zu fühlen. Er hatte nicht erwartet, dass jemand diese Bitte ablehnen würde. Er wollte nur nicht, dass jemand dachte, er würde sie des Drogenkonsums bezichtigen oder sie verdächtigen, denjenigen zu beschützen, der es getan hatte. Gott sei Dank schienen sie die Ankündigung nicht auf diese Weise zu verstehen.

„Das sind offensichtlich die schlechten Neuigkeiten", stellte Patrick fest. „Was sind die guten?"

„Die guten Neuigkeiten sind, dass meine Mutter, die ihr alle über das Wochenende kennengelernt habt, zugestimmt hat, zu uns auf die Farm zu ziehen", sagte Macklin. Er konnte noch immer nicht wirklich glauben, dass sie ja gesagt hatte, aber er hatte die abgeänderten Baupläne für ihr Haus im Büro liegen und sie hatten bereits alle Materialien angefordert, die sie brauchtes, um mit der Arbeit zu beginnen. „Im Haupthaus ist selbstverständlich genug Platz für Gäste, aber das wäre nur für eine gewisse Zeit machbar, deshalb hoffe ich, dass ihr alle bereit seid, mit anzupacken und uns zu helfen, ein Haus für sie zu bauen."

Der Jubel war beinahe ohrenbetäubend, was Macklin zeigte, wie sehr die Männer und Frauen in diesem Raum seine Familie geworden waren. Vielleicht kannten sie die genauen Details seiner Kindheit oder den Grund, der ihn zum Weglaufen veranlasst hatte, nicht, aber sie hatten gesehen, wie viel es ihm bedeutete, dass seine Mutter zurück war und sie hatten sich das zu Herzen genommen.

„Wo soll das Haus stehen?"

„Wie groß soll es werden?"

„Wann zieht sie her?"

Die Flut an Fragen riss nicht ab und sie kamen so schnell und dicht hintereinander, dass Macklin nicht einmal anfangen konnte, sie zu beantworten. Er schaute zu Caine und lachte mit der vollen Freude des Moments.

„Er sieht glücklich aus", sagte Sam zu Jeremy, als alle sich um Macklin und Caine geschart hatten und Fragen über Macklins Mutter stellten.

„Das tut er", stimmte Jeremy ihm zu. „Ich kenne ihn jetzt schon lange. Nicht wirklich gut, aber er hatte immer diese grübelnde Aura um sich, als ob er das Gewicht der Welt auf seinen Schultern tragen würde."

„Jetzt hat er die nicht mehr."

„Nein", sagte Jeremy, „hat er nicht. Ich bin froh, dass es funktioniert hat. Als du mir das erste Mal erzählt hast, was Caine vorhat, war ich beunruhigt. Ich wusste nicht, wie sie auf ihn und Caine reagieren würde oder wie Macklin auf die Überraschung ansprechen würde, aber es sieht danach aus, als hätte ich mir umsonst Sorgen gemacht."

„Und jetzt zieht sie her", fuhr Sam fort. „Ich freue mich so für ihn. Ich muss mit ihm und Caine über etwas anderes sprechen, aber das kann bis morgen warten."

„Was ist los?", wollte Jeremy wissen, beunruhigt von dem niedergeschlagenen Ausdruck auf Sams Gesicht.

„Ich habe die Vorladung für die Scheidungsanhörung bekommen. Ich muss am 24. Juli in Melbourne sein, weshalb ich mindestens zwei, möglicherweise drei Tage frei brauche, um dort hinzugelangen, an der Anhörung teilzunehmen und zurückzufahren. Ich habe kein Auto, weshalb ich mir entweder Neils leihen oder wieder den Bus nehmen muss. Falls ich den Bus nehme, muss mich jemand bis nach Yass fahren und mich dort auch wieder abholen, aber ich fühle mich nicht wirklich wohl dabei, alleine von der Farm zu fahren."

„Ich komme mit dir, wenn du magst", bot Jeremy an, „auch wenn du damit das Risiko eingehst, dass Alison wissen will, wer ich bin und was ich dort will."

Sam war so lange still, dass Jeremy begann, sich Sorgen zu machen. „Sam?"

„Ich möchte ihr sagen, dass sie sich verziehen soll, dass es sie gar nichts angeht, mit wem ich zusammen bin, nachdem sie mich rausgeworfen hat, aber ich habe Angst davor, wozu sie imstande ist", erklärte Sam. „Ich möchte nicht riskieren, dass die Scheidung verzögert wird. Ich habe mich mein ganzes Leben lang verstellt. Jetzt halte ich noch weitere acht Wochen aus."

„Das liegt ganz bei dir", erwiderte Jeremy. Er wollte sicherlich nichts tun, was den Scheidungsprozess hinauszögern konnte, aber er hasste die Vorstellung, dass Sam sich alleine und ohne Unterstützung seiner Ex dem stellen musste. „Du kannst dir jederzeit mein Auto borgen, falls Neil seines wegen irgendetwas benötigt. Ich gehe nirgends hin. Oder ich könnte dich bis Seymour oder bis zu einem der abgelegenen Vororte begleiten. Du könntest den Rest des Weges alleine fahren und mich treffen, wenn die Anhörung vorbei ist. So wärst du nicht alleine."

„Das ist wirklich lieb von dir", antwortete Sam. „Ich bin mir nicht sicher, ob wir beide Caine fragen sollten, ob wir für drei Tage freibekommen und das zur gleichen Zeit, aber ich weiß dein Angebot zu schätzen."

„Du musst dich ja nicht heute Abend entscheiden", erinnerte Jeremy ihn. „Es ist noch einen Monat hin. Genug Zeit, darüber nachzudenken und Pläne zu schmieden."

„Also, wie lange wird es dauern, das Haus für Macklins Mutter fertigzustellen?", wollte Sam wissen.

Jeremy akzeptierte den Themenwechsel. „Sechs bis acht Wochen, möglicherweise", antwortete er. „Es kommt darauf an, wie lange es dauert, alle Materialien zusammenzubekommen. Es wird nichts Außergewöhnliches werden, mehr wie Ians oder Kyles Haus als wie das Haupthaus. Vier Wände und ein Dach, ein paar Innenwände, Fenster … selbst wenn es so schnell nicht komplett fertig gestellt werden kann, wird sie einziehen können, während die Feinarbeiten noch laufen."

„Das ist schnell", staunte Sam. „Oder vielleicht auch nicht. Ich habe keine Ahnung, wie lange es normalerweise dauert, ein Haus zu bauen."

„Das kommt immer darauf an, wie groß und wie aufwendig alles werden soll", erklärte Jeremy, „aber für etwas Einfaches braucht man nicht allzu lange. Wenn du dich hier niederlassen willst, dann solltest du vielleicht auch darüber nachdenken, dir ein eigenes Haus zu entwerfen. Das Leben in der Schlafbaracke kann mit der Zeit langweilig werden."

„Wo sollte ich sonst hingehen?", fragte Sam. „Ich habe hier einen Job und du bist auch hier. Es sei denn, du hast nicht vor, zu bleiben …"

„Der einzige Ort, an den ich gehen würde, wenn ich hier weg ginge, wäre Taylor Peak", antwortete Jeremy. „Aber es würde Devlin schon mehr als eine einfache Entschuldigung kosten, bevor ich das in Erwägung ziehe. Bis das passiert, ist dies hier mein Zuhause."

„Dann ist es das für uns beide. Vielleicht können wir, nachdem das Haus für Macklins Mutter gebaut ist, mit ihm über etwas für uns selbst reden."

„Das fände ich toll", sagte Jeremy und drückte Sams Hand unter dem Tisch. „Da wir nur für die Materialien und nicht für das Land bezahlen müssten, würden Caine und Macklin uns vielleicht einen Lohn vorschießen. Es ist ja nicht so, dass wir riesige Ausgaben hätten, wenn wir hier leben würden, sodass wir ihnen alles schnell zurückzahlen könnten."

Sam lächelte und erwiderte den Händedruck. „Wir machen das alles verkehrt herum, weißt du. Wir haben uns nur ein paar Mal geküsst und nun sprechen wir davon, ein Haus für uns zwei zu bauen."

„Du meinst, weil wir noch nicht miteinander geschlafen haben?", hakte Jeremy nach. Sam nickte. „Es geht nicht um den Sex. Es geht um unsere Beziehung. Ich meine, ich beschwere mich mit Sicherheit nicht darüber, dass ich dich endlich ins Bett ziehen darf, sobald die Scheidung durch ist, aber ich würde dich deswegen nicht mehr lieben, genauso wenig, wie ich dich jetzt weniger liebe, weil ich warten muss."

Sam schaute völlig baff drein. Jeremy pausierte kurz, um herauszufinden, was bei Sam diesen Gesichtsausdruck hervorgerufen hatte. Sicherlich hatte er nichts gesagt, was Sam anders sah.

„Meinst du das wirklich so?", fragte Sam nach einer Weile. „Du liebst mich wirklich?"

Jeremy musste sich kurz ins Gedächtnis rufen, was er gesagt hatte, bevor er es realisierte. Er hatte es so gemeint. Natürlich hatte er es so gemeint. Er hatte nur nicht vorgehabt, es unter diesen Umständen zum ersten Mal zu sagen.

Er schaute sich nach den anderen Ganzjährigen im Raum um. Keiner schenkte ihnen Aufmerksamkeit, aber er konnte nicht garantieren, dass es dabei blieb und er wollte nicht unterbrochen werden. „Das ist der falsche Ort für diese Art von Unterhaltung", sagte er. „Lass und zurück zur Schlafbaracke gehen, wo wir ungestört sind."

Sam nickte und folgte Jeremy zurück zur Baracke. Arrow und Hawk kamen auf sie zu, als sie ins Freie traten, das Kätzchen wie immer auf dem Rücken des Hundes sitzend. Als sie die Schlafbaracke erreichten und hineingingen, nahm Sam Hawk von Arrows Rücken herunter und drückte sie gegen seine Brust. Jeremy spürte, wie ihm das Herz in die Hose rutschte. Das war nicht wirklich die Reaktion, die er sich erhofft hatte. Sam knuddelte sie nur dann so, wenn sie danach fragte oder er aufgebracht war.

Jeremy setzte sich auf die Couch und klopfte auf den Platz neben sich. Sam gesellte sich, Hawk immer noch fest in seinem Arm haltend, zu ihm.

„Ich wollte dich nicht in Verlegenheit bringen", sagte Jeremy. „Es ist mir einfach rausgerutscht."

„Also meinst du es ernst?", fragte Sam. „Du liebst mich?"

„Ich habe es wirklich so gemeint", antwortete Jeremy. „Ich hatte nur nicht geplant, es auf diese Weise zu verderben oder es anzusprechen, bevor deine Scheidung rechtskräftig wäre. Ich wollte nicht, dass du dich unter Druck gesetzt fühlst oder den Eindruck hast, dass du mit mir zusammenbleiben musst, weil ich mich in dich verliebt habe, aber –"

Jeremy erhielt keine Chance mehr, seinen Satz zu beenden, denn Sam küsste ihn. Hawk fauchte zwischen ihnen, bis Sam sie losließ. Als sie sich ihren Weg freigekämpft hatte, rutschte Sam noch näher und küsste Jeremy, zum Äußersten entschlossen.

Jeremy erwiderte den Kuss mit der gleichen Inbrunst. Sam hatte die Worte nicht erwidert, aber das spielte keine Rolle. Der Kuss war mehr als genug Antwort für Jeremy.

Als sie sich wieder aufrichteten, beide leicht nach Atem ringend, ließ Jeremy seine Stirn auf Sams ruhen. „Also abgesehen von der Vortragsweise ist das in Ordnung für dich, ja?"

„Ich denke, dass ich dir an dem Tag verfallen bin, als ich dich zum ersten Mal gesehen habe und du vor Neil nicht klein beigegeben, ihn aber auch nicht zu etwas aufgestachelt hast", antwortete Sam. „Ich wusste nur nicht – weiß es immer noch nicht – was du in mir siehst, deshalb habe ich nichts gesagt."

Es gab so vieles, was Jeremy dazu sagen konnte, aber er war sich nicht sicher, ob Worte genug waren, um Sam zu überzeugen, und momentan konnte er ihn noch nicht ins Bett ziehen, um es ihm zu zeigen, erst recht nicht, nachdem er Sam gesagt hatte, dass es ihm nicht um den Sex ging. Die Zeit war hier sein größter Feind. Er würde Sam einfach weiter lieben, ihn weiter unterstützen und an ihn glauben, bis Sam endlich aufwachen würde und realisierte, wie besonders er für Jeremy war. „Ich sehe *dich*", sagte er. „Das ist alles, was ich brauche."

„Komm mit mir nach Melbourne", bat Sam. „Alison kann sich meinetwegen verpissen. Wenn sie fragt, werde ich ihr sagen, dass du mich hergefahren hast, da ich kein Auto habe, aber das wird alles sein, was sie von mir bekommt. Wenn sie dem Richter sagen will, dass ich mit dir schlafe, dann kann ich ehrlicherweise antworten, dass ich das nicht tue, auch wenn der einzige Grund dafür ist, dass ich das vor dem Richter schwören kann und, wenn der in ihrem Sinne entscheidet, dann finde ich einen Weg, um ihr alles zu bezahlen, was der Richter von mir verlangt. Ich werde Lang Downs nicht verlassen, von daher brauche ich keine Angst davor zu haben, meinen Job zu verlieren, weil ich schwul bin, oder dass ich keinen neuen finden kann oder so etwas. Ich habe ihr zu lange die Kontrolle über mein Leben ermöglicht."

Epilog

SAM HÄTTE sich beinahe umgedreht und wäre wieder aus Neils und Mollys Haus gegangen, als er das Schild sah, das in ihrem Wohnzimmer hing: „Fröhlichen Scheidungstag!"

Er war natürlich froh, dass seine Scheidung endlich rechtskräftig war. Er hatte auf diesen Tag gewartet, seit Alison und er sich getrennt hatten, noch mehr, seit er in Lang Downs angekommen war, aber eine Party? Sam war da etwas zurückhaltender.

„Entspann dich", murmelte Jeremy hinter ihm. „Neil hat nur unsere Freunde eingeladen, nicht die ganze Farm."

Danke Gott für kleine Gefälligkeiten.

Natürlich war der Raum trotzdem vollgestopft. Neils Definition von ihren Freunden war etwas breiter gefächert als Sams – nicht dass Sam einige der Teilnehmer abgelehnt hätte, wenn er gefragt worden wäre. Er hätte sie möglicherweise nur nicht eingeladen, wenn er bei der Gästeliste ein Mitspracherecht gehabt hätte.

Was womöglich der Grund war, warum Neil nicht gefragt hatte.

„Komm schon", sagte Jeremy und drängte Sam in Richtung des Tisches, den Molly reich mit Essen bestückt hatte. „Es wird dir besser gehen, wenn du erst einmal einen Teller und etwas zu trinken hast."

Sam ließ sich führen. Er nahm den Teller, den Jeremy ihm hinhielt, wobei er in manchen Gerichten eindeutig Kamis und Mollys Handschrift erkennen konnte. Dann kam Kami aus Mollys Küche heraus, ein weiteres Tablett in der Hand, Sarah direkt hinter ihm, herummosernd. Kami sah für die ganze Welt aus wie ein Pantoffelheld und Sam konnte nicht aufhören zu grinsen.

„Glaubst du, die Farm wird sich jemals daran gewöhnen?", fragte Sam.

Jeremy grinste. „Die saisonalen Burschen denken sich nichts dabei, die neuen zumindest nicht, aber nein, ich glaube nicht, dass wir uns in der nächsten Zeit daran gewöhnen werden."

Sarah war wie erwartet nach Lang Downs zurückgekommen und die Ganzjährigen hatten alle Kraft aufgeboten, ihr Haus so schnell wie möglich fertigzustellen. Bevor es geschafft war, war sie eines Tages in das Büro reinmarschiert, während Sam, Caine und Macklin über die Bücher schauten, und hatte verkündet, dass, wenn es nicht zu viele Probleme verursachte, sie das Haus nicht mehr wirklich brauchen würde, da sie mit Kami zusammenzog.

Sam war sich sicher, dass er Macklin in diesem Moment mit einer Feder hätte umwerfen können.

Caine hatte nicht mal mit der Wimper gezuckt. Er hatte sich nur zu Sam umgedreht und ihn gefragt, ob er ein Haus haben wollte, als ob er das schon von Anfang an vorgehabt hätte. Sam hatte unter zwei Bedingungen zugestimmt: dass er der Farm die verwendeten Materialien über die Zeit zurückzahlen durfte und dass Jeremy mit ihm zusammen einzog.

Caine hatte mit ihm über den ersten Punkt gestritten und ihn dann angeschaut, als hätte er seinen Verstand verloren, dass er sich über den zweiten überhaupt Sorgen machte.

„Du blockierst die Schlange." Jeremy stieß Sam mit seiner Hüfte an und holte ihn so aus seinen Tagträumen.

„Entschuldige. Ich war in Gedanken."

„Keine Sorge." Jeremy lehnte sich zu ihm rüber und küsste ihn rasch, wobei er Sam unvorbereitet erwischte.

„Ich darf das jetzt tun, schon vergessen?", sagte Jeremy, als Sam sich automatisch versteifte. „Keinen hier kümmert es, und keiner, der *nicht* hier ist, hat in deinem Leben irgendetwas zu sagen."

Es dauerte eine Minute, bis Sam sich erinnerte. Er war selbstbewusster geworden inmitten der Ganzjährigen. Jeremy hatte recht damit, dass keiner auf der Party heute Abend überrascht wäre, wenn sie sahen, wie sie sich küssten. Sie hatten es sich nicht zur Gewohnheit gemacht, ihre Zuneigung öffentlich zur Schau zu stellen, aber ihre aufblühende Beziehung war auch nicht gerade eine Enthüllung.

Sams Sexualität war, sehr zu seiner Erleichterung, bei seiner Anhörung nicht zur Sprache gekommen. Der Richter hatte den Vergleich ohne Änderung oder Kommentar abgesegnet und die dreißigtägige Wartefrist war, ohne jeden Kontakt zu Alison, vorübergegangen. Sie war nicht länger ein Teil seines Lebens und würde es nie wieder sein.

„Das ist es nicht", sagte er, auch wenn er sich selbst öfter daran erinnern musste, dass es vorbei und er frei war. „Es ist nur … privat, weißt du? Etwas für uns, nicht für sie."

„Ich plane sicherlich nicht, mehr zu tun, als dich zu küssen, so lange sie in der Nähe sind", antwortete Jeremy. „Aber du zuckst auch nicht mit der Wimper, wenn Neil und Molly sich küssen. Es sollte keinen Unterschied machen, ob sie sich küssen oder wir uns."

„Das wird es nicht", versprach Sam. „Ich bin nur immer noch dabei, mich daran zu gewöhnen, dass wir zusammen sein können, ohne dass wir uns verstecken müssen oder so zu tun, als wäre es weniger, als es ist. Kannst du noch ein bisschen mehr Geduld mit mir haben?"

„So lange, wie es nötig ist", antwortete Jeremy und stupste Sam mit der Schulter an.

Sam lächelte erleichtert. Er hatte gehofft, dass Jeremy das sagen würde. Spontan lehnte er sich rüber und küsste Jeremy im Gegenzug.

„Hey, ihr beiden", rief Neil durch den Raum. „Hebt euch das Rummachen für nach der Party auf."

Sam zeigte seinem Bruder den Stinkefinger und gab Jeremy einen weiteren schnellen Kuss.

Vielleicht brauchte er gar nicht so viel Zeit, wie er gedacht hatte.

ARIEL TACHNA lebt zusammen mit ihrem Ehemann, ihrer Tochter, ihrem Sohn, sowie ihrer Katze außerhalb von Houston. Bevor sie dorthin zog, bereiste sie die ganze Welt. Hierbei verliebte sie sich in Frankreich, wo sie ihren Ehemann kennenlernte und auch in Indien, wo sie sich eines Tages zur Ruhe setzen will. Sie spricht zwei Sprachen fließend und vier weitere so einigermaßen. In Sprachen hat sie sich genauso verliebt wie in das Schreiben.

Besuchen Sie Ariel auf Ihrer Homepage www.arieltachna.com oder schreiben Sie ihr eine E-Mail an arieltachna@gmail.com.

ARIEL TACHNA

DEIN STERN
AM HIMMEL

Buch 1 in der Serie – Lang Downs

Caine Neiheisel steckt nicht nur in seinem Job in einer Sackgasse fest, sondern auch in seiner Beziehung, als die Chance seines Lebens in seinen Schoß fällt: Seine Mutter hat die Schafstation ihres Onkels in New South Wales, Australien, geerbt, und Caine sieht es als die Chance auf einen Neuanfang, draußen auf einer Ranch, wo sein Stottern ihn nicht zurückhalten und sein Wille zu arbeiten seine Unerfahrenheit wettmachen würde.

Unglücklicherweise wechselt Macklin Armstrong, der Vorarbeiter von Lang Downs, der eigentlich Caines größter Verbündeter sein sollte, zwischen kühlem und völlig abweisendem Verhalten, und die anderen Arbeiter sind eher über Caines Stottern amüsiert, als durch seine Entschlossenheit beeindruckt … Zumindest, bis sie herausfinden, dass er schwul ist und ihre Belustigung sich in Zorn verwandelt. Es wird Caines ganze Entschlossenheit – und einen Sabotageakt eines feindlich gesinnten Nachbarn – brauchen, um die Männer von Lang Downs zu vereinen und Caine und Macklin eine Chance auf Liebe zu geben.

www.dreamspinner-de.com

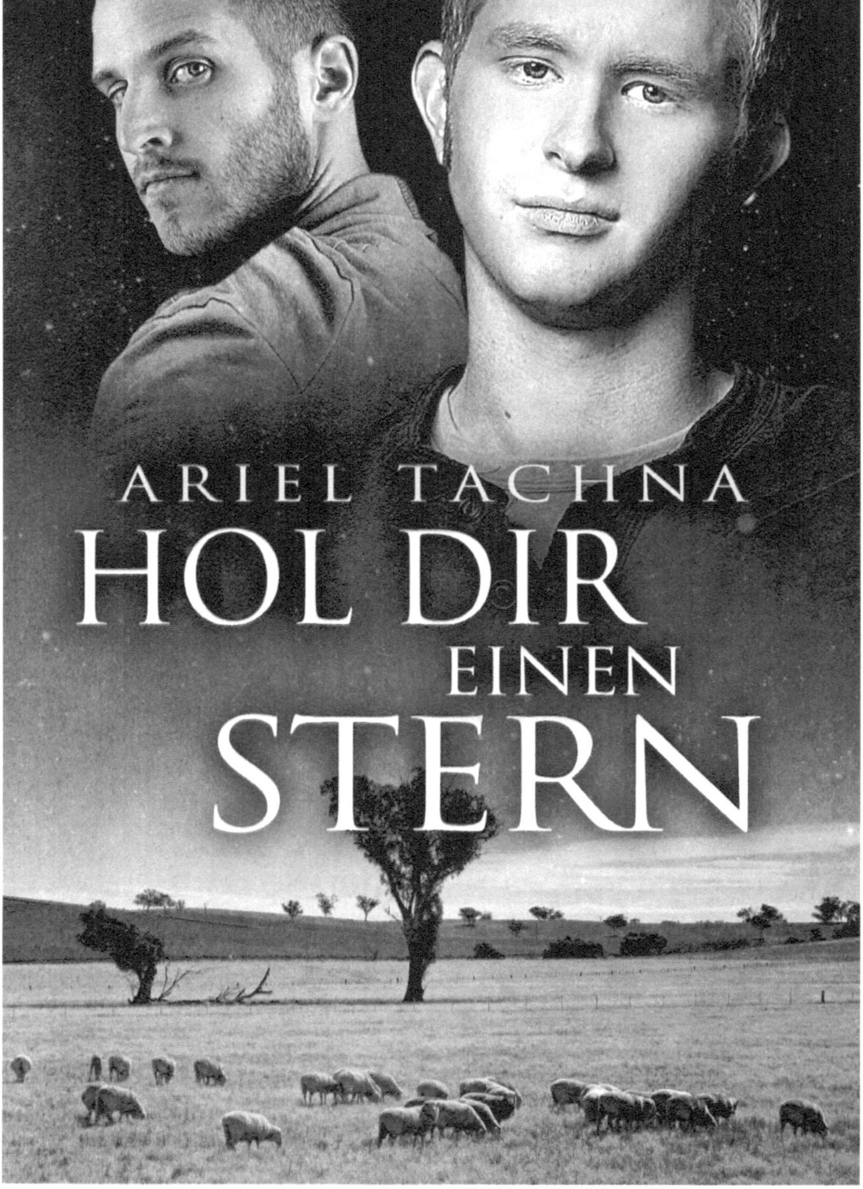
ARIEL TACHNA
HOL DIR
EINEN
STERN

Buch 2 in der Serie – Lang Downs

Der zwanzigjährige Chris Simms kann kaum den Kopf über Wasser halten. Nachdem er seine Mutter und sein Zuhause verloren hat, kämpft er darum, sich und seinen Bruder zu versorgen. Als er einem homophoben Angriff zum Opfer fällt, denkt er, dass sein Leben zu Ende ist. Aber er wird von den Jackaroos einer nahegelegenen Schafsstation gerettet. Er ist über das darauffolgende Jobangebot genauso erstaunt wie über die Tatsache, dass der Stationsbesitzer und der Vorarbeiter schwul sind.

Für Chris ist Lang Downs ein Traum – einer, der noch besser wird, als er begreift, dass sein heimlicher Schwarm, der Jackaroo Jesse Harris, ebenfalls schwul und für einen Flirt zu haben ist. Alles geht gut, bis Chris klar wird, dass er mehr für Jesse empfindet, als ihr Deal erlaubt.

Jesse ist ein Herumtreiber, der von Station zu Station zieht. Er sucht nicht nach etwas Dauerhaftem und da er überzeugt ist, dass Chris zu jung und zerbrechlich für eine richtige Beziehung ist, legt er Regeln fest, um die Dinge unverbindlich zu halten. Den Stationsbesitzer und seinen Vorarbeiter zusammen zu sehen, lässt Jesse darüber nachdenken, ob es nicht doch Vorteile hat, sich niederzulassen. Aber als er begreift, was Chris für ihn fühlt, gerät er in Panik. Er und Chris werden sich entscheiden müssen, ob die Möglichkeit zusammen glücklich zu werden, es wert ist, ein Risiko einzugehen, ehe das Ende der Saison sie trennt.

www.dreamspinner-de.com

ALLIANZ DES BLUTES

ARIEL TACHNA

Buch 1 in der Serie – Blutspartnerschaft

Können ein verzweifelter Magier und ein verbitterter, desillusionierter Vampir einen Weg finden, Partner zu werden und ihre Welt zu retten?

In einer Welt, in der ein Krieg der Magier tobt, werden Vampire von vielen als minderwertig angesehen, als die stereotypischen Geschöpfe der Nacht, denen die Menschen zum Opfer fallen. Doch der Krieg wird immer bedrohlicher und die Magier wissen, dass sie Hilfe brauchen, um das Geschick zu ihren Gunsten zu wenden. Die dunklen Magier wollen die bestehende Welt auslöschen, und die Stärke der Vampire könnte den Ausschlag geben, um das zu verhindern.

Die Magier gehen das Wagnis ein, den Chef de la Cour der Vampire zu einem geheimen Treffen zu überreden, um ihn von ihrem guten Willen zu überzeugen und seine Unterstützung zu gewinnen. Alain Magnier, ein verzweifelter Magier, und Orlando St. Clair, ein verbitterter, desillusionierter Vampir, treffen sich in Paris auf einem Friedhof. Das Schicksal der Welt hängt vom Ausgang dieses Treffens ab. Werden die Vampire sich dem Kampf gegen die dunklen Magier anschließen und sich mit den Magiern auf eine Partnerschaft einlassen, um den Krieg gemeinsam zu gewinnen?

www.dreamspinner-de.com

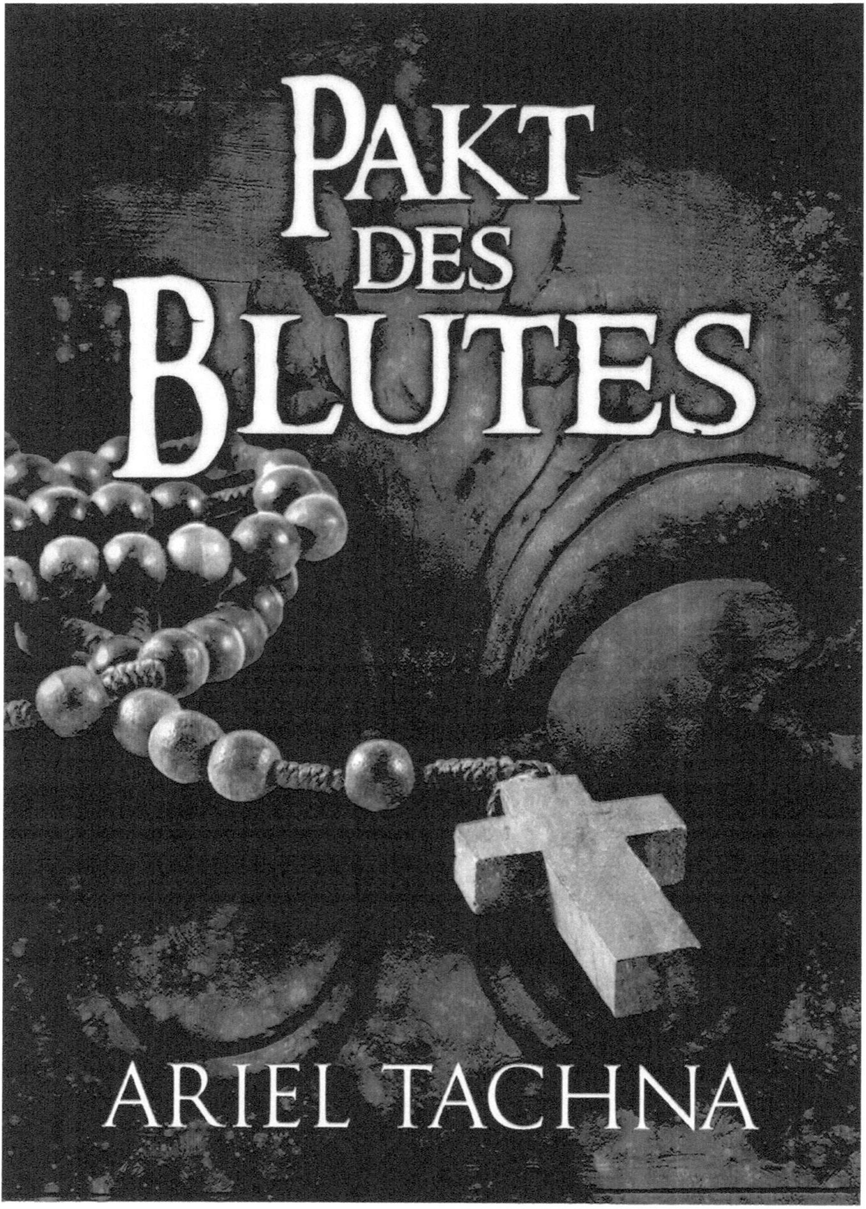
PAKT
DES
BLUTES
ARIEL TACHNA

Fortsetzung zu *Allianz des Blutes*
Buch 2 in der Serie – Blutspartnerschaft

Magier und Vampire haben eine Allianz geschmiedet, die auf Partnerschaften des Blutes und der Magie gründet. Sie hoffen, damit dem Krieg gegen die dunklen Magier eine entscheidende Wendung geben zu können. Einige Partnerschaften sind ebenso erfolgreich, wie die zwischen Alain Magnier und Orlando St. Clair. Auf andere trifft das nicht zu. Es kommt zu Streit, Vorwürfen und sogar offener Feindschaft zwischen den Partnern, obwohl sie durch ein gemeinsames Ziel verbunden sind.

Thierry Dumont ist entschlossen, dem Beispiel seines besten Freundes Alain zu folgen. Er ist mit dem Vampir Sebastien Noyer eine Partnerschaft eingegangen. Obwohl er sich, so kurz nach dem gewaltsamen Tod seiner Frau, in der Nähe des Vampirs – eines Mannes – unbehaglich fühlt. Aber sie stellen fest, dass ihre gemeinsame Verzweiflung die beste Voraussetzung ist, um einen Bund zu schließen. Thierry und Sebastien stellen den Schutz ihres Partners über alles und unterstützen sich vorbehaltlos.

Durch die Erfolge der Allianz bestärkt, beschließen das Oberhaupt der Magier und der Chef de la Cour der Vampire, ihr neues Bündnis der Öffentlichkeit bekannt zu machen. Sie erhoffen sich dadurch zusätzliche Unterstützung in ihrem Kampf gegen die dunklen Magier, die das Leben auf der Erde in seiner bisherigen Form zu vernichten drohen. Aber die Allianz erleidet auch Rückschläge, denn die Partnerschaften bringen nicht nur Vorteile mit sich, sondern gefährden auch das magische Gleichgewicht der Erde. Und diese Gefahr könnte sich als größer erweisen, als der Krieg selbst.

www.dreamspinner-de.com

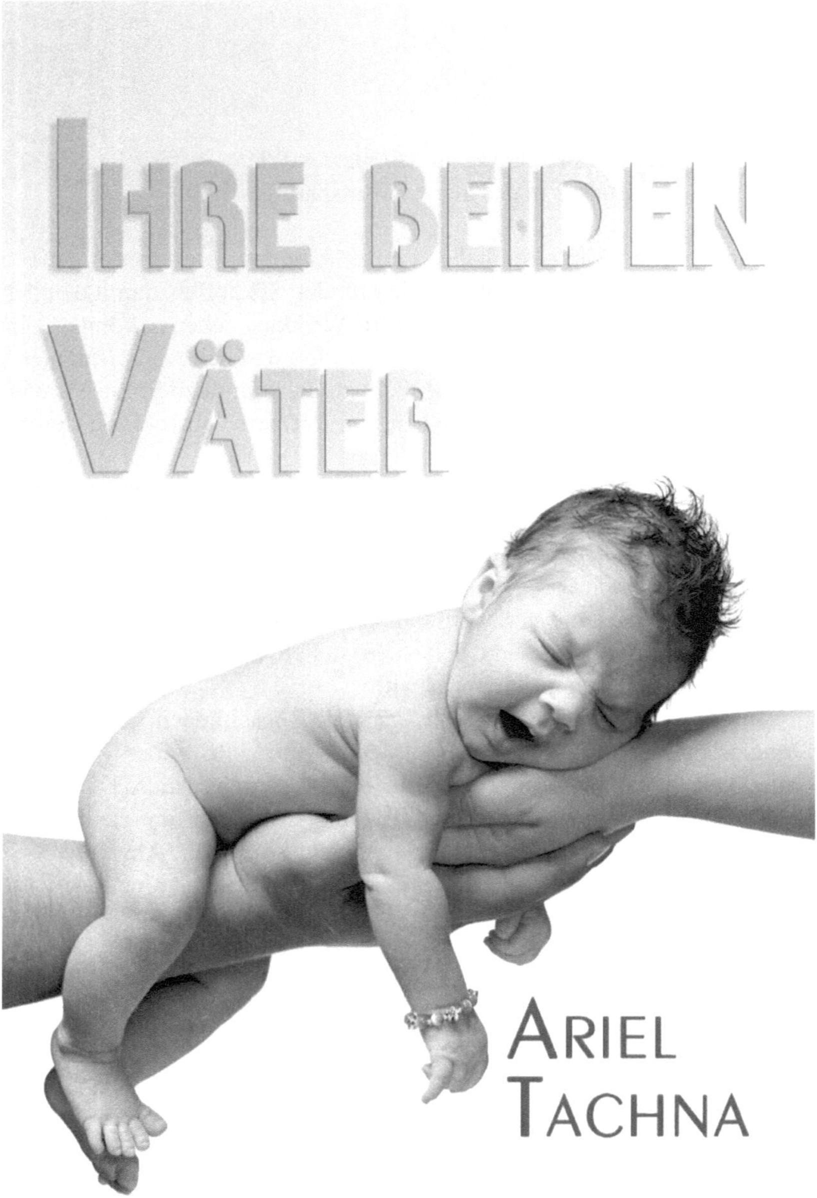

IHRE BEIDEN VÄTER

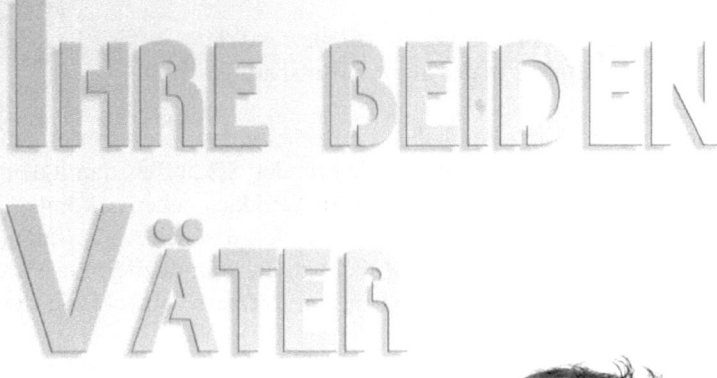

ARIEL
TACHNA

Srikkanth Bhattacharya ist ein schwuler Junggeselle, der das Leben genießt und völlig glücklich damit ist, bis er einen Anruf vom Krankenhaus bekommt. Seine beste Freundin Jill ist dort während einer Geburt gestorben. Sri hatte zugestimmt, das Sperma zu spenden um Jill ihren Traum, Mutter zu sein, zu erfüllen. Doch hatte er nie erwartet, Entscheidungen für das kleine Mädchen treffen zu müssen. Er beabsichtigt, sie zur Adoption zu geben. Doch als er sie das erste Mal sieht, kann Sri sich nicht dazu durchringen. Völlig überraschend wird er zum Vater und muss lernen, damit umzugehen.

Sein Mitbewohner und Freund, Jaime Frias, hilft ihm freiwillig, ohne zu ahnen, dass er sich in das Baby und Sri verlieben wird. Alles scheint perfekt, bis ein Besuch des Jugendamtes Sri in Bedrängnis bringt, als müsse er sich zwischen seiner Tochter und der Beziehung zu dem Mann, den er liebt, entscheiden.

www.dreamspinner-de.com

Von ARIEL TACHNA

Ihre Beiden Väter

BLUTSPARTNERSCHAFT
Allianz des Blutes
Pakt des Blutes
Konflikt des Blutes
Versöhnung des Blutes

LANG DOWNS
Dein Stern am Himmel
Hol Dir einen Stern
Die Nacht überdauern

Veröffentlicht von DREAMSPINNER PRESS
www.dreamspinner-de.com

Noch mehr Gay
Romanzen mit Stil
finden Sie unter....

www.dreamspinner-de.com

www.ingramcontent.com/pod-product-compliance
Lightning Source LLC
Chambersburg PA
CBHW022155240626
47153CB00007B/2675